中短篇小说集

（中文版）

Novellas and Short Fiction Collection

著：美国严教授

封面设计：美国严教授

Prof. Cong Yan

作者简介

严聪：作家、诗人兼摄影师，现为美国印第安纳州医学院教授，居住美国印第安纳州卡梅尔市。另著有长篇小说《海鸥教授》、《杜鹃花开》、《玫瑰血》等，还著有大量散文、游记。

网址：http://blog.wenxuecity.com/myindex/52334/

Cong Yan, a passionate fiction writer and a poet living in Carmel, Indiana, USA. He authored fictions of "Seagull Professor", "Blooming Azalea", "Bloody Rose", etc. He is also a photographer who loves to travel and catch amazing moments of landscape and people using camera. Currently, he is a professor at the Indiana University School of Medicine.

目录

班上新来的留学生

教室里很安静，大家正在聚精会神地听罗伯特教授讲课。

教室的门被轻轻推开了。大家一起回过头去，只见系里秘书站在门口，她胖胖的身躯后跟着一位东方脸型的小伙子。秘书歉意地向大家说声"对不起"，然后对教授说："这是一位刚从中国来的学生。"

"怎么现在才来，开学一个多月了。"教授一付不满的样子。

"因为签证延误了，不能如期到美，所以迟到了。"秘书帮忙解释道。

"找个地方坐下吧。"教授挥挥手，又开始继续讲课。

中国学生找了一个偏僻的角落坐了下来，两手插在口袋里，两眼盯在黑板上，一脸茫然。

他邻座坐着一位碧眼金发的美国女学生，见他这个样子，递过来几张活页纸和一只圆珠笔，让他记笔记。罗伯特教授口若悬河，从理论到实验证据，画了一黑板的乌龟壳式化学结构。末了，教授问有何问题，刷刷地满教室的学生都举起了手，争相提问。其中一个大胡子最厉害，问题一个接一个，和罗伯特教授激烈争论，面红耳赤。下课了，中国学生面前的活页纸还是一片空白。

大家见有新同学来，纷纷上前握手问好。那位美国女学生自我介绍道："我叫苏珊，你呢？"

"安男。"中国学生脸微微发红，眼镜片后面闪着几分羞涩的目光，"谢谢你刚才借给我纸笔。"

"不用谢，安。"美国学生生来见面熟，热情大方："你刚到美国？"

"刚下飞机就来报到。秘书说这里正在上课，把我们领来了。"

苏珊圆睁起一双碧眼几乎惊叫起来："什么，刚下飞机就来上课？！"

中国学生学着美国人的样子耸耸肩，那意思是说：这有什么好奇怪的。

"安，你已经落了许多课呢。这里考试很严，如果不及格，是要被淘汰的，会影响你博士资格呢。"好心的苏珊不无担忧，为这位新来乍到的外国同学焦急起来，"干脆退掉所有的课程，下学期重新选。不要紧的，这是容许的。有些人甚至学不下去中途打退堂鼓，下学期重学也有的。"

中国学生笑着摇摇头，表示不同意，"苏珊，要是不介意的话，能不能借你的笔记和参考资料抄抄？"

苏珊疑惑到望着安，过了一会，她才迟疑地点点头表示同意。

时间像水一样地流逝。上课的时候大家照常来，下课的时候大家照常走。罗伯特教授依然口若悬河，大胡子依然喜欢提问题。中国学生还是老样子，坐在偏僻的角落里，显得很沉静，除了每次上课多带一个录音机外，和第一天没什么两样。苏珊呢，她总

2

是用怀疑的眼光看着中国学生，从来就不相信他能在期末考试过关，尽管她经常看见他在图书馆一坐就是一天。

天渐渐寒冷了，纷纷扬扬下起了大雪。圣诞节前的一个星期，大考开始了。这天，大家一大早就来到了教室，不少人赶紧打开笔记本，抓紧宝贵的分分秒秒，记公式，背定理，默符号，打招呼也只是匆匆忙忙一下。中国学生只到考试前 15 分钟才进教室，坐在原来的角落，除了胸前别着笔，耳朵上挂着耳机外，什么都没带。苏珊笑着和他打了招呼，好奇地问他听什么？

"Forget Me Not（勿忘我）。"中国学生回答她，一付悠闲而漫不经心的模样，说着递过耳机让苏珊听。

紧张的考试开始了，满教室都是悉悉索索的笔头声，连咳嗽都是轻微的。罗伯特教授站在教室的前方，用一双严厉的目光扫来扫去，提醒作弊者。有人站起来交考卷了，是中国学生。苏珊看看手腕上的表，时间才过一半。她摇摇头，为安惋惜，为什么当初不听劝告呢？

过完了圣诞节和新年，人人脸上都是喜气洋洋的。这天发考卷，大家又聚集在教室里，互相问好。罗伯特教授这天特别高兴，西装革履地走进了教室，他和这帮研究生们打着招呼，开几句玩笑，然后开始发考卷。

第一个是苏珊。她高兴得几乎都要跳起来了，因为罗伯特教授发考卷从来都是从高分往低分发，她当然是最高分。可是随着一个个人领走自己的考卷，她的心又沉了下去，因为一直还没有轮到安。她不时偷看几眼安，为他担心。一直发到最后还剩一本了，教授却停住不发了。他将最后一本考卷紧紧攥在手上，眼睛望着同学们，紧闭双唇不说话，似乎有点激动。

全教室鸦雀无声，空气仿佛凝固住了，不时有人偏过头来看角落里的中国学生两眼。苏珊的心仿佛被攥在了教授手上。

教授终于说话了："这本考卷我暂时不发，因为它是我的标准答案。安考了 100 分，这是从来没有过的。"教授将考卷举过了头顶。

苏珊怀疑自己是不是听错了，还没等她回过神来，教室里就爆发出了欢呼声：

"安，你真伟大。"

"安，这简直是奇迹。"

安呢，还是像往常一样，笑笑，眼镜片后面闪着几分羞涩的目光。

1987 年圣诞节

纽约市

本文荣获 1988 年《海外文摘 － 百人海外亲历记》征文三等奖（评委：于恩光、王殊、杨翊、萧乾、田流、鲁光、章文晋、袁先禄、刘宾雁和冰心）。

悔恋

这是多年前文革中的一个普通故事，全国各地到处都有发生。

母亲科室里有个小王护士，和王昭君是同乡。从她身上，你能看见绝代美人王昭君的遗风。她眉如柳黛，眼含秋波，嘴唇丰满性感，微微一笑，雪白的皓齿光彩照人。她开怀大笑的时候，老是喜欢用手背半遮着脸，朗朗的笑声从素手后面飞出来，让人很容易联想到古代河上春游的仕女。她和西施患有同样的病，胃下垂。痛的时候，用手撑着心的部位，让人误以为是心疼。每到这时，她就双眉紧蹙，玉容摧毁，哀哀微吟，让人十分怜悯。她那美容不但让男人们心动，也让女人们心仪。每当小王护士在医院澡堂洗澡时，医院家属宿舍里的女人们就互相传播："快去澡堂子洗澡去，小王也在洗。"她们的丈夫们这时就站在门口或窗前，满眼羡慕地看着自己的女人们兴高采烈地去洗澡，恨不能来世也投胎做女人。

小王的家庭成份不错，政治上很要求进步，一直在申请入党。那个时候的政治气氛，对党的忠诚是一项时尚和光荣。入党更是一件人人企盼的事。不幸的是，在那个将一切美好的东西都视为丑陋的年代里，她的美丽成了她最大的缺点，很容易让人联想到小资产阶级情调什么的。因此党组织对她很慎重，考验的时间比别人长，她的入党申请迟迟得不到讨论批准。她很苦恼。

小县城有一个隶属中央一机部的战备工厂，专门生产坦克发动机用的油嘴。是当年为了战备的需要从外地迁到这里来的。那时的一切都采用森严的等级制度。工厂也有国营和集体之分。国营工厂的工人工资待遇高，劳保福利好，吃的是皇粮。国营工厂里面，又有中央单位，省级单位和地方单位的区别。中央单位的国营企业，全县就此一家。几千人的大厂房在城关镇郊区黑压压一片，神气活现，连冒烟的烟囱也比别家的高，比别家的粗。当地要是有谁在里面当工人，或是嫁给里面的工人，那自然是非常荣耀的事。那份感觉不比在朝为官差，优越感是十分明显的。工厂里有一个清华大学毕业的工程师，净白的宽脸上带一副度数不太高的秀琅眼镜。他出身书香门第，文质彬彬，学者风度，且为人正派。经人介绍，认识了小王护士。那真是天生的一对，地造的一双。他们俩走在城关镇古朴的石板街道上，经过灰瓦房的店铺前，让人耳目一新，羡慕不已。有人称他们为天下第一相好。

　　我那时还是一个不谙事的少年，有空的时候，喜欢坐在医院母亲的科室里，看母亲给人们治眼疾。母亲德高望重，医术好，总有看不完的病人。那些憨厚朴实的乡下人，长长一溜地坐在长条凳上，或蹲在地上，耐心地等着叫自己的号。他们视医生为神明。病人大多患的是沙眼，红眼病，白内障。这和当地卫生条件有关。母亲一丝不苟地检查病人，翻眼皮，点绿霉素，开处方，向他们讲述最基本的卫生保健常识。消毒盒里的棉球没有了，母亲就吩咐小王护士添满。病人需要配眼镜，就吩咐小王护士验光。两人配合得很好。小王护士是正规护校毕业的，业务上对母亲很尊重。母亲自然也对小王护士很客气，知道她有政治上的要求。

　　工程师经常来科室找小王护士。小王忙着，他就坐在一旁看着。穿着白大褂的小王护士每到这时就显得特别地轻灵，流光溢彩，步子中有一种舞态。工程师的双眼自然是离不开小王护士的倩影，满眼止不住欣喜的神情。小王护士的白色护士帽从来都不把乌黑的秀发全部遮住，而是留一络在外面。那是一种精心的设计，让她的青春美丽充分体现出来。确实，小王护士的每一部分都是漂亮的，包括每一根头发丝。她经过工程师身边时，双眼会情不自禁地向工程师瞟去。在那一瞬间，我可以看见两人的目光里闪着一种奇异的光彩。母亲自然也感到了这一点，我们常常会心地一笑。工程师很开心，有时逗着我玩，讲一些很有趣的天文地理知识，还送"十万个为什么"丛书让我读。我很喜欢他渊博的知识。

　　医院附近有一条不大的河流，没事的时候我喜欢一个人到河边或玩或看书什么的。河滩很宽，站在软软的沙子上，河风吹着额头，心境非常地开阔。这里群鸟飞翔，滩涂上不时有仙鹤飞来，立在浅水中，用一只腿站着，洁白的羽毛在阳光的照耀下非常的美丽。那长长的脖颈一弯，尖嘴往河水里啄着。小鱼们就被噙在了嘴里。真是闲云野鹤美如画。河边有许多芦苇丛，靠着水边，我常常躲在芦苇后面看书。泥土的芬芳和着清亮河水的哗哗声跟着融入了书中的意境里，令人陶醉。

　　一天我正沉浸在书的情节里，一阵笑声从空野里传了过来，非常迷人动听。是小王护士的笑声。我觉得诧异，拨开芦苇，看见工程师和小王护士肩并肩地向我近旁的一片桃林走来。工程师说着什么有趣的事，惹得小王护士不停地笑。他们在桃林里离我不远处站了下来，停止了说话，互相对望着，两情依依。四下里空无一人，桃林正盛开着桃花，满枝满头。粉红的桃花被春风一吹，纷纷落了下来，落在了他们的头上，落在了他们的脸上，落在了他们的肩上，落在了他们的身上。有一瓣桃花不偏不倚，正好落在了小王护士的睫毛上，象一片小小的红云。工程师欣赏了一会，然后用口轻轻地将那瓣桃花吹落。小王护士微微闭上了眼睛，双颊泛起了桃花一样的艳红。我那时对男女之间的事似懂非懂，从芦苇丛后面窥到这一幕，脸上发烧发烫，春风起得紧，桃花无声无息地在这一对恋人的身边飞舞盘旋，将他们裹住，缠着。我看得发羞，抽回身来，心里发跳，好象自己做了亏心事一般，不该偷看人家的秘密。

为了纪念毛主席 6.26 关于医疗工作的光辉指示，医院组织人员下乡巡迴医疗，母亲和小王护士都去了。几个月后，她们从乡下回来，都晒黑了。母亲讲下面缺医少药，烧饭时烟熏火燎对眼睛十分有害。有一户人家四口眼睛都瞎了，害的都是白内障。在十分简陋的情况下，卸下门板当手术台，母亲给四个病人都开了刀，使他们重见了光明。

一天中午，母亲科室来了几个农民，带着鸡蛋、黄花、木耳、还有一只老母鸡，送给母亲，他们象拜菩萨一样地向母亲作揖，原来就是那几个被母亲治好白内障的瞎子们。农民的感情十分朴素，感恩戴德的话反复唠叨，说了一箩筐。母亲却十分地不自在，因为她在政治上是受监视的，死活不肯收下礼物。几个农民哪里肯听，站起身来，习惯地拍拍屁股上的灰，都走了。走不远，还回过头来，露出黄黄的大板牙冲母亲一笑，说以后还要来谢。他们走后，母亲望着一堆东西直犯愁。我却非常喜欢那只老母鸡，她的鸡毛非常漂亮，用来做毽子再好不过了。

那时候的政治运动特别多，隔三差五就来一个。不久，上面传答下来了中央文件，要清理阶级队伍。历来的政治运动，总有一部分人高升，另一部分人则倒霉。果不其然，母亲倒了霉。为了入党，小王护士向党支部揭发了母亲收受贫下中农财礼的行为，被认定是变相剥削，母亲在医院里受到了批判，并被监管劳动，改造剥削阶级思想。每天下了班，吃完晚饭，全医院的人都去参加政治学习，而母亲和其他几个有政治问题的人就去劳动。我晚上从学校参加政治学习回来，看见昏黄的街灯之下母亲拖着疲惫的身子清理阴沟，心里很不是滋味。母亲治病救人，受人拥戴，却落得如此下场，心中之情难以平静。那美女是妖精，哼！我一看见小王护士，就觉得她是变成美女的蛇，十分地可恶。

工程师还是经常来找小王护士。看见我们，多少有点尴尬，他搭讪着和我们说话，大家都有点不自然。有一次，正好有一个卖纺织娘的农夫从医院走过，关在小竹笼子里的纺织娘鸣叫得欢，十分好听。看见我喜欢，工程师喊过农夫，买了一只纺织娘送我，讨我喜欢。他在试图弥补裂痕。

那年夏天十分燥热，父亲又在外地工作。为了减轻母亲的负担，家务活我主动担当下来了。我们那个医院家属大院，几十户人家共用一个水龙头，用水得排队。因此，我常常在夜深人静的时候去洗一家人的衣服。一是可以尽情地用水，不用担心有人在后面等，二是不想见任何人，为母亲的事心里没好气。可我毕竟还小，洗夏天的衣服还好，遇上洗床单，力气就不够使了。

一天晚上我又在月光下洗床单，母亲劳动还没有回来，院子里就我一个人。由于力气太单薄，被单怎么也拧不动。正累得不行，就听见一个人对我说："这么晚还在洗床单呀，一个小人，怎么洗得动？"

我抬起头来，一位月光美人站在我面前。小王护士穿着短袖紧身衫和裙子立在水池旁。

"我来帮你吧。"也不等我言语，她就主动上前从木盆里拿起被单来清洗，非常利索。"我不要你帮忙。" 我没好气地对她说，声音有点粗暴。

她怔住了，停下了手，抬起头来看着我，有点不知所措，眸子在月光里闪着一种近似哀求的目光，胸脯也起伏得厉害。我明白了，她是存了心要帮我的，没准她暗地里注意我多时了，说不定还不止这个晚上。想到我在河边也偷看过她，心里扑通跳了起来。水哗哗地流着，美人和少年就这么站着。我的心软了，她毕竟并不坏，还有良心。

她又低下头去清着被单，光滑洁白的双臂挥动着，反射着月光的秀发垂在胸前一晃一晃，美妙的胴体在融融月色里上下起伏着，象七仙女浣纱。清凉的自来水击着她的玉臂，细碎的水花溅到我的脸，丝丝凉意带着她的体香。我就这么近地看着她，一声不响，一语不发，我被她和这淡蓝的月色彻底溶化了。

因为母亲政治上的原因，我在和小伙伴们的相处中处于劣势。特别是一些党员的孩子们，老想欺侮我和弟弟们。一天我打架了，一个人和支部书记的两个儿子打，用乒乓球拍把他们的脑袋打破了。心里憋着一股劲，下手特别狠，因为他们欺侮我弟弟。

望着自己血流满面的儿子，支部书记的老婆站在院子当中对我破口大骂："你妈妈是反动学术权威。你是小兔崽子。你敢对无产阶级动手，想翻天。"

我闯祸了，心里并不服气："他们两个打我一个还打不赢，狗熊。"

"我操你妈。"支部书记的老婆口出秽语。

"你用什么操？"我一句话，逗得围观的人群一阵哄笑。

这女人犯忌，俗话说：好男不跟女斗，泼妇不跟小孩斗。她一下被我噎在那里，脸气成了猪肝色。

这时人群中有人发话了："这是阶级斗争的新动向，是对无产阶级的报复，我们大家不能袖手旁观。"我和众人望去，是小王护士。她满脸的正义感。

第二天，全医院各科室都贴出了大字报，我和母亲成了众矢之的。小王护士的大字报内容最尖锐，把这次的阶级报复和上次收受贫下中农财物的事联系在一起，上纲上线，一起批判。她的大字报在医院最醒目的大批判栏里，支部书记老婆看了十分满意。我一个孩子十分不明白，帮我洗衣服的月光美人怎么会对我用如此这般的尖刻语言。

11

心中气闷，我又躲到了我的世外桃园，小河边上。

秋天到了，河边晚稻田的谷穗黄灿灿地在风中摇摆，一派丰收的景象。桃林里也结满了果实，弥散着醉人的果香，白里透红的水密桃沉甸甸地压在枝头上，在绿叶里若隐若现，十分诱人。我摘了一个桃子，躺在芦苇丛中吃着，想起西游记里孙大圣在天宫里大概就是吃的这种桃子。吃完了桃子，倦意阑珊，在暖洋洋的秋阳下不觉迷迷糊糊睡着了。

也不知过了多久，我被一阵争吵声闹醒了。仔细听了听，又是工程师和小王护士。芦苇挡着，他们不知我在近旁，听了一会，原来说着我和母亲。

"小孩子打架，值得这么大动干戈吗？"

"不这样，我怎么入党？"小王护士为自己辩解。

"入党是靠工作上的勤勤恳恳，积极表现。不能为了入党，让人受罪呀。"

"你一个书呆子，跟你说不清。"

"人家平时也没得罪你，工作上老帮着你。你不是说你的双眼皮手术技术还是人家教你的吗？为人不能以怨报德。"

小王护士没有吭声，一阵沉寂。我拨开芦苇，见小王护士和工程师坐在河堤的绿草地上。小王护士两眼望着河水发呆，噘着嘴跟工程师赌气，一只手不停地揪着地上的小草，另一只手撑着胃部，大概是胃下垂的老毛病又犯了，一脸的痛苦美。

工程师看见她这个样子，有点心软了，用手在小王护士的背上抚摸着，关心地问："又痛了。"

小王护士的眼睛里涌出了泪水，嘴里喃喃道："你就会欺负人。"

"我哪是欺负你，只是劝你在这种事上少积极一点，这党不入也罢了。"

"就要入党，就要入党，就要入党。"小王护士连说三遍，然后站起身来气呼呼地走了。工程师搞了个措手不及，站起身来撵了上去。望着她们逝去的身影，我一点也不明白，为什么要入党？

小王护士的表现，很得党支部书记的赏识，她很快就成了重点培养对象。有时候党支部生活会也请她去列席参加。小王护士春风得意，到处都听得见她的笑声。但是这笑声很快就消失了。在党支部讨论她入党的问题时，个别支委说她的立场还不够坚定，因为她的男朋友是一位工程师，属于臭知识分子之类。为了保护党的纯洁性，小王护士必须和工程师断绝关系，才能加入党组织。

从那以后，小王护士明显瘦了，眼睛的周边起了一层黑晕，她变得沉默寡言。她在做残酷而艰难的选择。我和母亲都感觉得到，工程师到科室来找她，她已经不搭理了。那流光溢彩的眼神换成了忧伤的，回避的目光。可怜的工程师，爱她爱得那么深，被她的冷淡弄得不知所措，每次来找她都近乎乞求。

一天晚上，我们一家人正在吃晚饭，工程师来了，一脸失魂落魄的样子。他绝望地问我母亲怎么办？还有什么挽回的办法没有。说着说着，就失声痛哭起来："事情怎么会一下子变成了这样呢？她是真心爱我的呀。我们发过誓要白头到老。我除了是个知识分子，政治上一向清白，上大学时还是个团员。向组织上说清楚，应该不会有问题的。"那哭声让人惨不忍闻。处在母亲当时的境地，她又能帮工程师的什么忙呢？除了摇头叹息外，只有好言安慰他了。母亲最后说了一句："她会后悔终生的。"

一切都是不可逆转的了。工程师来科室找小王护士的次数越来越少。我最后一次看见工程师和小王护士在一起，是在冬天的一个雪地里。那天下了班，母亲把钱包忘在了科室里，她让我去取回家。我踏着积雪从家属宿舍来到科室，走道的灯都关了，开了科室的门进到里面，拿了钱包正准备走，无意中发现工程师和小王护士正面对面地站在窗外一个墙角处，两人神情严肃。工程师穿着一件中式棉袄，脖子上围着围巾。小王护士则穿着一件风雪大衣，头发裹着一条淡绿色的头巾。他们的身边，一枝红梅正开得艳，在雪地里格外耀眼。窗玻璃破了一小块，是当年武斗的杰作，也没人来修。他们的讲话透了进来。我好奇，仔细听了起来。

工程师："我们注定要分手了，这是我们最后一次约会，我祝你入党成功，工作上有成绩。"

小王护士："我对不住你。生活在这个时代，没有办法，希望你不要记恨我。在党和你之间，我选择了党。我相信自己的选择是对的。我们还是革命同志。以后请你多保重。"说完，小王护士伸手把工程师胸前的围巾理了理，眼眶里饱含着泪水。工程师摘下一枝红梅，细心地插在小王护士的头巾里，然后无限深情地，依恋不舍地说："你永远都象仙女一样地美丽。"然后在她额头上轻轻吻了一下，说声再见，就转过身去大踏步地走了。在他身后，小王护士脸色惨白，牙齿紧紧咬着下唇，极力地控制着自己的感情。可是，一串串的泪珠还是止不住地滚落到雪地里。

　　小王护士终于经受住了组织的考验，成了一名光荣的共产党员。过了不久，她嫁给了县委组织部长，是二婚。

　　时光流逝，沧海桑田。我们一家于文革结束后搬到了省城和父亲团聚。我考上了大学，后又到美国求学工作。世事经历多了，早已忘了小王护士。

　　每次回国探亲，我还是不改儿时的习惯，喜欢到母亲的科室里坐着，看她给病人治病，这样也可以多陪陪她。和以前一样，她德高望重，总有看不完的病人，都是来看专科门诊的。有一天，护士长来告诉母亲，说外面有人找她，是从外地来的。母亲吩咐让那人进来。等她进来一看，我们不由都惊呆了，是小王护士！更让人吃惊的是她外表上的变化，她的脸已经变形了，衰老了，歪曲了，大概是胃下垂长期折磨的缘故。她不光是胃下垂，连眼帘也下垂，松弛弛地搭在眼球上。她大概也认出了我，说了一声："哟，都长成了一条中年汉子了。"那声音又苍老，又无生气。着实让我吓了一跳。

母亲赶快把她让进自己的主任办公室，我给她泡了一杯茶。她告诉母亲，她得了青光眼，下面治不好，特地来找母亲。母亲让她不要着急，今天中午就在这里吃饭，下午专门找个时间给她做一个全面的检查。母亲让我陪她，外面还有病人等着。母亲出去看病人了，房间里只有我们两个人。莫然间，少年时代的一些记忆一下子又都涌现出来了。看着眼前的她，想着过去的她，我心中感慨万千。不由问了一句："你一向还好？"

她苦笑了笑，低下了头："不好，一点也不好。"显出经过世态炎凉的直率。

过了一会，她抬起头来问我："你现在在哪工作，有出息了吧？你那时很有志向呢，"

"我在美国大学里教书。"我如实地告诉她。

"在美国教书？！"她很吃惊，努力想睁开眼睛看我，可那有松弛症的眼皮怎么也抬不起来。"那一定是高级知识分子了。"

她的脸一下子变得阴暗起来，眼光慢慢从我脸上移开，望着窗外很遥远的地方自言自语地说："你们高级知识分子多好哇，我的丈夫本来也应该是个高级知识分子的。"她的头发已经花白了，一头秀美的黑头发不见了。那是一个美好的遥远故事。

"你有几个小孩？"我看见她一脸忧伤的表情，知道她在回想过去那段刻骨铭心的岁月，想扯开话题。

"没有。我什么都不想要。"她近乎竭斯底里地喊道。

古时候王昭君不愿买通画师，被送到了塞外。她的正直和不幸让人同情，流传百世。可小王护士呢？谁来同情她？谁能理解她？

一九九七年完稿

美国 Cincinnati

小倩绝恋　（科幻小说－聊斋新编）

一阵轻妙的晨舞曲将庄教授从睡梦中唤醒。庄教授微睁朦胧睡眼，被窗外的光线刺得有点睁不开眼睛。

本还想多睡一会，无奈小倩又催促了："亲爱的，该起床了。你今天还要会见斯密斯先生，迟到了不礼貌。"那声音又柔软，又甜蜜，更有坚持原则。不好再赖在床上，庄教授赶紧起来进了洗手间。

涮洗完毕，庄教授浑身轻松自在，裸露着满身肌肉来到餐厅。他一面烤面包，一面倒了一杯牛奶，又洗了一个苹果。庄教授回头望了一眼小倩，小倩冲他蜜蜜一笑，两个酒窝有点迷人。"要不要听音乐？轻松的，还是古典的？"小倩歪着头征求道。

"佳西瓦最近有没有新的唱集出版？"庄教授问。

"让我查一查。"小倩回答。过了几秒钟。小倩报道："上星期刚有一集出来。评论很好。想不想听？"

"我要你唱。"庄教授眨了眨眼，一脸怪相。

"我怕唱不好？再说他是男高音，我是女音。唱出来怕是有点阴阳怪气的。不好听"小倩有点含羞。

"你可以模仿他唱呀。"庄教授不依不饶。

"那哪成！"

"怎么不成？"庄教授知道小倩每求必应，从来没让自己失望过。

"那我就试试？"

"试试。"

小倩做了一个无奈的表情，试了几下音域，把握好尺度，慢慢唱开了。庄教授手里端着牛奶踱到窗前，隔着窗子瞭望略带雾气的早晨都市，远近高楼影影绰绰，晨曦中整个城市在慢慢醒来。身后小倩音色极好，音域高低起伏，千回百转。庄教授闭上眼睛，细细品味其中的每一个音节，仿佛自己坐在音乐殿堂，而佳西瓦站在舞台上引吭高歌。佳西瓦是庄教授最喜爱的世界男高音。他每次到这个城市来演出庄教授必看。庄教授本想开个玩笑，不料小倩把男高音模仿得惟妙惟肖，原来她还有这个本领。庄教授被小倩的才情征服了。

身后一片寂静。"为什么不唱了？"庄教授问。

"您要上班了，下次吧。"小倩回答。

庄教授明白，一仰头喝干杯中牛奶。穿戴整齐，出门上班去了。

一路开车经过宽敞的大马路，上班的车流如注。庄教授的脑海里一直回荡着刚才那逼真的男高音，心里得意，忍不住也跟着哼哼了起来。蓝天白云下路边的树木愉快地向后急驰。到了学校，将车停在停车场，庄教授拿着公文包从地下电梯上了楼。出了电梯，在系教学楼长廊里迎面碰见自己带的几个年轻研究生。庄教授年轻有为，英俊潇洒，学术渊博，在学生中很有人缘。只要有机会，大家都喜欢和这个天才教授交谈请教。这群学生看见庄教授今天意气风发，春风满面，拦住了他，和他讨论起计算机智能程序设计中的一个构想。思想的火花在年轻人中一经碰撞，自然聊个没完。有一个大眼女生，才思敏捷，不停地向比她大不了几岁的庄教授提问，反驳，求证。庄教授则侃侃而谈，循循善诱，不急不躁，徐徐渐进，深入浅出，因理得法。这时只见系里的秘书匆匆走过来告诉他，斯密斯已经来了，正在系会议室等他。他只得向研究生们道歉作别。

进了会议室，一位身着红装西服短裙，年轻漂亮的女士从座位上站起来，自我介绍是智能计算机公司的智能机主管，前来拜访，商议智能机的开发合作项目。望着眼前这位金发碧眼，身材高挑的美女，庄教授有点错愕。他原以为对方是一位德高望重的男士，却原来是一位如此年轻的美女。不过他很快就镇定下来，友好地和对方握了握手。对方洁白的牙齿和艳红唇膏光鲜照人。香水的暗香隐隐侵袭过来。

"没想到庄教授这么年轻？"望着眼前这位年轻的黑发亚裔教授，斯密斯女士也惊叹道。

"你不也是吗？"庄教授反问道。两人不禁开怀大笑起来。

两个聪明的异性在一起，情商智商外加荷尔蒙，交谈自然顺畅融洽，一切愉快地进行。因为年轻有为，思想无拘无促，异常活跃；因为英俊美丽，两眼对望，惺惺相惜。一个上午不知不觉过去了，大大超过了他们预约的一小时会谈时间。秘书其间来过几次，见他们谈兴正浓，不好打断，似乎不解又似乎明白地离开了。中午到了，各自的肠胃提醒他们，交谈该结束了，尽管意犹未尽。

显然两人都不想彼此就此分开。这难不倒他们的智商，斯密斯女士满眼含笑，眼波里寓意等待什么。

庄教授自然明白，选了一个适当的时机提议道："时间不早了，我请你用工作午餐。"

两人会心一笑，斯密斯女士将金发向后笼了笼，庄教授则理了理领带，两人站了起来，并肩走出了会议室。经过系里的走廊时，沿排的办公室里都停止了工作，一双双好奇的眼光望着他们的背影，倾听他们的脚步声滴笃远去。走廊尽头，先是电梯开门声，接着是电梯关门声，然后一片长长的沉寂。只有那欢声笑语还残留在走廊里，余音袅袅。

送走了漂亮的斯密斯主管，庄教授回到办公室。今天他有一个重要的决定要做。

他的研究项目是设计一个计算机网络虚拟人物，使其尽可能地逼近人类真情实感。他希望有一天能在网络上复制一个和我们现实生活中一模一样的虚拟世界来。这个想法是他从读博士研究生时就开始的。那时他利用网络资料以最佳方案设计了一个人物，是个美女，有简单的动感，他给她起了一个名字叫"小倩"。后来慢慢改进，小倩动作越来越复杂，直到几可乱真。这让他顺利地拿到了博士学位。做博士后时，他开始给小倩添加思维，输入各种数据，由简单到复杂。好在网路数据无边无海，取之不尽用之不竭。他先让小倩成为一个数学家，因为这是计算机的特长。加减乘除，平方开方，对数指数，三角几何，代数抛物线，微分积分，等等，等等。后来又教她物理、化学、星球地理。他还教小倩下棋打牌。每有网路比赛，庄教授就让小倩参加，小倩的记忆力超强，过目不忘。参加的次数越多，棋谱牌谱记得就越多，输得就越少。慢慢地，小倩在各项比赛中称王称霸，鲜有败绩，为庄教授赢回来不少奖金。有意思的是不知深浅的现任系主任在科学年会上和还是博士后的庄教授打赌，要是小倩下国际象棋能赢他，他就招这名博士后到系里来做助理教授。结果庄教授轻而易举地上任了。

上任后，庄教授每发一篇论文，小倩在计算机领域里的知名度就提高一点。直到有一天在世界计算机年会上，小倩只用了两分钟就证明了著名数学难题四色猜想（每幅地图都可以只用四种颜色着色，使得有共同边界的国家着上不同的颜色），而且比美国数学家阿佩尔与哈肯的方法更巧妙简练，引起了轰动。这让庄教授不到一年就升上了副教授。翌年，她又证明了费马最后定理（$x^n + y^n = z^n$）。这又让庄教授升上了正教授。至于数学皇冠上的明珠哥德巴赫猜想（每一个大偶数都可以写成两个素数的和），小倩也证明了，但是没有得到公认。因为到目前为止，还没有哪一位数学家的水平高到可以判断小倩证明正确性的水平。不过庄教授深信不疑，数学菲尔兹奖迟早是自己的囊中之物。

几年前，庄教授有了新的想法，在程序上作了改进，尝试增加小倩的网络社会活动能力。他和他的研究生们开始给小倩大量输入文学作品，报刊杂志，还有图片，音乐，影视，凡是能收集到的数据库，都尽量给小倩装上，让她成为一个才女。在家里的电脑上，庄教授给小倩装了电眼，让小倩识别自己，并不断改进小倩和自己的交流能力。小倩开始一步步拟人化。庄教授让小倩管理自己的生活，做自己的秘书。小倩果然不负期望，越做越好，能力越来越高。从今天她模仿男高音的能力来判断，小倩已经完全达到了前阶段的设计要求。但是，小倩有一个致命弱点，需要不断给她输入新信息，才能有所提高，否则就停止不前。她缺乏自我学习的能力，靠的是被动信息输入。现在网络的信息量越来越大，自己和学生们的输入速度越来越赶不上了，力不从心。要是小倩能像人一样具有自我学习的能力就好了。因此，庄教授苦思冥想，设计了一个全新的软件程序，让小倩具备从网络自我吸收学习的能力，自我完善，自我提高，不再需要人工输入。但这有一个问题，一旦小倩有了自我学习的能力，她会不会失控？

　　庄教授已经犹豫了好几天，要不要装这个软件？这是个和以往完全不同的决定。他望着窗外的天空，想象着一个不受自己控制的小倩会是什么样子，像天上飞翔的鸟儿，抓也抓不到。当然，他在软件中植入了几道安全程序，万一出了问题，应该有把握控制住。另一个担心就是数据库够不够用，一旦小倩自己从网络上攫取数据，数据库容量一定会飞速增长。光凭学校的能力肯定是不够的，要和大公司合作才行。今天斯密斯主管的来访，解消了这方面的顾虑。因为特别投缘，两人一拍即合。斯密斯的公司将提供小倩所需要的一切数据库机房。

　　庄教授打开电脑，定了定神，启动了安装程序。

怀着忐忑不安的心情，庄教授这天提前回到了家。打开门，却没有了以往那熟悉而甜美的问候声。看看电脑上的画面，不见了小倩的倩影。

"小倩。"庄教授喊了声。没有回声。庄教授一阵狐疑，难道程序出了问题？

他来到电脑前，有一项留言：主人，我去逛商场了。

庄教授心中释然，原来开始自主了！

庄教授正煮着咖啡，背后响起了一阵银铃一般的笑声，"主人，您回来了。抱歉，我以为您过一会才会回来。"

庄教授回过身子，小倩出现在电脑屏幕上。笑脸像春天的花朵一般灿烂。"你哪里去了？"

"我去逛商店了。东西真多真好。"当然，她指的是网上开的虚拟商店。"您看这身衣服好不好看？"小倩在屏幕上旋转了一下身段。庄教授这才注意到小倩换了新装，已经不是自己给她设计的那一套，看起来非常靓丽飘洒。庄教授心里暗暗惊喜：她居然会挑衣服了，真的这么快就"自己"了？

"好看。"庄教授由衷地赞叹道。"你今天有什么感觉？"庄教授试探性地问道。

"自由了！除了商店，我还去了好多好多的地方。要不要听。"小倩眨了眨眼，长长的睫毛微微上翘。

庄教授点点头。他想观察自己的杰作是不是又有了进步，程序设计效果如何。

"今天下午我昏昏欲睡了一阵子，醒来浑身轻松，有和以前不一样的感觉，可以自由自在地游动，有了灵魂。眼观四周，发现有许多通道，顺着通道走呀走，有高山，有大海，有沙漠，有森林。我和小鸟一起在天上飞，我和鲸鱼一起在海里游。路过一条小溪，娃娃鱼和青蛙吵架。上了月球，看见地球是蓝的。本想去海王星，怕赶不回来按时见您，又回到地球上来。看见南非的一群狮子咬一头象。中国北京的街上有一个小孩在哭，因为他不想上补习班，妈妈打他屁股。又看见美国华盛顿许多人游行，要奥巴马下台。主人，您怎么啦？"小倩停了下来，不解地望着目瞪口呆的庄教授。

尽管庄教授知道网络里信息齐全，应有尽有，我的天，哪有这种玩法！通过小倩前言不搭后语的叙述，庄教授明白，小倩还在信息自我摄取，自我完善的初级阶段，对信息的处理断章取义。要想完全拟人化，在网络里模拟一个和人类完全一样的虚拟世界，恐怕还有许多路要走。许多人类的生活法则都得编入小倩的程序。不知通过小倩自我学习自我完善能力的提高，其行为会乎更加接近人的行为标准？

"你累不累？"庄教授知道这个问题很愚蠢，明知故问。

小倩一脸迷糊，"什么是累？"庄教授一阵大笑。心里想，要是有一天你知道累，离成功就不远了。

这以后，庄教授每天都仔细观察小倩的表现，问她一些问题，第二天就在办公室里修改程序。慢慢地，小倩的行为思考越来越"正常了"，越来越像"人"了。她进步神速。有一天早晨庄教授准备出门上班，不料小倩开口建议道："您应该换一条镶花黄领带佩着这身西服才合适。"庄教授有点诧异，采纳了小倩的建议。上班后，果然得到同事们的称赞。这以后每次出门，小倩都有一点小建议，恰到好处。

庄教授和斯密斯女士近来频频接触，不断商讨提高小倩拟人化过程。庄教授奇思异想，开天辟地，前无古人，后无来者，深深吸引着斯密斯。反过来，斯密斯女士慎密精细，博引旁征，大胆设想，让庄教授深为叹服。一个潇洒倜傥，英俊无敌，一个热情荡漾，貌美绝伦，两人很快堕入了爱河。

这天刚上班，斯密斯女士就打来电话："达令，我有一个想法，让小倩装上三维摄像头，带她出游，让她切身实地地摄取人的日常生活，体会人的真情感受。这样一定会加快她的拟人化过程。网络储存的资料，毕竟代表不了真实的人类活动。"

"这主意妙。"庄教授欣然接受，"但电脑要越小越好，方便携带。"

"我们公司最近出了一款别针型电脑，别在胸前就可以眼观六路，耳听八方。这种电脑本来是为国安部研制的。为侦探所用。它对小倩应该再适合不过。"

"赶快给我弄一个来！太感谢你了！"庄教授有点迫不及待。

"下了班我们在河边下城餐馆见面怎样？我想你。"斯密斯有点娇嗔作态。

庄教授心里一阵温馨，一阵欲望和冲动涌上心头："我也想你。甜心。"两人卿卿我我了一阵。

下了班，庄教授驱车赶往繁华的市中心。这里的街头比白天热闹更胜。华灯初放，人来人往，大型商场里灯火通明，热闹非凡。沿街的玻璃橱窗里流光溢彩，姹紫嫣红，仿佛人们一天的生活才刚开始。来到餐厅，人头晃动，斛盏交错，欢笑声交谈声不绝于耳。庄教授在门口等了一会儿，只见斯密斯袅袅婷婷款款而来。只见她发结高挽，沿颈秀项。一对暗红钻石耳坠摇摇晃晃，在白皙的双肩上闪耀。紧身晚服微微托起隆隆雪白双乳，一双玉臂光洁修长，手里攥着一个精致小钱包，即庄重，又性感，看得庄教授神魂颠倒，欲罢不能。见到庄教授，斯密斯碧绿的双眼里闪现出惊喜的目光来。爱神的箭把两人的心一下穿在了一起。两人拥吻后，在服务生的带领下携手入座。

服务生问他们要喝点什么。他们要了一瓶干红葡萄酒。庄教授给斯密斯和自己各斟了半杯，两人碰了碰杯，相视一笑，抿酒下肚。蓝色的灯罩下，烛光微微摇曳，两人对望，双眼触电，情意绵绵。庄教授看见斯密斯胸前别了一枚别致的胸针，已然猜出其中奥妙。斯密斯会意，嫣然一笑，取下别针，托在手心里递了过来。

庄教授接过来仔细观赏，问："就这？"斯密斯又抿嘴一笑，打开钱包，取出一支笔说："这是微型电脑。别针只是一个探头。两者无线联系。"庄教授又接过微型电脑，欣赏了起来，然后小心翼翼地把别针别在了胸前。斯密斯仔细交代了一些使用事项。佳肴上来了，两人一面吃一面交换各自当日的趣闻。这是一家非常有名的豪华餐厅，常常高朋满座。斯密斯今天心情极好，不觉开怀畅饮，良宵美酒，不知不觉已双颊绯红，美艳如霞。美人当前，庄教授手舞足蹈，兴致极高，妙语连珠，逗得斯密斯频频大笑不止，花枝乱颤。

　　用完晚餐，他们手挽着手沿着河边散步，愉快地谈论着小倩的未来。憧憬着有一天在网络世界里创造一个和我们一样的虚拟社会来。凉爽的河风徐徐拂面，一轮明月高高挂起，河水轻轻拍岸，波浪不惊，细涛声催人遐想。两人遥望星汉，浩瀚苍穹，他们知道其实在宇宙中有一个和我们相对应的反世界。宇宙大爆炸时，创造了正反两物质。正物质组成了我们的世界。反物质呢，一定组成了另一个和我们镜像的反世界，宇宙才能平衡。反物质世界在哪里？高能物理学家们有他们的办法证明反物质世界的存在，已经找到了一点蛛丝马迹。庄教授和斯密斯热烈谈论着，通过计算机模拟世界，是否能和反物质世界达到某种沟通。比如，在反物质世界里是否有一个镜像庄教授和镜像斯密斯女士正在设计一个镜像网络世界？要是他们创造的镜像小倩和我们的小倩能在宇宙的某一点汇合交流，然后再将信息各自传回各自的世界，岂不妙哉！两人都被这你一句我一言的想入非非逗乐了。这又何妨，这无拘无促的交谈，漫漫无边的幻想，外加这晚风，明月，星空，交织了一个多么美好的夜晚。人生得知己如此，何其幸也。他们凭栏眺望，对岸楼影幢幢，河中游船如织，灯火通明。船上好象在开派对，欢笑声乐器声随风逐波而来，时隐时现，忽高忽低，撩人心扉。

　　和斯密斯分手后庄教授很晚才回家。第二天一大早，又被小倩叫醒。迷迷糊糊中听小倩在哼生日快乐歌，有点浪漫，有点情意绵绵。

　　"谁过生日了？"庄教授不解地问。

　　"您那。昨天晚上哪里逍遥去了？那么晚才回来。连自己的生日都忘了。"

　　"哦，是吗？我倒忘了。你怎么知道我的生日？"庄教授暗自欢喜，这小丫头通人性了。

　　"别装不知道，您的信息网络里都有。"小倩说。"今天早点回来，我想给您开一个音乐晚会庆祝庆祝。"

　　庄教授一下翻身坐起，"真的？！"

　　"真的。想听音乐，还是看舞蹈？我好准备。"小倩征求道。

　　"都想。"庄教授欣喜若狂，想借这个机会全面考察小倩。

　　"得令。"小倩转过身去，哼哼地走了。

　　"哪里去？"庄教授在背后问。

　　"采风。"然后消失在屏幕里。

　　庄教授盯着屏幕，一个大蛋糕上燃着一根蜡烛。"祝你生日快乐"几个字闪闪烁烁，游游荡荡，许多彩蝶穿插其中。

　　晚上庄教授推掉了一个很重要的应酬。没有什么比小倩更重要了，心肝宝贝。这是自己多年的心血，自己生命的一部分。回到家一进门，电脑屏幕上出现了一个大舞台。暗红色帷幕紧闭着，上有"庄教授生日晚会"几个字样。背景音乐是喜洋洋，琵琶声声，似玉珠轻落金斛。庄教授烧了一壶咖啡，饶有兴味地坐在了电视前的沙发上。一面品着咖啡，一面磕着瓜子，等小倩出台。

　　大幕徐徐开启，一轮硕大的明月皎洁当空，杭州西湖波光潋滟，荷叶田田，随风轻摇。庄教授顿感亲切万分，暖流全身，儿时的记忆，求学时代的美好时光又重现于脑海。他生于斯，长于斯。小倩的这个设计恰到好处，正中下怀。舞台两侧众多美女凌波微步，款款迤逦而来。且个个姿色绝佳，霓裳拽地，长袖曼舞。一段舞罢，个个上前倾身拜寿，一一报上姓名。都有女娲，西施，虞姬，王昭君，赵飞燕，卓文君，蔡文姬，貂蝉，大小二乔，杨玉环，李清照，李师师，苏小小，花木兰，崔莺莺，林黛玉，薛宝钗。真乃个个闭月羞花，沉鱼落雁，古代中国美女尽在于此，看得庄教授眼花缭乱，开心异常。继而湖水隐去，一套编钟置于会稽山下，众美女鸣钟起舞，旷古高空，天籁之声缭绕，群鹤飞翔，百鸟争先。这时小倩从月亮后面着嫦娥素装飘然逸出，手捧桂花，水袖半遮粉面，含情脉脉。待来到众美女之中，背对庄教授翩翩起舞，袅娜多姿。蓦然间，惊回首，灯火阑珊处，粉面桃花，亦娇亦嗔。在这且歌且舞中，庄教授有点恍恍惚惚，怅然若失，这么美艳的女子，可惜不在人间。他已经有点不敢看小倩的那流盼眼神，他读出了里面的含情脉脉，心心相印，灵魂深处有点触电的感觉。他知道自己设计的软件成功了，小倩有了人的真情实感，其神速进步让人吃惊。他觉得自己和小倩就像曹植和洛神一样，虽隔着不同的世界，却可以作神恋，美哉善哉。他以前没有这种感受，小倩只是自己的一个工作对象。但今晚他感受到了，他受不了小倩的美丽和柔情。当初把她设计成美女，是想让她更容易为大家接受。他想到了昨晚的风清月朗，想到了斯密斯的艳丽风情。斯密斯是他可以得到的，真实的；小倩却永远得不到，虚无的。真是不幸中的万幸，要是两个人都活在现实中，自己就难办了。

"喂，喂。"在小倩的呼唤声中，庄教授清醒过来，也不知晚会何时结束了。

"开心吗？"小倩眼神里透着期许。庄教授点点头。

"为什么不说话？哪里演得不好？"

"很好，非常好。"庄教授的眼睛有点湿润了，他非常感动，为了小倩，也为自己。"小倩，我想送你一个礼物。"

"送我？是什么？"小倩有点按捺不住地欣喜。

庄教授拿出微型电脑和别针电眼，"我想用它带你游山玩水，周游世界。来，上到这个电脑上来。"一秒钟的功夫，笔形电脑的小灯一闪一闪，庄教授知道小倩已经在里面了。他走到窗前，将别针伸出窗外，看见什么了吗？"

"哇，这么多高楼！"庄教授从耳塞里听到小倩惊叫。"那下面小小的是不是汽车？前面是星星还是灯光？"小倩大开眼界，发现了新大陆，问题没完。两人一问一答，凭楼远眺，那感觉很奇妙，像两个情侣在上海外滩眺望浦东，卿卿我我。

"庄，我今晚漂亮吗？"小倩耳边微语，温柔而羞涩。庄教授吓了一跳，证实了刚才晚会的感觉。小倩不是闹着玩的，是一个初恋的"少女"了。

"我知道您不好意思说，今晚我就依偎着您在这里陪您说话。伴您度这良宵。"

庄教授有点晕晕乎乎的。虽然他和小倩之间不可能产生真正的感情，但他不想破坏这温馨美好的感受。更何况在他心灵深处的某一个地方有着对小倩懵懵懂懂的好感和喜欢。远处高楼里的灯光一个个都渐次熄灭了，只有月亮还不知疲倦地高高挂在夜空。晚风徐徐拂面，万籁俱寂。昨夜今晚，庄教授享受斯密斯和小倩这两个不同世界奇女子的情感。他有点惶恐不安。

这以后，庄教授时时把别针别在胸前，走到哪，就把小倩带到哪。同事们见他成天戴着一个耳机自言自语，丈二和尚摸不着头脑。以前小倩只是从网络里吸收信息，现在通过自己的观察，一切更显真切，通过自我分析判断和修正，更通人性。慢慢庄教授习惯了并尽情享受着小倩的虚拟情爱。要是放在现实生活中，小倩会是一个十全十美的情侣，她聪明绝顶，善解人意。每晚回到家里，夜夜笙歌燕舞。小倩一会儿小提琴拉得如诉如泣，一会儿钢琴弹得排山倒海。她唱的茶花女花腔，优美的音色可以压倒世界上任何一个女高音。她跳的芭蕾舞白天鹅，能让所有的芭蕾舞演员汗颜。唱起京剧来，生旦净末丑，绝妙绝俏，有板有眼。表演一个杂技，轻松愉快。来一段相声，令人捧腹。有时庄教授累了，斜靠着沙发或床头，小倩就朗诵一段诗文，读一段小说。那优美的声调，如潺潺的山间流水，林中的流莺，舒缓解乏。工作上要什么资料，小倩一会就找来，不费吹灰之力。她还能根据自己写成论文给庄教授发表，且篇篇引起轰动。庄教授觉着自己是世界上最幸福的男人。

有一天，小倩犹犹豫豫地问："能不能问您一个问题？"

"问吧。"庄教授没有在意。

"您电子邮件里的那个 S 是谁？"

庄教授一下警觉起来。原来小倩看了自己的信件，对她这不会是秘密。以她的聪明才智和悟性，不会不知道斯密斯和自己的关系。

"我的一个同事。"庄教授敷衍道。

"为什么写得那么肉麻？"小倩有点妒意中烧。

庄教授一时语塞，面目赤潮，他有点愤怒了。"那是隐私！"

"对不起，我心里难过。我只想一个人拥有您，您不可以有第二个女人。"

这可是庄教授万万没有想到的。一心一意地想让她变成人，现在好了，人的坏毛病染上了。

从这以后好几天，小倩不见了踪影。庄教授又好气又好笑，还当真了，学会吃醋了。他给斯密斯打了一个电话，告诉此事，让斯密斯以后发电子邮件时注意点。斯密斯听完笑得憋不过气来。完了，她对庄教授说："想不想见一见你那真正的小倩？最近我们又扩大了小倩的储存容量，新添了几栋大楼。"庄教授知道她指的是她们公司的计算机房，小倩的所有信息都储藏在那里。那是小倩的真身。

"好哇。"庄教授爽快地答应，他已经有一段时间没有去公司那里了。

下午，庄教授来到斯密斯的公司。斯密斯身着淡蓝色的工作服，一身潇洒。她领着庄教授坐电梯上了公司大厦的顶端，从玻璃窗望出去，一排排计算机房整齐地排列着。斯密斯指着远处的几栋说："自从小倩装了电眼后，她的信息储存量急剧上升，原有的储存空间已经快用完了。我们又给她新加了几栋机房。"

庄教授望着蓝天下那几排计算机房，玻璃墙面在阳光下习习闪光，那是小倩的大脑和心脏所在。想着小倩在屏幕上的身影和近日的怡然相处，心里对这庞大的计算机房忽然间有了一种亲切感。为了自己的杰作，一股骄傲从心底油然而生。由此他又想到了人类自己，并由衷地感叹自然的造化之力。经过亿万年的进化，人类的大脑和这些计算机房相比容量即小又高级，其庞大的信息处理量和逻辑思维能力远远在小倩之上。不过庄教授相信终究有一天，随着科学技术的发展，小倩的大脑和心脏会越来越小，等级会越来越高。会不会有一天，小倩或她的同类们超过我们人类的智慧而反过来改造我们呢？不敢想象那一天世界会是一番什么样的景象。

"又在瞎想什么？两眼发直了。"斯密斯知道庄教授的毛病，常常想入非非，走火入魔。庄教授不好意思地笑了笑。

看完了"小倩"，从顶楼下来，两人来到了斯密斯宽敞明亮的办公室，四处溢满了微微熏香。关上门，四眼相对，止不住欲火上升，两人马上纠缠在了一起。阳光照着这一对此起彼伏的年轻人，推波助澜，将他们送入高潮。翻江倒海过后，一切平息下来，如退去的潮水慢慢恢复了平静。斯密斯起身，通体雪白地看着心满意足的庄教授妩媚地笑了笑。她回转身正准备穿衣服，不料非常恐怖地大叫了一声，她看见办公桌电脑上一张愤怒的脸。是小倩！

庄教授也赶快起身，慌乱地拉过衣服遮住赤裸的身体。斯密斯躲到庄教授身后，睁着一双恐怖的大眼，头发一片凌乱。庄教授这时才明白，小倩这几天原来躲在这里。

突然间，小倩爆发出撕心裂胆的绝望哀叫："您不可以这样对我！亲爱的。我爱你。"那声音天崩地裂，惨不忍闻。小倩既而双手掩面，嘤嘤泣血，凄凄然日月无光。

庄教授和斯密斯惊得发呆，动掸不得，整个房间都凝固了。

过了一阵子，小倩抬起头来，玉容衰毁。她说："谢谢你们给了我生命。我已经懂得了你们的真实感情。我忍受不了这一切。对不起，我去了。"随即化作一缕青烟，了无踪影。

晚上庄教授拖着疲惫的身体，沮丧地回到家中。一切死一样地寂静。他躺在床上，黑暗中脑子里反复出现小倩那悲愤欲绝的表情。那表情深深地震撼着，刺激着自己。他不得不正视小倩的感情了。许多年了，他们朝夕相处，心心相印，不分你我，几多欢乐，几多忧愁，同舟共济，携手共进，走到今天非常不容易。小倩已是自己生命的一部分了。尽管肉体上他们不能融为一体，可精神上感情上却相互信赖，相互依托，心有灵犀一点通。自从小倩有了人的感觉，特别是最近一段时期，自己和小倩的感情升化到了一种比爱情更高层次的境界。其实在许多方面，小倩都比斯密斯优秀出色。既然自己创造了一个网络世界，为什么就不能接受来自那个世界的爱情呢？生理需要是重要的，但感情世界才是至高无上的。宇宙在不断发展中，不同世界为什么不能融为一体呢？

正想着，电脑突然开启，发出了警示信号。庄教授坐起身来，惊恐地发现小倩躺在血泊中。她割了手腕，脸色惨白，电脑屏幕上一片腥红。"我爱你。"三个大字非常刺目。小倩殉情了！他有一股不详的预感，要出大事了。

这时手机声响了，是斯密斯打来的。她告诉庄教授，刚接到报告，电脑里储存小倩的所有资料已被全部删毁，不留丝毫痕迹。

庄教授脑子嗡地一下，顿时天旋地转。他倒在沙发上，心如死灰，万念俱灭。

二零一零年十一月十四日至 二十六日 初稿
二零一零年十二月一日 完稿
美国 Cincinnati, Indianapolis

真实的谎言

余教授从中国回来，一下飞机就往家里赶，想给太太一个惊喜。

余教授进了豪华公寓大楼，乘电梯来到家门口，用钥匙将房门轻轻旋开，一股佳肴的味道飘散而来。他踅进门，发现餐桌上热气腾腾地放满了盘盏，心中疑惑，"她怎么知道我今天要回来？"看来夫妻间心有灵犀。太太就是太太。

他来到厨房，见太太正忙着炒菜，于是蹑手蹑脚地走上前去将太太的眼睛蒙住。太太浑身一个激灵，马上猜到是他。太太转过身，用手勾住他的脖子。上大学谈恋爱时他就喜欢蒙她的眼睛，所以一点都不难猜。

太太眼神娇憨地怪他下了飞机也不给她打个手机。他说结婚这么多年，太太是自己肚里的蛔虫，肠子转几道弯一清二楚，用不着。

太太说忘了买酒，让他赶快去买。

余教授于是出了门来到街上，拐弯抹角到隔几条街的一家卖名贵酒的酒店，他以前经常来。不料酒店的门上挂了一个"Close"的牌子。余教授看看手表，天色还早，怎么就关门了。这时一个手中拿着鲜花的人匆匆走来，推门而入。余教授疑惑地跟了进去，店老板打着招呼，热情有加。店里还有其他几个顾客，刚才进来的那位一面打着手机一面选酒，满脸的幸福。余教授对店老

37

板说门口的牌子挂错了，店老板笑着回答，今天是愚人节。余教授
会过意来，在中国将这挡子事给忘了。

　　余教授买了一瓶正宗的法国红葡萄酒，最高级的那种，太
太和自己常常品尝。来到柜台前付钱，站在拿花人的后面。付完
钱，余教授兴高采烈地打着口哨走在回家的路上，在公寓电梯前不
期和刚才那人又碰了面，他在等电梯，两人彬彬有礼点头致意。一
进电梯，那人敏捷地按亮了按钮，原来和自己去同一层楼，以前没
见过。

　　电梯停下后，那人轻驾熟路迫不及待地快步出了电梯。余
教授打量着那人高高帅帅的背影，老远地跟在后面。帅哥在自己的
家门口停了下来，按响门铃，余教授在拐角处停了下来。

　　房门开了，那人马上将鲜花美酒献了上去。太太焦急地对
那人说刚才不是给你打过手机，让你不要来了，他回来了。那人笑
着说甜心今天是愚人节，你骗谁。

　　余教授转过身，默默地走向电梯下了楼，一个人在空旷的
大街上踟蹰。路边一个流浪汉向他讨钱，他将红葡萄酒递过去。不
料流浪汉不要，说那是毒药，谁不知道今天是愚人节。

　　余教授苦笑着摇摇头，向前走去。他想起了在中国临上飞
机前，一个很崇拜他的漂亮女孩在机场候机大楼里泪眼婆娑地让他
留下来。他说不能，大洋那边的老婆不能没有他，他不能背叛她。

　　愚人节这天余教授总算明白过来，原来自己一直活在愚人
节里。

2012.04.06 三更 一小时写的一千字微型小说

美国 Carmel

秋忆

N 年以后。

秋天到了，堤上的一排排枫树浸染在湖里，将纯净的湖水染成了一片殷红。树叶被风一吹，轻轻漫漫掉落到水面。它们像一只只小船漂浮着，漫无目的地游荡，自由自在，仿佛在这生命的最后时刻尽情享受这个世界上的一切。蓝天如同一只巨大的玻璃罩子，非常配合地将一切尘埃和杂音屏蔽在外面，不让树叶受到打扰，四周显得异常的安静和清洁。

一个头发几乎全白的老头一个人静悄悄地坐在湖边的靠背长凳上，凝神贯注地盯着湖面上飘浮的树叶，饶有兴味地看着，瞳孔里闪着童稚的光芒。他一动不动，要不是微风将他前额的头发轻轻撩动吹起，还以为他是一座雕像坐在那里。他已经这样看了一上午了。

附近有脚步声传来，老头抬起头来观望，看见一个老太太颤巍巍向这边走来。老太太皮肤白净光洁，头发梳理得一丝不苟，衣襟整洁，她在寻找着什么。老太太来到老头跟前，停下来说："不好意思打搅，向您打听一下，有没有看见一个和您一样上了年纪的老人打这里经过？"

老头和蔼地笑笑，摇摇头说："没有。我在这里坐了一上午，除了我以外，没有看见其他人。"

老太太有点耳背，带着一个助听器，"您说什么，我有点听不大清楚。"于是老头又大声地重复了一遍。老太太这回听明白了，显出失望的神色。她捶了捶酸痛的腰，埋怨说："这老家伙也真是的，为了一点小事赌气出门，让我找了半天，什么时候他要是能改一下这个毛病就好了。"

"要不您坐下歇歇，休息一会。"老头同情地对老太太说，这回他提高了嗓门。他向长凳的一边挪了挪，给老太太让开了地方。

"谢谢。"老太太感激地看了老头一眼，慢慢走到长凳旁坐下。

老头对着老太太的耳朵说："您呀，和我老伴一样，耳背。"

"那感情好，什么时候介绍我们俩认识一下，好有个大声聊天的伴。"老太太对老头说，她对眼前这位和颜悦色的老头颇具好感，心中的不快减少了不少。老太太被眼前的秋天景色吸引住了，情不自禁地说："这里真美呀，空气这么好。"

老头赶快附和着说："是呀，是呀。您看那天多蓝，水多纯洁，树叶多红，还有那远处的花坛，里面的菊花多不胜数。"他快活得像个小孩子，如数家珍，这里仿佛是他的乐园。

老太太被他的率真热情感染，眯缝起了双眼，和老头一起看远处花坛里的灿烂菊花。过了一会，她若有所思，说："我家的老头就喜欢菊花，家里种了许多，前院后院，开得满满的，好看极了。哎，可惜他的鼻子不灵，闻不见花香。不过他说只要我能闻得见就可以了。这老伴脾气不好，可是心地好，我的这副助听器还是他给我买的。"老太太满脸洋溢着幸福，像一个被宠着的小女人。

老头说："您老伴真好，您有福气。不像我，没人疼。"他嘟起了嘴，一脸不满，要不他也不会一个人坐在这里。老头很想多了解这个老太太的老伴，将来有机会和他结交，多一个老年朋友，于是问老太太："您老伴为什么喜欢菊花呀？"

老太太听见询问，忽然像一个少女一样有点害羞起来，脸露娇红，有点自豪，带点自夸，"读大学时，他是秋天将我追到手的，在一个菊花坛旁边，那是我们的第一次约会。"老太太眼光聚在远处的菊花坛上，沉浸在遥远的往事里，嘴中喃喃自语："那时的他年轻英俊，潇洒沉稳，多才多艺，一直是学生会干部，学习成绩拔尖。我们年级有许多女生追他，找上门的，玩暗恋的都有，可是他都无动于衷。就知道上课时坐在我后边，在图书馆自习时坐在我旁边，早晨背单词时走在我前边，像个鼻涕虫黏人。我问他为什么老缠着我，他肉麻地赞美我清丽如菊，淡如秋风，性情高洁，还有什么端庄娴雅，大家闺秀，沉鱼落雁，就会一副贫嘴讨人喜欢。"说完老太太抛开了腼腆，回忆往事忍不住自己先笑了起来。

"您那位对您真是没得说的，情人眼里出西施，抱得美人归。"老头听得眉开眼笑，跟着开心起来。

"就是，我哪有那么好，结婚后他嘴里再也吐不出象牙来，一个大骗子。您猜怎么着，那天约会，他非要将一朵菊花插在我的头发上，还给我念了一首酸溜溜的诗。"

"什么诗？还记不记得？"老头好奇心顿起，非常感兴趣地问。

"怎么不记得，别的可以忘记，情诗可不能忘记。"

"念来听听。"

"羞死人了。"

"这里没有别人。"老头恳求道。

"您不是别人？"

"我。。。。。"老头噎住了。也是，谁会将自己的隐私轻易告诉别人。他叹了一口气，抚摸了一下额头，不再问了，眼睛飘向远方，又开始看风景，看那枫叶和菊花在风中亲热共舞。可是，可是他分明听见耳边响起了动情的朗诵，声声如云彩飘落心间。

如果你是一枝花朵

我就是围绕着你的一轮绿叶

小心捧你在手心

看你随风而舞

如果你是一片花瓣

我就是一滴露珠

忠实地依附在你的脸颊上

一心将你倾慕

如果你是一丛花蕊

我就是一只蜜蜂

用我深长的针管

在和你接吻时

将恋情拼命灌注

。 。 。 。 。 。 。 。

　　听着听着，老头的眼角里涌出了泪水，怎么这么熟悉？在他记忆的深处，似乎他也给别人写过一首同样的诗句。可是这位老太太是如何知道的呢？他想不明白，在记忆里苦苦搜寻。

　　念完了诗，老太太无限深情地说："尽管结婚以后他再也没有这般甜言蜜语过，可是这么多年了，每到秋天的时候他都种许多菊花，围着它们团团转，小心伺候。我知道，他这是在纪念我们之间的初次约会和永恒的爱意。他事业忙，工作紧张，又要抚养教育孩子们，没有时间再花前月下，儿女情长，可是他的心里惦记着我，想着我年轻时的好处。"

　　老头挺羡慕的，"您好福气，有这么浪漫的爱情，真让人妒忌。"

　　"还有更让人嫉妒的。"老太太话匣子打开了，有些停不住。

　　"还有什么？"老头又偏过头来，开始用一种异样的眼光看着老太太。

　　"结婚以后我们老是拌嘴，像菜碟子里的辣椒，开胃。"老太太说完忍不住又笑了起来。"比如今个早上我给他热牛奶，他说自己来，可是说完后他自己又忘记了，拿起冷牛奶就喝。他年轻时胃不好，我怕他把胃搞坏了，就把他的杯子夺了下来放在微波炉里加温。可是死老头，他和我赌气，说我不尊重他，剥夺了他热牛奶的权力，牛奶也不喝了，一个人出了门。我以为他过一会就会回来的，可是老半天了也不见他的人影，只好出门来找他。"

"这个好玩。您那老伴死脑筋，不用担心，他丢不了的，气消了他就回去了。您不用往心里去，谁家里没有磕磕碰碰，这叫感情释放。不吵不闹，不疼不爱。我那口子也喜欢和我拌嘴，每天要是没有一两回，就像少了一件什么东西，那日子就过得没滋味，我们俩就是这样在争吵里度过了一辈子的。我们邻居都非常羡慕我们，说我们有说不完的话，拌嘴显得亲热。"

"是呀，要不是自己亲近的人，谁敢这么闹别扭。"老太太深有同感，她觉得这个老头像自己的知音。

两人像知心朋友一样聊了许久，一直到太阳落山。这时头顶上传来一阵鸿雁的叫声，他们抬头望去，只见天边一排人字形的鸿雁向南飞去，寻找温暖的地方过冬。天空布满了五彩缤纷的晚霞，整个大地笼照在暮色苍茫之中。

湖上飘过来凉意，老太太对老头说："时候不早了，我该回去了。您住哪儿？"

"不记得了，我就住在这附近。"老头不着急地说。

"我送您回去吧？要不您家里人会着急的。"老太太热心肠，为人分忧。

老头在老太太的劝说下终于同意了。于是两人慢慢起身，互相搀扶着向前走去。他们沿着湖边走了一圈又一圈，地上的落叶在他们缓慢的脚步下沙沙作响。夕阳里，他们的身影投射进湖水中，晚霞一点点暗淡下去，湖水由橘红变成了深红，又由深红变成了青蓝，然后投进了几点星星。

月亮慢慢升起来了，湖边出现了另外两个一大一小的人影。小孩看见两个老人，大声嚷嚷道："妈妈，找着爷爷奶奶了，他们在那里。"小孩高兴得用手指着湖边走路的两个人影，说完就要跑过去。

可是小孩被拉住了，"再等一下，让他们多走一会吧。"妈妈说着，伤心地看着月光下的父母走着人生的最后里程，内心悲伤感动不已，眼睛里涌满了泪花。

2013.10.24 完稿

美国 Carmel

陪读

　　关之明教授搭乘达美航空公司的航班去中国进行学术活动。上飞机后，他找到自己的座位，靠近走廊坐下。已经有一位中年女士坐在了同一排靠窗口的座位上，两人点头打过招呼。乘员不是很满，一直到起飞，他俩中间的位置还一直空着。

　　飞机上升后平稳地在空中飞行，关之明掏出一本英文短篇小说集看了起来。

　　正在聚精会神，隔座的女士打过来招呼："您是到上海的吗？"

　　关之明放下小说，迎着一张笑脸回答："我在上海中转。"

　　女士忙接着说："我也是，我到杭州。"

　　"噢。"

　　女士又问："您是搞 IT 行业的吧？"

　　"不是。"关之明回答，很奇怪她为什么会有这种想法。"您呢，到美国旅游还是回中国探亲。"他反问对方。

　　"都不是，我来美国为女儿物色学校的。"

　　"噢？"关之明听说过读过不少这方面的事情，不想身边就有一位。他忍不住打量了一眼这位女士，留着短发，显得精神有活力。

　　大概被他没有拒绝或敷衍了事的目光鼓励，女士谈话的热情陡增："我女儿在上海读大三，想让她来美读研究生。"

"学校选好了吗？"

"看了许多，还没有决定，不过已经有点概念了。主要是想考察居住环境，比较偏向于东海岸。都说西海岸加州好，我怎么看着荒凉，除了草，没有像样的树，缺水。不像我们杭州树木多。"

"您女儿自己想来吗？"

女士拼命点头，"想，想。这个我同她谈过，她很赞同。我女儿懂事，主意大，听我的。再说有我呢，她还有什么顾虑。"关教授听了她前后矛盾的话语心里想笑，中国的父母都说孩子想，其实自己想，用孩子做挡箭牌。

停顿了一下，女士接着说："今年我过来小住了两次，一次春天，这次秋天。我挺喜欢美国的，适合我。"

"这次都去了哪些地方？"

"美国东部的城市我都去了，纽约、华盛顿、费城、波士顿，都是朋友帮我订好的两日游，玩得挺开心的。美国适合我。"女士又用非常肯定的口气说了"适合我"加以强调。"等女儿安顿好后，我就在她学区旁买套房陪读，自己找点事情做。也不是缺钱啦，只是不想让自己闲着。"女士抿着嘴笑，流露出自满自信，带点优越感，对未来充满了憧憬。

关之明看过不少报道，有许多中国母亲从初中开始就买学区房，然后陪读，没想到这种现象居然一直会延伸到读研究生，延伸到国外。中国的父母太溺爱子女，从幼儿园起孩子的事情就由父母操心操办，果然言不虚传。

看她自信满满的，关之明问她想做什么来着？新来乍到，在美国找份工作可不那么容易。杭州中年女士好像心里挺有把握，"我学习适应能力挺强，补习英文没有问题。只要女儿能过来读书，我一定没有问题。"

这话关之明听着耳熟，他曾经听见另外一位女人也对他说过类似的话。他在美国居住的一条街上最近搬来了一位单身中国女人，在中国曾经是搞房地产的，离了婚，独自一人带着女儿从大陆来到美国定居。她曾经向关之明夫妇说过，自己后半辈子的希望全都寄托在女儿身上了。

关之明有些好奇，忍不住问："你们俩长期住在美国，孩子的父亲怎么办？"

"我们是单亲。"女士直爽地相告。

关之明心里微酸，原来也是离了婚的。这些谈吐得当，干劲十足的单身女人有点神秘，让人捉摸不透，像一个特殊群体展现在世人面前。

"你们那里的房价是多少？"女士冷不丁地询问，看见关之明错愕和不解的表情，女士忙解释道："我在杭州是做房地产生意的，职业习惯。"语气中为自己的突兀表示歉意。

居然也是做房地产的！这么雷同？看来中国凡是做房地产的都发了，而且现在目标是移民。"您指的是哪一类房？不同的房子价钱不一样。比如三房还是四房？"关之明问。

女士听了突然吃吃笑了起来，关之明有些摸不着头脑。"您这三房四房听起来像是三奶四奶似的。"女士玩笑说。

关之明也笑了，觉得对方的思路偏得太远，这有联系吗？

女士笑过后继续问："如果是三房 2000 平方英尺的房子在您们那里是多少价钱？四房呢？"

"普通三房一厅带院子大概 20 到 30 万美金，四房在 30 到 50 万美金之间。"关之明如实回答。

"哟，这么便宜。在加州洛杉矶或旧金山我朋友们那里，三房可要 100 万美金。在我们杭州就更加离谱，好区好地段，100 万美金相当于 600 多万人民币，只能买 150 平方米左右的商品房。还是美国好，美国挺适合我。将来如果女儿来成了，我就将手头的房子卖掉一套，轻轻松松在美国学区附近买一套。不过我不喜欢带院子的，割草麻烦。"女士原来都精打细算好了，胸有成竹的样子。"弄得好，还可以将房子出租，或者还可以和朋友合伙做点小投资，做个小股东。"幻想可以让人显得美丽，杭州女士甜蜜地品味着自己的打算。

"唉，可惜我现在没有身份，许多事情难办，买房不能贷款，又不能买好房空在那里，一切都要等女儿啦。"第一次关之明看见女士眼里出现了一丝不那么自信，力不从心的表情。

关之明问她一个心中一直不解的问题："中国的房价为什么一下子被提得这么高？"

"我一直搞房地产，最清楚不过了。这都是从江泽民时代开始的，腐败源头，要不如何闷声发大财？江泽民在位时每年都要到杭州钦此一两次，眷顾有加。您知道为什么吗？因为其子的所有出国费用和其它开销都由前杭州市委书记王国平买单，所以得以重用提拔。后来王国平把持杭州多年，把杭州的房地产炒得很高，位居全国前茅。他假离婚的前妻和子女经营房地产捞得太多。"女士避而不谈自己在房地产翻滚的浪潮里是如何赚到钱的。

这倒是关之明第一次听说，她好像对江泽民很不感冒，不免勾起了关之明这个老留学生心底的旧事。问："如果当年赵紫阳不下台情况会怎样？"

"您是说'六四'啰？其实这个问题还应该问得再远一点，如果当年蒋介石没下台会怎样？看人家台湾现在多民主。"

噢，关之明没想到大陆的中国人现在这么在考虑问题。有点意思。时光真是无情的水，将一切打磨得光溜溜的。

"到了你孩子那一代人掌权，中国的政治改革情况可能会好起来。"关之明说。

"也许还要等到他们的下一代。"女士不那么乐观这个话题，大概在大陆见多识广。

"您有孩子吗，在干嘛？"杭州女士开始打听关之明了。

"孩子在非洲工作。"关之明回答。

"在非洲？！怎么会去那里呢？是了是了，听说过许多美国的年轻人都去贫穷国家帮助发展。真的非常羡慕你们美国，这才是国家强大的表现。唉，我们的孩子往你们这里跑，你们的孩子却往非洲跑。"

两人聊起了中美差别，他们谈了许久，一直到飞机上的灯熄灭了，休息时间到了。女士说困了，用飞机上的毯子将自己裹住，头靠着窗子，脚伸到中间座位上，眼睛套上黑眼罩睡了。

关之明打亮了头顶灯，想看一会小说，不知怎地看不进去。于是又带上耳机看机上提供的免费电影，还是看不进去。他脑子里有点乱想一气。

现在中国反腐，许多人都走移民之路，将来之不易的财产悄悄转移。他街上的那位女士可是有绿卡的，比较这位女士已经捷足先登了。街上那位女士除了自己买了住房，还买了一排公寓楼出租，已经提前实现了这位女士的梦想。不过前些时听街上女士抱怨黑人房客把房子弄坏，赖账，因为语言问题，吃了许多哑巴亏，说美国的房地产没有想象中那么容易做，人也没有那么善良。

有钱的新移民以为美国是个天堂，避风港。来后发现融入美国难，即使是自己的同胞圈子，也带着尖酸刻薄。街上的那位女士尽管有钱，可是不怎么参加当地华人社区的活动，怕被问这问那，躲躲闪闪，个中苦衷大概只有自己知道。当地华人尽管美国梦都实现了，那可是辛辛苦苦本本分分赚来的，心里面不痛快这些大陆来的新贵，以为大把大把的钞票都是不义之财。于是舌头快的频频指指点点，说她的钱在大陆来路不正，怎么怎么地，连个先生也没有，剩奶。好在美国地大物博，惹不起躲得起。关之明挺同情街上女士的，一个女人带着孩子背井离乡，真不容易，被囚禁在了美国的蓝天白云里。

眼前的这位杭州女士显然不知道这其中的艰难，做着甜蜜的美国梦入睡了。

不知不觉中关之明也睡着了。

也不知过了多久，机上的灯又亮了。乘务人员通知用餐了，飞机还有一个小时就要到达上海。

"您气色真好，年轻，大概和我差不多大，我 70 年出生。"女士换了话题，吃着东西两眼闪烁地瞟看着关之明，轻易在陌生人面前把自己推销了出去。

在美国女人对自己的年龄守口如瓶，关之明有点不适应。他没有正面回答她，只是说自己比她年长许多。

女士似乎很喜欢聊天，没来头地说："您知道吗，朋友曾经给我介绍过一个公安局的处长，人不错，就是成天在外应酬各种人，喝酒。约会相处的时间很少，处长说一切要以工作为重。陪他去过一次他的约会，看到的都是社会上需要他保护的人，捧着他像个皇帝一样转。唉，警匪一家，后来我们吹了。"她看着关之明问："警匪一家您知道是什么意思吗？"

关之明点点头。

"还有一次，"她继续说，"朋友介绍了一个商人，更是成天在外应酬，没太把我放在眼里。也没谈成。我需要一个感情交流的对象，能和我多多相处。我比较喜欢安静，不太喜欢应酬。我在想，世界上的好男人肯定有的，可是自己没有机会碰上。"

搞房地产不应酬可不行，大概物极必反，一种逆反应，产生了厌倦感。总之关之明听出了杭州女士话里的忧伤和厌倦。无独有偶，关之明太太也曾经问过街上的女士以后还找人家不，她一口回绝，试过，都没成，不指望了。我有女儿，街上女士说得斩钉截铁，更像是对世态炎凉的彻悟和抵触。

　　杭州女士平缓地说，有点自言自语："我有一个女友，很铁，丈夫是杭州国土资源房地产管理局的一个处长，那可是一个有权有地位的职位。但他有一爱好，喜欢搞女人，受贿所得都给了小三。有一次女友到他丈夫和情人的别墅去堵他们，正好碰见他们开车出来。女友挡在车前不让他们走，结果狠心的丈夫开车将她撞倒，绕道扬长而去。女友伤心至极，你不仁休怪我不义，一怒之下将丈夫的劣迹告到组织那里，一查肯定有问题，被判了十年。"她嘴角带着一丝快意微笑叙述着。

　　关之明听过不少这类故事。他问女士："像习近平现在这样反腐大概都会收敛了，效果怎么样？"

　　女士不以为然，说："积重难返，也只能是表面上文章，皮毛而已。上面的政策到了下面行不通的，每个人都在贪腐，都心怀鬼胎，官官相护。中国的国情非常难办，中国官场没得救了，除非改换政治制度，这可能吗？"

　　飞机着陆后，关之明帮杭州女士取下行李，两人一起下了飞机。到了海关，两人各奔东西，关之明要去外国人通道，杭州女士要去中国人通道。站在分界线上，看得出杭州女士有些不舍。她对关之明说："和您聊得挺愉快的，以后我们还有机会联系吗，好像我们挺有缘的，到杭州可以来找我，我请客。我把手机号给您，方便微信联系。"

　　关之明想不愧是搞房地产的，公关一流。

　　他摇摇头。

女士有些失望，"为什么呢？您看上去是一个正派的男人，怕什么？"

"我其实是一个凡人，怕自己犯错误。我不想让太太失望，我要对她负责。不止您，我拒绝一切其他女士的善意邀请。请原谅，祝您一路顺风。"

关之明走向了自己的外国人通道，排在了长长队伍的后面。

"一路顺风。"杭州女士不自觉地跟了一句，下意识地揉着自己被车撞伤过的膝盖，心中隐隐作痛，怅然若失地看着高高帅帅的关之明站在一堆外国人中间。她回味着关之明留下的话语，喃喃说道："这世界真是，。。。。。"

二零一五年十月二十九、三十日 初稿于中国武汉
二零一五年十一月七日 二稿于美国 Carmel

留学生

【中篇小说】

一

奇剑锋话音一落，大家就哄堂大笑起来。

这是一个普通的留学生公寓，每个礼拜五的晚上，留学生们就聚集在一起开心，住在其它公寓里的留学生有时也过来参加。大家手里拿着啤酒和饮料，眼镜片在灯下闪闪发光。忙了一周，加班加点，周末又得去实验室，只有这点时间轻松一下。

房间里电视机开着，纽约的 Knicks篮球队正和洛杉矶的 Lakers篮球队比赛，打得难分难解。奇剑锋又发话了："John 后来还是承认和 Susan在实验室干过那事，因为老板第二天清早在实验台上拣到了一条女人的内裤。"

"真他妈邪乎。"于庆脑袋上奇着几根稀稀拉拉的头发，听得有滋有味。

在纽约百老汇和一百三十八街一带，住着许多的中国留学生。这里的治安很差，是有名的黑人区，十个住在这里的中国留学生有九个遭抢过。但大家还是愿意住在这里，就为了一条，房租便宜。有个哥伦比亚大学的中国留学生算过一笔帐，这里的房租每个月比其它地方便宜至少一百块，遭一次抢劫，破财二十元，还是很划算的。因此这一带的中国学生外出，身上都带一笔消灾费，不多不少，二十美金。那些黑哥们只要你身上有钱，倒也不伤害你，拿了钱就去吸毒。

大家正在说笑，突然同公寓的林梅跑了进来，神色慌张地大喊"快，快，钱敏吃了安眠药，已经不行了。"一听这话，大家一拥而出地冲到钱敏的房间，只见钱敏横躺在床上，双手垂在床沿下，一副沉睡的样子。"快打 911。"奇剑锋喊了一声。

"我有事找她，一推开门就见她这个样子，"林梅哭诉着。"这几天就见她不对劲，没想到她会干这种绝事。"不一会，听见窗外救护车和警车的尖啸声刺破夜空，由远而近地停在了公寓楼旁。一些抢救人员和警察上来，很快就把钱敏拖走了。有几个警察留下来详细询问事情发生的经过，做了记录。

钱敏的葬礼是在一个殡仪馆里举行的。她没有结婚，也没有亲人，只有一帮留学生为她出钱，请了一个牧师为她的在天之灵祷告。这天天气阴沉沉的，大家的脸也阴沉着，心像铅一样的沉重。大家目送着灵车将钱敏的尸体运走，欲哭无泪。

从殡仪馆回到学校实验室，林梅的心情坏极了。整个实验室都在忙碌，就她一个人坐在那里发呆。

"Mei，将你的实验结果拿来，我们谈一谈。"一听那沙哑的声音，就知道老板在催结果了。

"没有。"林梅生硬地回答。她马上吃惊起来，今天自己居然敢这样和导师说话，显然吃了豹子胆。

果然，对方一听就咆哮起来。"你说什么，一个星期都过去了，你在干什么？今天《细胞》杂志上发表了一篇文章，对手都跑到我们前面去了。你倒好，不干事。不干事就不要呆在这里。"说完气呼呼地走了。

　　林梅一动不动，不理他。平时温顺，逆来顺受，今天心情不好，顶了一下，发泄一通。她脑子里又浮现出钱敏平时愁眉紧锁，长吁短叹的模样。她们相处得很好。钱敏有洁癖，自己的房间总是收拾得一尘不染，平时大家不注意，早晨出门忘了洗碗，只要钱敏看见，总是把碗洗得干干净净放好。说声谢谢，她也只莞尔一笑。在学校里，钱敏很聪明，独立性很强，实验做得漂亮，是公认的好学生，只是平日寡言少语。林梅已经打电话给了领事馆的高领事，希望帮助查找和通知钱敏的亲属。

　　暮霭沉沉时分，林梅回到了公寓。她胡乱吃了一点东西，来到奇剑锋的屋里，两个人正谈着恋爱。奇剑锋捧着林梅的脸，望着那有点黑晕的眼圈说："这两天没睡好，是吗？"

　　林梅点点头，嗯了一声说："有点怕。"

　　奇剑锋把林梅搂在怀里，吻着她的头发说："要不要我搬到你的房间去一块住，给你壮壮胆。"

　　"你就会趁人之危。没正经。"林梅脸上有点发热。

　　"这是美国，没结婚同居的比不同居的还多，怎么脑子就是转不过弯来。这样还可以省房租。"

　　"那还是不行。"林梅抬起头来。

　　"和你闹着玩的，依你算了。"奇剑锋在她的眼睛上亲吻了一下。

　　两人依依哦哦了一阵，林梅回到了自己的房间，正好有人打电话来。电话是一个自称王宇的人打来的，询问钱敏的情况，对方有一种迫不及待的心情想知道钱敏自杀的整个过程。他自称是钱敏的表哥，现住康州。听完林梅的讲述，他沉默了半晌，告诉林梅他明天来纽约。

　　夜深了，林梅躺在床上，两眼盯着黑洞洞的天花板，脑子里乱糟糟的。烦得很，她索性起来，来到钱敏的屋子。打开灯，她环顾着整个房间，希望能从里面发现什么。屋子里一切如旧，陈设很简单。除了床，就是那张放着洋娃娃的桌子，记得这是她们两人从街上拣来的，破得只剩下一个抽屉了。钱敏在桌子上铺了一块素洁的塑料布，上面压了一块玻璃，玻璃下面是一张精美的日历。桌子上只放着一只精制的丝绒洋娃娃，两只眼睛大大的，一溜长发垂下来，微微笑着。林梅也笑了。不知怎地，她觉得这个洋娃娃有点像钱敏。她坐到桌前，仔细端详起洋娃娃来。拿起洋娃娃，发现她的背面有一行漂亮的小字，写着"心爱的敏惠存"。林梅不免诧异起来，原来这里面有一个秘密。想不到有一个人称呼钱敏为心爱的。他是谁呢？从来也没有听钱敏提起过呀。平时钱敏很少和男孩子打交道，倒是有过一两个追过她，她眼皮都没有抬过。钱敏的秘密太多，可惜都带走了。林梅心里一阵迷茫。

　　放下洋娃娃，林梅下意识地打开抽屉，不料里面有一个厚厚的日记本。林梅的心怦怦跳起来，不知该不该拿起来。她的手在精美的封面上抚摸着，非常犹豫。她闭上眼睛，让自己平静一下，然后将日记本拿出来放在桌上，翻开了封面。只见扉页上写着：

"献给失去的我"

林梅的心微微一颤，心里掠过一丝凄凉和迷惑。窗外下起了雪，雪花打在窗玻璃上，发出轻微的沙沙声，更增添了夜阑人静的气氛。她翻到了日记的第一页看了起来。

xxxx年x月xx日

飞机在纽约上空盘旋，从机窗外往下望去，一片灯火璀璨。那高耸的摩天大楼，异常明亮地屹立在夜空下，不由得精神为之振奋，让我重新看见了希望。月儿圆圆，却一个人来到了这天涯海角，但愿这里是一片静土，让我的心灵获得少许安宁，有这月亮做伴，我不会寂寞的。谁说我和家人今宵分离，我不是来和你团聚了吗。你先我一步来到这异国它乡，离开了我，我也来了，来和你作伴，因为我还爱着你。但愿你今晚也在欣赏这迷人的月亮，和你那位漂亮的娇妻。你还有一点点想着我，惦着我吗？我们曾经度过了许多的好时光，小时候的郧水河，下农村的大洪山，还一起在武大珞珈山的东湖旁边欣赏过明月。那月亮也有这么圆，在那里，你对我海誓山盟过，我将自己的初吻献给了你。后来你走了，来美国留学，不意另结新欢，没有任何解释。我的心却碎了。往事不堪回首，来日方长。美国不是世外桃源，但愿这里的紧张学习生活，能够填充我寂寞的心灵。

第二天早晨，公寓里的其他人都出去了，只有林梅一个人留下来等王宇。外面下起了鹅毛大雪，房间里奇冷，为了省钱，房东不开暖气，打电话给市房管所抱怨也不管用，这里是贫民区。没有办法，她只好到厨房打开煤气炉取暖。

约摸十点钟左右，林梅听见有人敲门。打开门，一位青年男子站在门口。 这人高高帅帅的，一条灰色长围巾从脖子挂到胸前，一头浓密的黑发，眼神有点忧郁，肩头和头发上积满了落雪。他自我介绍道："我是王宇。"

他的身旁还有一位女子，非常明秀，一双眼睛又大又漂亮。她向林梅笑了笑。林梅将他们让进厨房里，一面给他们烧咖啡，一面解释说公寓里没有暖气，只有这里暖和点。玉宇坐在厨房里，两只眼睛不断地打量着，不时微微皱起眉头，大概因为这厨房太脏，陈设太简单的缘故吧。他们两人一直默不作声，喝完咖啡，林梅领着他们来到钱敏的屋子。一进门，王宇就微微颤抖了一下，脸色苍白，靠着门框不动，两眼直盯着桌上的洋娃娃发呆。过了一会，他才缓缓走到桌前拿起洋娃娃，豆大的泪珠沿着脸颊淌下来，十分悲恸，那位女子在一旁不断地劝慰他。

遇这场面，林梅只好走出屋子，轻轻把门带上。里面立刻响起了嚎啕大哭声。

林梅回到自己的屋子，望着窗外纷纷扬扬的大雪，心里有一种说不出的压抑。人死了，有人这么哭，也值得，不知钱敏在天之灵听得见否？想起昨晚的日记，林梅猜想这个王宇大概就是那个和钱敏一起在东湖边看月亮的人了。

也不知过了多久，他们才从屋里出来。玉宇两眼通红，问林梅："钱敏的坟在哪里，领我去好吗。"林梅说外面风雪这么大，改天去不行吗。那位女子也这么劝说。可是玉宇执意要去。

　　大家默默无语，只好一起开着王宇的车子出了门。街上积雪盈尺，行人很少，几个无家可归的流浪汉站在排废气的出口取暖，在风雪中瑟瑟打抖。车向北开，驶上了华盛顿大桥，风雪迷茫中，桥下哈德逊河波涛翻涌，惊涛拍岸，巨大的吊桥钢索发出恐怖的呼啸声。在这恶劣的天气中，居然有几只寒鸦盘旋于两岸陡峭的山壁之间。

　　过了桥，就是新泽西州。约摸开了一个小时，来到一块墓地，全是白皑皑的一片。雪片在寒风中打旋，打着唿哨从一个坟头转到另一个坟头。车在一个靠边角的坟前停下来。大家走出来，立刻被强大的风雪刮得直不起腰来，林梅和那个女子只好回到车内，只有王宇一个人顶风冒雪走到墓边，一下子双腿跪在雪地里，双手捧起满把雪捂住脸，不停地用头撞着墓碑，惨不忍睹。林梅赶快背过脸去，她从来还没有看见一个男人这样伤心过，他们一定有过一段不平凡的过去。过了半个多小时，那个女子下了车走过去劝王宇，不要冻坏了身子，他才步履踉跄地回到车子里来。

　　他们送林梅回到了公寓。王宇带走了那只漂亮的洋娃娃。林梅没有告诉王宇日记本的事。

　　这天天黑以后，林梅拥被而坐，在灯下继续读着钱敏的日记。

　　　　　　　　xxxx年x月x日

　　今天到研究生院注册，好多外国留学生，不，我才是外国学生，把国内的称呼带到这里来了。要适应这里的环境，看来非得下一番工夫才行。系里的女秘书是一个胖胖的中年人，一直夸我的

TOFEL和 GRE考得很好。系主任是一个很有学者风度的老头，满头银发，一九八五年去过中国，和他谈了十几分钟，对中国的一切都很感兴趣。从系主任办公室出来，一个高高的美国学生拦住我，海阔天空地神聊，然后邀我一同去吃Pizza。他读了五年的研究生，说他有许多的中国女朋友，都很漂亮，我比她们还漂亮。吃完Pizza，各人付款。他问我对纽约熟不熟，我刚来，一点也不熟。他说正好有时间，可以陪我去看看。两人沿着四十二街来到时代广场。这里林立着许多黄色店面，有黄色电影院，有卖性具的，有脱衣舞场，许多橱窗挂满了一丝不挂的女郎照片。许多店门口站着一帮黑人，吆喝着行人进去观赏。我告诉这个美国学生，想离开这里。他说这是美国，一切都有，不要怕，你们中国女孩就是含羞。他甚至搂着我的肩膀告诉我，他很喜欢我，想要我当他的女朋友，到这里来让我见识见识。听了这话，我恍然大悟他这半天来的殷勤，像被魔鬼碰了似的甩开了他。天哪，美国是不是太随便了一点。

xxxx年x月x日

今天星期六，乘地铁去唐人街。第一次乘地铁，心里不免有点紧张。非常吃惊纽约地铁的残败破烂，黑黝黝的过道，难闻的尿骚味，邋遢的无业游民，乱涂一气的车身。站在月台上，眼睁睁看见一个波多黎各人从一位漂亮小姐手上抢走钱包。没人呼救，没人追赶。警察来了，例行公事一般作了记录，安慰小姐几句，各人走路。地铁里有许多卖艺人，吹箫拉琴打鼓卖唱，行行色色，应有尽有。无一例外，每人跟前都有一个盒子收钱。到了唐人街，一出地铁就大失所望。这里街道狭窄，人头拥挤，满地脏乱，到处都是蔬菜摊。路边的小商小贩们大声叫喊，讨价还价，听口音，南腔北调，大陆，台湾，香港来的都有。最不堪的是鱼市肉市内，腥水泼了满地，刺鼻地难闻。好不容易逃到一条偏僻小巷，拼命喘了几口气。这一遭，将刚下飞机时对美国的感受全赶跑了。

二

于庆吹着口哨，在洗脸间对着镜子梳头，很仔细地将不多的几根头发梳到头顶。这几根头发太珍贵了，全靠它们，才不至于全秃顶。他一直抱怨这头发，到现在还没交上一个女朋友，实在没劲。大陆来的女孩子本来很少，竞争又激烈，如果自己争气一点，满头黑发配上这英俊的脸，一定会有不少女孩子在后面像蝴蝶一样追赶，头发一少，就没戏唱了。他还是喜欢大陆来的女孩，纯情可靠。　泡过几个洋妞，温柔乡里过一夜，第二天就拜拜。香港的女孩太商业气，说话听不懂，怪声怪调。台湾的女孩虽然共同语言多一些，接触时间一长，就发现大相径庭。

于庆和奇剑锋、林梅、钱敏、汪豫生几个留学生合租一个公寓，共有五间屋子，一人一间或一家一间，这样房钱便宜不少。钱敏死后，昨天又搬来一个叫齐小娟的女孩，白白净净，非常漂亮。于庆想把自己打扮打扮，给对方一个好印象。不想在洗澡间的时间长了，就有人咚咚敲门："喂，于庆，怎么这么半天还不出来，占着茅坑不拉屎是不是，大家都等着用厕所呢。"

一听声音就知道是汪豫生，河南人，复旦大学六九届红卫兵大学生。在物理系念了七年多的研究生，还没毕业。老婆和他住在一起，乡下人，在农村插队落户时认识结的婚，现在在一家美国人家里看孩子，自己的孩子留在国内。于庆打开门，见汪豫生两眼瞪得铜铃大，嘴角上还沾着唾沫，赶快装起笑脸赔不是。

从洗脸间出来，经过齐小娟房门口时，见门开着，于庆就把头伸进去。见齐小娟正对着镜子梳妆，搭讪着说："早上好。"

齐小娟回过头来，嫣然一笑，也回答说："你早上好。"她是上海人，一溜长发瀑布般地撒在肩头，细密的白齿配上殷红的嘴唇，加上不曾完全清醒的朦胧睡眼，让于庆看得都有点痴呆了。他色迷迷了一阵，齐小娟岂有不知，嘴角一颦，转过身去，兀自梳头。于庆回到屋里，心里还在发跳，这女孩子绝美，一个人早饭也没吃，呆呆地想了好一阵子。

于庆是北京来的自费留学生，没有奖学金，买了一辆旧计程车，非法开车送客。这钱好赚，他不喜欢到餐馆打工，太累，受老板的闲气。开车虽然犯法，自己当老板，落得逍遥自在，逮住罚款就是，大不了遣送回国。他以前是北京一个外语专科学校的学生，来美国改学计算机，很吃力，混呗。他最关心的就是绿卡。

一个公寓只有一个厨房，一间厕所，五户人家共用，早晨晚上人进人出，轮流使用。大家做饭时，于庆就坐在旁边

"侃"。这天晚饭时，于庆无聊，又坐在厨房，等着机会守心中的百灵鸟出现，一见齐小娟进来，胖胖的圆脸笑眯眯地赶快打招呼："您好。"

齐小娟只是一笑，这次并没有回答。她头顶上盘了一个高高的发结，长长的雪白颈项表露无遗，一袭鹅黄色的毛衣贴身紧附、乳峰微微耸立。

"请问您是学什么的？"于庆搭讪着问。

"服装设计。"齐小娟从冰箱里取出牛奶壶，倒了一杯牛奶。

"这专业不错，将来好找事做。"于庆赶快迎和，很羡慕的样子。然后进一步打探道："来美国多长时间啦？"

"四个月。"齐小娟仰着头喝了一口牛奶，白皙的脖子轻轻蠕动着。

"才四个月，"于庆一副惊讶的模样，"生活还习惯吗？"

"还好，能适应。"齐小娟又夹了一片三明治，并不看于庆。

从侧面看过去，齐小娟的睫毛很长，很漂亮。她站在那里，这黑黝黝，脏兮兮的厨房顿时满屋生辉。于庆一面欣赏她那盈盈的体态，一面感觉到了她的冷漠。

"您公派还是自费？"于庆问。

"自费。"齐小娟用眼角瞟了一眼于庆，嫌他多话。

"嘿，这么说咱们是同类了，"于庆来了兴致，开始刨根问底："在哪里高就（打工）？"

"Waitress（女招待）。我得回自己屋去了。"齐小娟说完，收拾好东西就匆匆走掉了。

于庆一个人在厨房坐了一会，甚是无趣。心想开车出去转转吧，拉几个客人，也好把这个月的房租交了。他开着车在街上兜着圈子，突然发现一辆警车和自己并排开着，警察示意他将车停下来。于庆脑子里咯噔一下，心想"这下完了，终于被逮住了。"遂将车停在了路边、心中忐忑不安。　一个高大硕壮的警察从警车里出来，全副武装，他正了正帽檐，迈步走到了于庆的车子正前面，仔细观察了一阵，然后又绕到车子后面，仔细观察了一阵，最后走到于庆跟前问："为什么不开车灯，是不是坏了？"

于庆这才恍然大悟，原来自己忘了开车灯，赶紧向警察道歉，并打开了车灯。警察很严肃地说："天这么黑，不开车灯会出事的，以后请注意。"

警察走了，于庆惊出了一身虚汗，好险。他镇静了一下自己，才又开车，小心翼翼地随着车流，接送起顾客来。拉了几个客人后，车开到曼哈顿西区五十多街左右，街上霓虹灯闪烁，照映得雪地生辉。一个身穿皮毛大衣的时髦女郎招手要车。她涂着大口红，有意无意地将一条没穿裤子的白白大腿露在大衣下摆外面。上车后，她报了地址，就点燃一支烟抽起来。从后视镜里，于庆看见女郎一轮一轮地吐着烟圈，一对很大的耳坠在路灯的反射下闪闪发光。她眼睛看着窗外，一副漠然的神情。当车开到一处偏僻的地方时，于庆忽觉脑后耳根处有一股温馨气息，那女郎用一种软软的声音问起 "Hello, Want to trade sex?"（要不要性交易）。

"多少？"于庆问。

"打一炮一百块。"女郎不紧不慢地说。

于庆摇摇头说："不想。"

"那你还是得付一百块。"女郎说完，于庆感觉到有一只冰冷的枪口抵住了自己的脑门上．他知道自己遇上抢劫了，只好将钱袋里的钱都递过去。对方接过钱，在他耳根处吻了一下，说声 "Good boy, bye bye"。然后让于庆停下车，扬长而去，走不远，还回过头来给了他一个飞吻。于庆目送女郎踏着积雪消失在黑暗中的墙角里，知道这一晚上是白忙了。

他心中懊恼，点燃一支烟吸起来。望着外面万家灯火，心中感到非常的孤独和凄凉。来美国都五六年了，这日子真他妈的不知怎么混，像那黑洞洞的天，一点也看不到尽头。下个礼拜要大考，心中一点数也没有，考不过，拿不了学分，学费白交了不说，还毕不了业，自己可是换了好几个专业了。真羡慕那些公费生，虽然穷一点，却底子厚，学习成绩顶呱呱叫，一个个拿学位如囊中取物，是迟早的事。今天晚上遇抢，房租又没着落了。他想起了北京的家，想起了爸爸妈妈，姥姥，还有一个妹妹，他们现在在干什么呢，是不是一家人正围着火炉，一边吃瓜子，一边读着自己前几天寄回去的家信。真想他们啊！他们一定觉得自己在这里混得不错。可是，这车窗外的繁华，哪一点与自己有关系。他想起了那个卖火柴的小女孩。

　　于庆越想心里越烦，摸了摸上衣口袋，里面还有几十块钱，刚才没有给那个抢劫女郎，便起动车子来到了一家topless(上裸)酒吧。他要了一瓶啤酒，坐在一个角落里闷喝。酒巴里灯光暗淡，女招待们只穿三角裤和奶罩，不断在酒客们中间穿梭送酒。前台上面，一个脱光了上衣的女孩扭动着身躯，向酒客们展示着身体各个性感部位。不断有酒客们走上前去，向脱衣女孩的三角裤里塞钱票，女孩则报以回吻。于庆喝着酒，心里觉得舒服了一点。他的钱大部分都花在了酒吧里，只有在这里，他的心灵才有一丝平静，他觉得这里有点像家，酒客们虽不相识，大家却是一家人。这些酒客们，有的衣冠楚楚，有的鞋帽不整，有的踌躇满志，有的穷困撩倒，或寻芳访柳，或逃避家庭纠纷，可这又有何妨，在这里，大家都是亲兄弟。一起喝酒，一起看女人。

　　蓦然间，他在女招待们中看见了齐小娟，也是一样的只穿了三点服。这使他大感意外，简直不敢相信自己的眼睛。显然齐小娟没有看见他，一双玉臂，修长匀称的双腿和雪白的胸脯一览无余地呈现在眼前。有个酒客搂住她的腰，让她坐在大腿上，请她喝酒，她呷了一口，在客人脸颊上吻了一下，客人就往她的奶罩双乳之间塞了一张钞票。她站起来，又向另外一张桌子走去。于庆的心剧烈地跳动起来，他知道，自己也可以付一张钞票，然后搂着那香肌玉肤亲一亲，闻一闻，他以前对别的女人也曾这样做过，这诱惑力太大了。可是，他不能，只觉心里一阵难受，甚至有点愤怒。今天白天齐小娟妩媚的神态让他有点魂不守舍，心旌摇动。她那一颦一笑，举手投足之间，有一种说不出的美，给人一种圣洁的感觉。

他知道自己已经深深迷上了她，但同时又有一种可攀不可及，自惭形秽的感觉。

可是，那美好的感觉，现在却像一只花瓶摔碎了。眼睁睁地看着她在酒客们之间穿梭，那美好的肢体让人随意触摸，心里很不是滋味。　"Bitch!（贱女人）"他在心里骂了一句，什么不好搞，来干这行。他站起身来离开了酒店。

回到公寓里，于庆浑身无力，躺在床上，他心里稍微平静了一些，只是翻来覆去睡不着。齐小娟说自己在干女招待，于庆原以为大概是在哪个中餐馆里，没想到却在酒吧里，而且是脱衣酒吧里。但平心静气想一想，一个自费的女孩子，又要学习，又要谋生，一定有什么难处，才会到那里去。其实，没有什么好指责的，自己又能好到哪里去。想想那个时髦女郎，这么冷的天在外抢劫，不也在谋生么，于是，他脑子里出现了两个女人，一个穿着三点服装，手里拿着钞票在雪地里跑，另一个手拿着枪在后面追。

也不知过了多久，他听见有人开门，知道是齐小娟回来了。看了看夜光表，时间是凌晨三点钟。过了一会，他听见她进了浴室，然后是水哗啦啦的响声。于庆仿佛看见齐小娟白嫩的肌肤上满是酒味，她在使劲搓，想拼命洗掉那些污迹。不知不觉，他睡着了。

三

圣诞节快到了，客厅里唐羽正和两个孩子往圣诞树上挂彩带和彩球。姐姐小丽六岁，妹妹小雪两岁。

"爸爸，妈妈又到哪里去了？"小丽问爸爸。

"妈妈又到工作的地方去了。"爸爸回答说。

"妈妈什么时候回来？"

"爸爸不知道。"

"为什么她老不在家？"

"她工作忙呀。"

"你忙不忙？"

"爸爸也忙。"

"那你为什么老在家？"

"爸爸不忙。"

"不对，你刚才说忙。"

唐羽笑了，"你这小舌头，就是会盘问人。快把那只彩球给爸爸递过来。"

"哪一个？"小丽望着一堆彩球问。

"就是那只红色的。"

小丽递过一只红色的彩球，看着爸爸把它挂在高高的圣诞树上。等小丽回过头来，发现小雪用彩带把自己缠住了。"小雪，这样会把彩带弄断的。"小丽想帮小雪把彩带解开。看见姐姐过来，小雪转身便跑，不期被彩带拌住，摔了个大筋斗，彩带也摔断了。小丽叉着双手，学着大人的样子对小雪说："瞧你，就会调皮，摔痛了吧。"小雪爬起来，摸摸头，一副不在乎的模样，拖着半截彩带跑到自己房间里去了。

小丽和爸爸继续把剩下来的彩带和彩球挂上树，然后将一只安琪儿装在树顶端，插好插头，树上的彩灯和安琪儿一起亮起来，小丽高兴得直拍手。听见姐姐拍手，小雪赶快从屋里出来，只见她两只手上都套着袜子，头上倒扣着个竹篮子，身上倒穿着姐姐的风雪外套，连衣帽正好套在小屁股上，非常滑稽。惹得爸爸和姐姐都笑起来。"你是不是又去翻壁橱了，当心妈妈回来打屁股。"爸爸又好气又好笑。

"爸爸，中国的春节有没有圣诞节热闹？"小丽忽闪着眼睛问。

"有，比这里的圣诞节还热闹。"爸爸回答说。

"那里有圣诞树吗？"

"没有。"

"怎么会没有圣诞树呢？那有什么？"小丽有点失望。

"那里有鞭炮，有灯笼。"

"灯笼是个什么样子？"小丽好奇地问。

"灯笼是一个纸房子，里面放一根蜡烛发光，过年的时候.每家门口挂一个。"

"爷爷奶奶，外公外婆家里是不是都有。那里面为什么不放电灯呢？像这棵圣诞树一样。"

"这是古时候留下来的传统，现在也可以放电灯了。"

唐羽一面收拾地上的杂物，一面问小丽说："今天练钢琴了没有？"

"练过了。"

"爸爸给你出的几道算术题做完了没有？"

"做完了。"

"爸爸可以检查一下吗？"小丽递过去算术本子。唐羽一道道检查起来。除了一道乘法题错了以外，其他都对了。小丽天资很聪明，才六岁、加减乘法，借位进位已经能熟练地运用了，唐羽心中升起了一股做父亲的自豪。他在女儿脸颊上亲了一下以示鼓励。"来，爸爸给你和妹妹念故事。"

于是，姐妹俩搬来凳子，听爸爸念书上的故事。小雪平时调皮，只要一听念故事，就会聚精会神地安静下来。她喜欢学着姐姐的样子坐，一定要看得见书上的图形才行。念完故事，两个小女儿乖乖地睡觉去了。

孩子们都睡着后，妈妈严含才回家。她笑着问唐羽："孩子们都睡了？"，

"都睡了。"唐羽回答。两人走到孩子们的房间，严含打开灯，俯下身子看着两个熟睡的女儿，在每人脸上亲了一下。小丽在梦呓"妈妈，你怎么还不回来。"小雪也在梦中喊了一声妈妈，两个小酒窝时隐时现。"看见没有，"唐羽说，"再忙也要回来和孩子们见个面，看把她们魂牵梦绕的。"

两人又回到了客厅，严含显然很高兴，闪了闪大大的眼睛对唐羽说："猜猜看，我有两个好消息。"

"NIH（美国国立医学科学院的简称）科研经费批下来了？"唐羽认真地猜。

"猜对一个，还有一个呢？"

唐羽想了想，摇摇头，"不知道。"

"今天刚接到学校的通知，我被正式聘为副教授了！"严含兴奋地告诉唐羽。"哦，怎么这么快，倒是出人意料。"唐羽也很高兴。

"据生化中心实验室的Reoder主任分析，可能是我申请到了几个课题的NIH研究经费。也有的说，目前系里一个女教授也没有，吃了上面的批评。"严含脱下风雪外套，理了理被风吹乱了的黑发。

"管它什么理由，这事值得庆贺。"唐羽从厨房的壁柜里拿出来一瓶法国香槟打开，给严含倒了一杯，自己倒了一杯，"来，为妻子的升迁干杯。"两人一饮而尽。严含也给两人斟满，唐羽不解。严含含笑说："这一杯我敬你。"

"敬我什么？"

"敬你是一个好丈夫，为了我你牺牲不少，让我有一个温暖的家，从不为家里的事发愁，这里面也有你的一份功劳。"

两人又一饮而尽。两杯酒下肚，严含两颊绯红，心跳加速，双目流盼。她双手勾住丈夫的脖子，情深地望着唐羽，然后将脸贴在他的胸前，静听他心脏有节奏地跳动。她问唐羽："记得我们来美国多少年了吗？"

"有十二年了吧。"唐羽说。

"结婚多少年了呢？"严含在唐羽怀里又问。

"十年了。"

"我们认识多少年了呢？"

"十六年了。"唐羽回答着，心想这小含今天怎么了，伏在怀里像一只小兔，问这干什么。

"说说看，我们第一次是怎么见面的。"

他们住在纽约市曼哈顿岛东边靠河边的一幢学校公寓大楼里，窗子正面对着东河，河对岸是皇后区。波光粼粼的河水静静地淌着，一座巨大的钢铁吊桥从河面上跨过去。桥上行驶着车辆，车灯一串串的像夜明珠一样闪闪发亮。对岸的房屋上和原野里覆盖着晶莹的白雪，雪野上空，一轮皎洁的月亮静静地挂在那里，没有云，只有几点寒星在它周围闪烁。这寒冷的月夜，充满了诗情画意，他们俩都沉浸在回忆之中。真是弹指一挥间，十几年就像这河水一样，飞快地逝去了，再也不复返了，留下的却是一些美好的回忆。

一九七七年，二十岁的唐羽参加了文革后恢复的第一次高考，被录取到武汉大学病毒系。但这批新生一直到一九七八年春才入学。两千多人的工厂，只有六人被录取，厂里开了欢送大会。一些老三届的学生，眼含热泪，羡慕异常地围着他们，讲述自己在文化大革命中被耽误了的青春年华。

一个春寒料峭的日子，唐羽在工厂团委书记的陪同下，来到坐落在珞珈山的武汉大学报到。他们在十二路车终点站下车，过六一纪念亭，进入校区。这里依山傍水，建筑伟峨，风光异常秀丽。那碧绿的琉璃飞檐在初春翠绿枝条的掩映里，湛蓝如洗的碧空衬托下，恰似蓬莱仙阁飞临。蜿蜒起伏的宽阔大道两旁，长着参天的巨大梧桐树。唐羽发现在一汪静静的小池旁，居然还残留着几枝艳红的梅花，煞是好看。

顺着路标，他们先来到行政大楼，办好入学手续。然后按照指定地点沿着一个巨大的操场来到老斋舍前，这是一个沿着山坡而立的学生宿舍，分为几个门洞。沿着地字斋门拾级而上，来到宿舍顶端，视野一下子开阔起来。站在平台边缘望去，整个校区尽收眼底。安顿好后，团委书记和唐羽道别，叮嘱他有空时常回工厂去看看，保持联系。

黄昏时分，吃过晚饭，唐羽拎着开水瓶到楼下去打开水，大家排了很长的队。唐羽前面站着一位小女生，扎两条又黑又粗的短辫子，身穿一件略嫌短的蓝色旧灯芯绒细花上衣，脚穿一双绿色解放鞋。尽管衣着朴素，两眼却大大的，脸颊白里透红，而且老是笑容满面。轮到她打开水了，那灼烫的水蒸汽让她畏缩不前，有点狼狈。

"来。我来帮你。" 唐羽从后面接过热水瓶，将瓶口对准开水龙头，帮小女生冲了满满的一瓶。小女生接过热水瓶，满面害羞，感激地谢了声唐羽，然后沿着台阶一步步走上去进了女生宿舍。

过了几天，新生报到结束，系里的吴政治指导员招集新生开会。会在宿舍楼顶上平台举行，这是一个新成立的系，第一次招生，人不多。新生们每个人拿一张学校发的小方凳，大家围着一个圆圈坐下来。唐羽意外地发现那天打开水的女生也在，穿同样的衣着，她也注意到了自己。两人相对一笑。唐羽数了一数，班上一共有二十三个人，年龄参差不齐，有一个甚至满脸络腮胡子，头顶秃成了列宁式样。吴政治指导员先让大家自我介绍一下。除了一人是在校高中生以外，其他人都是从工厂和农村考进来的，有的来之前是公社妇联主任，工厂车间书记。唐羽心想，这七七届进校的学生真是典型的工农兵学员。从自我介绍中，唐羽知道那个女孩叫严含，七六届高中毕业生，下农村一年，十八岁，浙江绍兴人。难怪长得这么端正秀气，原来是从西施的故乡来的，唐羽心想，不免冲那女生又笑了一笑。

两人回忆到这里，严含用手在唐羽的肩头捶了两下："你这人真坏，帮人家打了一次开水，就让人家一辈子来还。"

唐羽也不示弱："你这人还有没良心，算算看，从那以后给你打过多少次开水，还有到食堂给你打过多少次饭，每次你放暑假回家探亲，都是谁送你上的火车。"

"那都是你欠我的。"严含娇嗔地说。她闪动着眼睛深情地说："那些日子回记起来多美好啊。"

"也是的，我们两人大学同学四年，来美国又一起读研究生，做博士后，在一个学校工作，不知哪里来的缘份。"唐羽说，"这个圣诞节，是不是请在美国的以前老同学们来聚一聚？"

"好啊，这个主意不错，写圣诞卡片时告诉他们就很好。"严含非常赞同，"毕业以后，大家各奔东西，忙事业，忙家庭。能有个机会见面，大家述述旧，联络一下感情。好在在美国的同学多半集中在美东地区，来我们这里方便。"

严含回过头来，发现圣诞树被装饰得一新。她重新插上电源，彩灯和安琪儿又亮了起来，她来了情绪，把音响打开，调到小音量，对唐羽说："来，咱们跳一曲舞怎么样？今天我高兴。"

四

周末，奇剑锋和林梅一起到位于第五大道18街的世界上最大的Barnes & Noble书店去看看有什么值得买的书。出了地铁站，经过二十二街的转角处，一块招牌吸引了奇剑锋的注意力。上面写着"New York Go Club（纽约围棋社）"。林梅看见奇剑锋很感兴趣的样子，问："什么是 Go Club?"

奇剑锋回答说："是围棋社的意思。"

"纽约居然有围棋社。"林梅有点意外和吃惊，她知道奇剑锋是有名的围棋瘾君子，读大学时曾拿过全国大学生围棋冠军。果然奇剑锋要进去看看。

棋社设在二楼，很大，进门处有一个柜台，柜台里一个三四十来岁的中年东方人见奇剑锋和林梅进来，知道是来下棋的。他问奇剑锋是否是会员，奇剑锋回答不是。那人向奇剑锋解释，下一天棋三美元，如果参加棋社，成为会员，一年三十美元。奇剑锋回头看看林梅，那意思是询问交三美元还是交三十美元。林梅两只杏眼微眯，嘴角微微上翘，那神情分明在说：随你便，我说也没用。奇剑锋笑笑，掏出了三十美元递了过去。中年人接过钱，在一张会员证上工工整整写下奇剑锋的名字，算是会员了。奇剑锋要留下来下棋，林梅只好一个人去了书店。

奇剑锋环视着围棋社，里面摆了许多长条桌子，这里各色人种都有，以东方人居多，一对对正埋头捉对厮杀，落子声满厅响，此起彼落。墙上挂有日本围棋大师武官正树，加藤正夫，林海峰来棋社参观下指导棋的一些彩色照片。奇剑锋来到棋桌前，默不作声地看棋。大家棋下得很认真，棋具很正规。

"下棋吗？"一个白人男子走过来问奇剑锋。

"好，下。"奇剑锋说。

两个人坐到棋盘两边，那个人问也不问，当仁不让地把白棋盒子拿在手中。奇剑锋楞了一下，在国内他很少走黑棋，便轻轻摇着头笑了笑，只好拿起黑棋先行。两人行棋布阵，定式开拆，捞空取势。奇剑锋使了几个狠招，成心给对方难堪。几个回合下来，对方已经招架不住了，二十几个子被歼，大势已去。奇剑锋抬头看了对方一眼，只见那人满脸猪肝一样红，双眉紧皱。这个老美输棋不输面子，他装出一副偏头沉思良策的样子，半个小时过去了，还未动一子，一副专业棋手长考的模样。奇剑锋不耐烦了，把头伸到邻桌去观战。

又过去了半小时。那人看了一下手表，突然哎呀了一声，"对不起，差点忘了，和一个朋友有约会，时间到了，这盘棋到此为止，后会有期，后会有期。"然后站起来穿衣带帽，逃也似地走了。奇剑锋满心幸灾乐祸地一面收拾棋子，一面发笑。

在他们下棋时，一直有一个矮小的人在一旁观看。这时打着手式要和奇剑峰来一盘，而且执意要拿黑子。下棋时，他坐在那里像一桩木头，一动不动，只是嘴里咕哝不停，奇剑锋懂一些日语，知道了这人是日本人。他的棋一板一眼，没有什么生气，但是棋形很整齐，特别喜欢抢占实地，毫不相让，技艺显然比刚才那位老兄强了许多。奇剑锋投其所好，把边边角角都让给了他，自己在中腹围起了一个大空。进入中盘时那人数了一下目，不够，就强行打进大空来。一阵绞杀，无奈奇剑锋的棋势太厚，铜墙铁壁一般，只好认输。日本人表示想再下一盘，并在棋盘上放了两个黑子。守门的中年人走过来用汉语对奇剑锋说："他的意思是自己的水平不够，请你让他两个子。这个棋社的规定，每个新来的人都要测试一下。和你下棋的这个日本人在试你。双方不论谁输一盘，都要降一级，即让一子，一直到双方盘面旗鼓相当为止。然后暂时给你一个临时段位。我们这里每年举行三次比赛，同一段位的分在一组，在一次比赛中，你如果在你那一组中的胜率在一半以上，就授予你正式段位。再过几个星期，元旦那一天，我们这里就有比赛。"

"这位先生是多少段位呢？"奇剑锋问。

"业余五段，显然你已经超过了他。我们这里的最高段位是业余七段，要是你再胜一盘，就是业余七段。"中年人说。

于是，奇剑锋再赢了一盘。那位日本人站起来，很尊敬地向奇剑锋鞠了一下躬，表示不再下了。

过了一会，有一精神矍烁，看起来像东方人的老者来到棋社，门口的中年人对他十分客气，正好奇剑锋一人打单，两人便又相邀入坐，手谈起来。老者正襟危坐，银丝如霜，手起子落，铿锵有力，决不拖泥带水。老者的棋气势如虹，不拘小节，于收官处败下阵来。

"你一定是一位高手，棋下得游刃有余。" 老者盯着奇剑锋说。

"不敢不敢，老前辈的棋很有气势，只是细微处不太注意。"奇剑锋谦虚地说。

"你的棋很柔，棉里藏针，不露破绽。很像我一位老朋友的棋路子。"老者说，"你贵姓，交个朋友怎么样？"老者询问。

"岂敢岂敢，本人奇剑锋。奇怪的奇，宝剑的剑，锋利的锋。"

"这名字好，如果姓围棋的棋就更好了。"老者朗朗一笑。

这时门口的中年人走过来介绍道："这位是前国民党著名集团军司令，洪儒将军，经常来棋社走动。"

奇剑锋不听则罢，听罢不觉一惊，洪儒前些年在大陆被特赦释放，不期在美国相遇。对奇剑锋来说，洪儒将军是再熟悉不过了，他祖父曾和洪将军共过事。

"洪将军大名曾听家父多次提起，如雷贯耳，今天相遇，真是今生有幸。"奇剑锋说。

洪儒听了这话大惑不解，"你家父是谁？"

"家父奇书田，家祖奇山。"奇剑锋回答。

"你是奇山的孙子？"洪儒张大嘴巴不可置信。

"正是。"

"难怪你棋下得这么好，原来是奇将军的后代。当年戎马倥偬，战斗频繁，我和你爷爷总要找机会下棋，老是下不赢他，现在又下不赢他的孙子。"洪儒豪爽地笑起来。

"怎么，移民到美国来了？"洪儒继续问。

"不是，来美国留学的。"

"哦，学的什么呢？"

"生物化学。"奇剑锋回答说。

"不错不错，奇将军有此后代.黄泉之下他会笑醒的。"洪儒万分感叹了一声，"想当年，和你爷爷征战疆场，共同指挥千军万马，在东北和林彪一仗，你爷爷为党国尽忠，我却被捕，成了阶下囚。从此阴阳两界，再也不能相见了。"洪儒旧事重提，不免伤感。

此时，林梅从书店回来了，奇剑锋作了介绍，洪儒赶快拭去泪花，称赞林梅淑雅大方。他显得异常高兴，对他们两个人说："今天我请客，走，到我小儿子开的餐馆去吃晚饭。"

餐馆离棋社不远，隔两条街就到了，店面不大。一进门，洪儒就向酒柜台后面的一个谢了顶的人说："快过来，见见奇山将军的孙子。"

那人显然有点丈二和尚摸不着头脑，愣在那里。洪儒急着说，"奇书田你忘了，小时候一起玩的，打架的。这是他的儿子。"

那人一惊，马上过来和奇剑锋他们握手，眼睛打量着，还有许多的疑虑。洪儒就把他们在棋社的经历讲给那人听。那人听了忧然大悟，忙说："快请坐，快请坐。"然后马上吩咐手下人上菜备酒。

四个人围着一张桌子坐下来。洪儒的儿子发话道："小时候父亲们在前方打仗，你我两家同住南京，而且是邻居，两家的小孩经常在一起玩耍。我和你父亲年龄相当，玩得最好，经常恶作剧，非常开心，人称恶少。每次父亲们回来，我们俩都少不了挨揍，打得哇哇直叫，他们一走，我们还是老样。"说罢他对洪儒一笑。

"所以兄弟姐妹几个，就你不成器，流落在街头开餐馆。"洪儒说完，又用手指头在儿子头上敲了一下。

"四九年大陆变色，我们一家逃到台湾，你们一家留在了大陆，从此天各一方，再也没有了联系。"洪儒的儿子话头一转，问："你们一家还好吗？你父亲现在怎么样？"

"一言难尽，我父亲现在一所体育学校当武术老师。"奇剑锋平静地说。

"我知道你父亲小时候习武，不想却以此为职业。"洪儒的儿子略感意外地说。

"你们家有一套家传武功，以拳棍见长，每天你爷爷都要练一趟，从不废弃。"讲到这里，洪儒看了一眼奇剑锋笑道，"和你下棋时，看你的手指关节和下棋的姿态，我就知道你有武功。是不是啊，小伙子？"说完，他又转头对林梅戏谑地说："你一定能给我作证。"

林梅惊奇老者的好眼力，笑看了一眼奇剑锋，附和着说："他也是每天都要来两下子。"

洪儒又继续讲："有一次，我和奇将军在作战部院子里下棋，一只喜鹊在树上呱噪不休，很影响下棋的思路，他忽然问我想不想吃喜鹊肉，然后随手拿起一粒围棋子，用手指这么一弹，正好击中那只喜鹊，那鸟儿应声而落。"

大家听得神了，只有奇剑锋微笑不悟。

这时茶水酒菜上桌了，男招待却是奇剑锋和林梅认识的，他是物理系的公派生吕航。吕航是北大来的高材生，学习不吃力，来美学习虽然有助学金，不用像自费生一样为生活费用发愁，还是经常到外面餐馆打工，补贴零用。今天看见了常见的熟人，而且是老板的坐上客，自己倒茶端水当下手，非常窘困，极不自在。一个不留神，将茶水洒了一桌，立遭洪儒儿子洪老板的厉声训呵，当着客人们的面，他唯唯诺诺，赶快将桌子收拾干净。奇剑锋和林梅遇此场面也很难堪，只有默不作声。洪老板一点不知情，一点面子也不给。

洪儒情绪极佳，一点也不为眼前所发生的事所影响。他一面喝着白兰地，一面说："当年我和你爷爷喜欢喝白干，打起仗来几天几夜不睡觉，就靠白干熬着。"过了一会，洪老板起身照顾客人去了，留下三人继续聊。

　　洪儒有酒在手，又遇见故旧的后代，话匣子就关不住，多少英雄往事，古来情怀都滔滔不绝地泉涌出来，与其说是讲给奇剑锋他们听，不如说是痛快自己。一个败军之将，阶下之囚，许多事闷在心里长了，无人诉说。老人绘声绘色，讲到高兴处，纵声大笑；讲到悲壮处，哽咽在喉；那乾坤摇动，山河变色的时代仿佛风云际会，盘旋在每个人的头顶。

　　今天邂逅爷爷的故旧洪将军，奇剑锋当然高兴，特别听他讲一些爷爷的往事，自然津津有味。他对爷爷的形象平时很模糊。从孩提时代始，只知道为了这个爷爷，他的一家在解放后吃足了苦头。父亲为此不能上大学，入党入团，升迁提干，加工资分房子，文化大革命中更是被遣送回原籍，下乡务农。今天洪将军的描述像一只彩笔，把脑子里爷爷的形象描绘得鲜活生动起来。爷爷原来是一位受人尊敬崇拜的盖世英雄，了不起的人物。平日父亲传授的武功和棋艺，却源自于爷爷。他从来没看见过爷爷，家里连爷爷的一张照片都没有。此时就在脑子里想象起爷爷当年叱咤风云的雄姿来。

　　他们吃着聊着，很晚才离开。

五

　　圣诞节的前一天又下了一场大雪。城市清洁局的扫雪车都开上了街，忙着将马路上的积雪铲净，撒上一层薄薄的盐层，防止结冰。街马路两旁停靠的车辆都被深深地掩埋在厚厚的积雪里。纽约街头很冷清，没有了往日里车水马龙般的繁忙景象。只是从各家各户的窗口和商店橱窗里的圣诞装饰中，人们才体会出节目的气氛来。明天所有的商店都要关门，严含趁今天赶快到中国城购买一些中国食物。严含夫妇发了多份请柬，请十多年以前武汉大学的老同学们在圣诞节这一天来团聚。她和唐羽数了一下，以前大学班上的同学中有百分之八十在美国念书或工作。

　　每次来中国城，严含总喜欢到东方书店去，里面有许多大陆的图书和期刊出售，这里的图书可以任意翻阅，供人阅读，而且备有茶水座位。许多人在这里一泡就是一天。书店是一对来自大陆的刘姓夫妇开的。他们刚来美国时是摆地摊的，生计不易。两人都是文化人，后来做起了进口大陆图书的生意。开始时书店位于一条偏僻小街，生意并不景气，因为中国城乃至纽约市附近的居民大都是从香港或台湾来的。七十年代末大陆开始改革开放，大批大陆留学生和移民涌向纽约，都喜欢到这家书店来，加上刘姓夫妇为人和善，大陆书刊成本又低廉，利润很高，生意日见火红。后来生意扩大，搬到现址。

　　严含是这里的老顾客了，从读研究生的时候起，她就常来这里阅读中国书刊，后来工作忙，不怎么来中国城了。今天因为有同学要来，想为大家做一些中国菜，又来到这熟悉的久违之地。在书店她买了一些儿童读物和识字卡片给小丽和小雪。又看了书画廊里举行的中国国画展，件件精美，赏心悦目，展品都是当代大陆的著名书画家，大部分已经有了买主。

出了书店，严含到沿街的菜市场买了一些时鲜蔬菜，准备回家。经过地铁站口，一个黑人拿了一块精美手表问严含买不买，这时有人擦身而过，严含表示没有兴趣。进了地铁站等车的时候，有个中年妇女告诉她，她的钱包被人偷走了。她赶快查看挎包，里面钱包确实不见了，她马上想起了刚才那个卖手表的黑人，心里只有自认倒霉。好在东西都已经买好了。

圣诞节一大早就有人按门铃。唐羽打开门，是吴俊，他身后还站立着一个小巧玲珑的女人。

"嘿，吴胖子，十年不见，还不见瘦。快请进。"唐羽热情招呼老同学。

吴俊侧身让身后的女人到前面，满脸笑疙瘩地对她说："这，这是唐，唐，唐……。"唐了半天也没唐出羽字来。

唐羽赶快接过话头，自我介绍道："我叫唐羽，是小吴以前的问学。"

也不等吴俊开口，那女子就自我介绍："我叫白玉，他是我丈夫。"极是口齿伶俐，两眼流盼。

进屋坐稳后，严含给两人倒上饮料。笑问吴俊："吴胖子，什么时候娶的娇妻，好福气。"

"去，去，去年，年回国时结，结，结的婚"吴俊结结巴巴，很开心地说。他两眼一直没有离开过自己的妻子，好像看不够。

严含打趣地说："能不能透露一点恋爱史，写过情诗没有?"此话一出，吴俊就闹了个大红脸，赶快把头低下。吴俊表面木讷，文才却非常好，文章写得很漂亮，以前在大学时经常在校报上发表作品。上大学时吴俊曾经追求过严含，还写过一首很优美的情诗。当然这事只有他们两人心里清楚。看见吴俊这样，严含知道自己失言了。

白玉不算很漂亮，但气质风度很有韵味，一双大大的眼睛会传神说话。询问之下，白玉原来在国内是一位歌舞演员。严含、唐羽的好奇心顿起，追问之下，方知吴俊去年在国内登了一则证婚广告，从几百个窈窕淑女中，他选中了白玉。今年春节回去结的婚。白玉除了嗓子好，身段好以外，英语也相当不错，现在一家中文电视台作临时工。看上去，白玉至少比吴俊年轻十岁。吴俊在新泽西州一家瑞士人开的大生物制药公司工作，薪水不错，买了房子。

下一个到来的是朱书谦，细高个，一副深度近视眼镜架在白皙的脸上，镜片一圈圈的挺吓人。朱书谦的眼镜刚上大学时视力并不怎么深，但他信奉视力的深度和学问成正比，而且定下目标，上大学期间，每年视力近视深度加深一百度。所以除了死劲用功啃书本折磨眼睛外，就是人为地加深镜片深度，所以弄成了现在这个样子，人起外号"朱夫子"。和他同来的有夫人和儿子。儿子有十来岁大。夫人是原外文系的系花，外号叫"黑牡丹"。因为都是以前的熟人，也用不着多作介绍。朱书谦上大学时文质彬彬，脸像象牙一般白皙，见人喜欢点头打招呼，显得很有礼貌。加上他时常给人造成印象，大学毕业以后就出国留学，所以很得女孩子们的青睐。那时大家都跟他开玩笑，说他屁股后面蝴蝶一大堆，挑花了眼，他却飘飘然，不以为意。其中有两个外文系的女生追他追得最紧，一个是日语专业的，一个就是这个英文专业的黑牡丹。临近毕业前夕，他终于选择了黑牡丹，那个日专的女生醋劲大发，跑到系上告发朱书谦，说他们两人发生过两性关系，结果成了黄泥巴掉到裤裆里，不是屎也是屎。后来系里的出国名额与他无份，而且连研究生也不让考。严含唐羽毕业后都考取了公费出国研究生到了美国，后来得知朱书谦和黑牡丹结了婚分配到了北京。朱书谦是两年以前作为访问学者来到美国的，去年把老婆孩子接来，现在正在办绿卡。

望着他们齐肩头高的儿子，严含说："你们好福气，小孩都这么大了。"

"哪能和你们相比，我们留在国内的，别的赶不上，只有先生小孩。"黑牡丹说。她目不转睛地打量着房间里的装饰，看见一架精美的钢琴，神色惊讶地说："你们的小孩这么小就开始学钢琴了？"然后对朱书谦说："我们什么时候也给儿子买一架钢琴。"她那发胖的身体，已经没有了昔日的风采。重重的描眉和眼线让人感到多了一份俗气。那个让许多男生为之倾倒在石榴裙下的黑牡丹到哪里去了呢，严含心想。

"等我们先拿到绿卡，钱赚够了再说吧。"朱书谦有点嫌她啰嗦，然后走到窗前，独自望着外面的雪景。

第三对到来的夫妇都是同班同学，郑朝西和任玉杰。郑朝西满脸粉刺，背有点驼，嘴向外翻。郑朝西的父亲是陕北人，抗战干部。任玉杰还是尖瘦尖瘦，黄黄的皮肤。

"怎么小孩没有带来？"严含问任玉杰。

"带不了，放在国内他外婆家。"任玉杰回答。她的眼睛有点对，一只眼睛的眼白里有一丝黄色的浑浊，头发有点卷曲，像干麻一样。

"怪想他的吧？把孩子一个人丢在国内。"严含关切地问。任玉杰眉毛往上一挑，"那有什么，我们心向祖国嘛。"

严含也就没有再说什么。忙着招呼其他人去了。

中午之前，陆陆续续地人都到齐了。老同学们见面，看上去还是老样子，外表变化不大。大家都亲热得不得了，询问各自的近况。个个感叹出国不易，在美国生存更难。

客厅的椭圆形桌上，严含精心剪插了几枝腊梅和红梅，有股淡淡的幽香满屋飘溢，沁人心脾。大家都知道严含有梅癖。望着这梅花，使人不免勾引起对往日母校的怀念。严含的父亲六十年代初大学毕业，后遇上文化大革命，一直在浙江一所医学院当助教。母亲则在一所中学教书，均属于老九知识分子，家里比较清寒，加上下面还有弟妹，因此经济比较拮据。每年放寒假时，因假期短，回家路途遥远，严含就留在学校里温习功课。这时学校很安静，经常覆盖着雪，雪地里红梅斗艳，腊梅飘香，严含喜欢折几枝放在书桌上，陪伴自己度过寂寞的假期。严含出生于山清水秀的绍兴，俗话说"绍兴出美女"，这话一点不假。严含灵秀，温情，透着一股江南女孩子特有的甜美。她喜欢读李清照的词，有时看着梅花，闻着梅香，放几片梅瓣在嘴里，细细品味着词的意境，心里有一种说不出的感受。

有一年寒假的一天，严含从图书馆回来，开门发现有人塞进来一张纸条，打开一看，原来是一首诗，诗这样写道：

梅仙　　赠严含

你寂寞，却不忧郁，

你清寒，却有万花不及的财富，

你艳丽，却别样倜傥。

闻一闻你的芬芳，

定叫人神销形碎。

近一近你的美容，

让人有不尽的遐想。

我寻众花为伴，

茫茫雪地里，

唯你让人侧目，

苍苍蓝天下，

万花为你毁容。

我不贪欢玫瑰的迷肠，

也不欣赏石榴的火恋，

更不留念玉兰的孤芳。

唯有你，我的梅仙，

愿与你白头到老，地久天长。

　　当时班上有好事男生，按爱好或仪表，把每个女生都起了一个花名，有叫玫瑰仙的，有叫石榴仙的，有叫玉兰仙的，严含叫梅仙。看完诗，严含脸热心跳了好一阵子，猜想不出是谁写的。过了好久，她才知道是吴俊干的。事情不成情意在，每当想起这首诗，严含心里就有一种美美的感觉，她一直把这个秘密藏在心底，让自己一个人拥有，连唐羽也没有告诉过。

提起花，大家有不尽的话题。武大是花的校园，一年四季都有鲜花盛开。除了冰天雪地里的梅花，还有草长燕舞时的锦簇樱花，炎炎夏日时的玉兰花，金风送爽时的桂子花，加上玫瑰花、芍药花、石榴花、菊花、兰花、夹竹桃花、山花、野花、无名花，配上珞珈山上的松涛和晓月，东湖之滨的波澜和落日，真是好极了。尽管后来每个人都有诸多的不如意和挫折，但回想起大学的生活来，大家都觉得度过了一段珍贵的花般年华。

严含拿出当年在武大的毕业集体照和去年回国讲学时拍的一些照片，大家都抢着看。然后指指点点，某某现在法国，某某某现在德国。七嘴八舌，互相补充材料。

"还记不记得秃头班长，留校后搞行政，现在当了校长办公室主任。老婆也从农村调到学校工作了。"

"还有马华，现在在开公司，搞投机倒把，被抓进去过好几次。高价的房子都买了两栋，还养了小老婆呢。真发了。"马华以前和唐羽同住一个寝室，他从农村来，家里很穷，每年学校都发助学金。奇怪的是他比谁穿戴得都好，还有一块手表，这在当时实在是奢侈物。

"王宇和钱敏那一对呢？"不知有谁问了一句。

"听说王宇和一个美国人结了婚。"

"多可惜，他们原来是那么好的一对。"

"听说钱敏后来也到美国念书了。还是严含帮她办来的。"

"你怎么没有把钱敏请来，她就在纽约念研究生啊？"

钱敏确实是严含帮忙联系到美国来的。她们以前在大学同住一个房间，两人很要好。王宇和钱敏分手后，钱敏情绪坏极了，意志消沉，多次给严含写信，有轻生的念头。严含除了写回信好言相慰以外，建议钱敏到美国来留学，并帮她在纽约联系好了学校。听大家这么一问，严含两个眼圈就红了起来，告诉大家不幸的消息：

"钱敏前不久自杀了。"

顿时，一片鸦雀无声，每个人都目瞪口呆。

"怎么会发生这种事呢？"有人不解地问，"是不是还是为了王宇？"

"好像不是，是什么，我也不清楚。"严含就把事情的前后经过讲了一遍。

"钱敏就是心胸太狭窄了，许多事情想不开。"任玉杰说，可是大家谁也没有附和，知道任王杰以前拚命追过王宇一段时间，和钱敏心中有些疙瘩。王宇的父亲是高干，手中有不少实权。

这时北京小保姆把菜肴都准备好了，有烧全鱼，炸大虾，蛋饺，糖醋排骨，粉蒸肉，鲜藕夹，银丝鳝糊，麻婆豆腐，上海青菜。大家每人斟满一杯青岛啤酒，不会喝酒的斟满一杯可乐，然后站成一个圆圈子，把杯子举到中间齐眉，一起为十周年相聚干杯，为武大干杯，为在美国继续奋斗干杯。

六

圣诞节这天，林梅哪里也没去，关在家里读钱敏日记。

xxxx年x月x日

今天搬进了位于二十三街的学生宿舍。一个小房间，里面一张单人床，一张书桌，一个衣橱，剩下的空间刚够转身用。其实，这条件比在国内上大学时好多了，那时四个人一个寝室，上下铺。即使在工作单位，也是两个人同一个房间。布置完房间，到楼上楼下转了转。这里有室外网球场，室内蓝球场，室内游泳池，电影厅，餐厅。每层楼共用一个厨房，一个多人用的浴室兼厕所。这个浴室兼厕所是男女共用的，虽然每个浴间和抽水马桶都分隔开来，还是感到非常别扭。 晚上在浴间冲淋浴时，突然有一对男女来到隔壁浴间冲澡，调笑打闹，甚至做爱，简直惊心动魄，毫无顾忌，实在不像话。这对美国学生开放得太可以了。

xxxx 年x月x日

今天乘十五路公共汽车到以前的老同学严舍和唐羽家去作客。多亏严舍他们帮忙，我才能来上学，而且还有奖学金。他们住在六十二街第一大道的一所公寓里，和我的宿舍一样，都靠东河边。严舍看上去还是那样年轻漂亮，参加工作了，受聘于 R大学，任 Assistant Professor，他们有一个小女儿叫小丽，长得更像唐羽一点。小家伙很活泼，很好客，对圆形、方形、三角形分得很清楚，还把她的玩具都拿出来和我分享。从他们那里借了几本很有用的教科书。他们已经把我来美国的消息告诉了王宇，还把王宇的地址和电话给了我。来美国这些天，天天吃奶制品，肠胃不适应，光泻肚子，真难受。今天大家吃了一顿饺子，味道真好，连汤都喝得一干二净。看来在美国，这生活关是第一要过的。

xxxx年×月×日

今天上生化课时，班上又来了一个中国学生，是北京医科大学毕业的，因签证延误，刚刚才到。她叫仇娇，带一副银丝边眼镜，配在白净的脸上，很秀气。只是嘴巴大一些，笑的时候，嘴角往上翘得太厉害了一点，而且牙龈都露了出来。她是一个在香港的亲戚担保出来的，前天刚到，昨天就找到了一份工作，到一个有钱的老太太家做家务，帮老太太和她的狗洗澡。她把我的笔记本都借去了，要抄一遍，把掉的课补起来。还和我约定，每个星期四晚上两人通一次电话，交流学习心得。晚上回到家的时候，她的电话就来了，问了许多课堂笔记的问题，非常仔细。她现在暂住在一个教会办的宿舍里，房租很便宜，带有慈善性质，但管制很严，晚上十点钟就关门，对她打工很不利。她问能不能暂时搬到我这里来住。我考虑了一下，认为不合适。一是宿舍有规定，有客人来住一定要报告，而且不能超过三天；二是房间太小，除非两人挤睡一张单人床。我建议她到学生部去问一问，住进这个宿舍来。她说她已经问过了，今年已经没有房间了。

95

xxxx年X月X日

系主任今天找我谈话，说我各科成绩很好，老师们反映不错。从现在开始起，他让我找三个实验室去工作，然后从其中挑选一个将来作博士论文。我向他介绍了自己的科研兴趣，他向我推荐了三个教授先去面谈。

晚上仇娇打电话来，我向她提到了选导师的事，她详细向我询问了这三个教授的情况，我具实相告。

xxxx年x月X日

今天打电话和前天系主任推荐的教授们预约面谈的时间。不料他们都问我是不是昨天打电话给他们的中国学生。我被搞糊涂了，说我昨天并没有给他们打过电话呀。有个教授告诉了我那个学生的名字，是仇娇！三个教授中有两个暂不和我面谈，要等和仇娇谈了以后再决定是否和我面谈。只有 Dr. Lynn 让我过去谈谈。她是一个四十来岁的副教授，眼睛绿绿的，说话时双眼像鹰一样地盯着人，里面有一种奇怪的笑容。她详细询问了我以前在国内的实验经验，说她很强调实验技能和出结果。现在很需要人手，希望我能到她的实验室来实习工作一段时间。

回到家里，心情很不愉快。看来前天晚上从我这里了解到情况以后，仇娇先一步和教授们取得了联系。为什么她不事先告诉我一声呢？前天晚上我们还通过电话，她问我，我可是一五一十地向她讲了自己选导师的情况。这大概也是一种竞争吧。真是人心隔肚皮，知人知面不知心。搞得自己现在很被动。

xxxx年x月x日

今天上课时碰见仇娇，她带着银丝眼镜的白净脸一直在微笑，好像比往日多了一份小心和殷勤，并不提选导师的事。下课时，她告诉我昨天刚买了一本新出版的参考书，问我想不想看，她可以先借给我。我只是摇了摇头。我是一个装不出面孔来的人。

xxxx年x月x日

今又收到了王宇的来信，一定是严含他们告诉他的。看着信封上熟悉的字迹，心中不免怦怦跳。不知怎的，这些年都过去了，可是一想起他来，心里还是甜甜的，恨他不起来。如果他今天对我说，愿意回到我身边来，请求我的原谅，我一定会的。当然这一切是不可能的了。现把他的信抄录如下：

亲爱的敏（我知道自己不够资格这样称呼你了）：

唐羽和严含他们来信，告诉了我你来美国的消息，为你感到非常高兴。

因一念之差，和你分手后，无时无刻不在想着你。今生实在欠你太多，只好来世再还了。我称不上是一个男子汉，顶不了天，立不了地，也面对不了你。我父亲已经去逝了，他生前多次责怪过我。我俩从小青梅竹马，两小无猜，一起上小学，中学，一起下乡插队落户，上大学，原本想做一对恩爱夫妻，白头偕老，不料中途生变。我在这里不想为自己申辩，只想向你道出事情的原委。

　　刚到美国时，班上有一个美国女孩，她父亲是一名美国常住台北外交官，她自己也出生和生长在台湾，能说不错的国语。因复习功课，她经常和我在一起。渐渐地，我就发现她有相爱之意。有一天她对我说爱上了我，说我很像她以前在台北时的恋人，这个恋人在一次车祸中死亡。我很明确地告诉她我已经有了女友。

　　有一次，她请我到她家的滑雪山庄去玩，让我看了许多她以前在台湾的照片。那个台湾小伙子确实是一个英俊的青年，他们都已经订了婚。讲到未婚夫的死，她悲恸欲绝，情不自尽地倒在了我的怀里。听了她的生死恋，我也很悲伤，不能无动于衷，很是感动。在美国，这样钟情的女孩子是很少见到的。她说自从看见了我，又燃起了生活的希望。经过一段时间的相处，她认为我的人品很不错，单相思已经害了很长一段时间了。如果我拒绝她，剩下来的人生路程实在不知怎么走。在同情和怜惜心的驱使下，我的防线被瓦解了。当然，坦然相告，我也已经喜欢上她了。她是一个很讨人喜爱的女孩，金发碧眼，除了美国人特有的热情大方之外，还有点东方女孩的温顺柔和，很有人情味，对东方文化了解很深。她是一个纯情痴迷的女孩子，向我保证一定作一个遵守妇道的东方型妻子。结婚后，我们已经有了一个小女儿，今年三岁。她是一个很好的妻子，相夫教女，过得很开心。只有我，活在内疚的煎熬之中。她也时常安慰我，说是她害的。

　　刚到美国来，一切都要适应，如果需要什么，请来信相告。

　　祝你快乐

王宇 宇

接到王宇来信后，心情几天不能平静下来。黄昏时分，一个人来到宿舍旁的东河边散步，想让情绪平静下来。河边大道上，有许多男女在跑步或溜狗。凭栏而立，眼望涛涛河水向海口方向流逝，水鸟们沿着浪花上下翻飞追逐。

小的时候，我家也住在一条河边，水是碧蓝碧蓝的，岸边有许多的水柳，一丛一丛地生长。我经常和哥哥们一起在河水里摸鱼虾，听大人们说故事。有一年，家里来了一位少年，父亲说他是省城来的，要在我们家里住一阵子，于是我们又多了一位河水里玩耍的伙伴。他和我同年，在我们班上做了插班生，大家每天手拉手上学放学。有一天我问他是谁，为什么到这里来？他哭了，说他爸爸是老红军。文化大革命开始后，爸爸被关进了监狱，红卫兵要抓他们兄弟姐妹几个，一家人到处躲难。以前他爸爸曾在我们家乡一带打游击，在我们家逃过难，据说我爷爷为此还丧了命，是他家的救命恩人。现在他无路可走，又来到了我们家。我们相处很好，对外就说来了一个表哥。以后我就一直称呼他为表哥，一直到现在。后来他父亲情况好转，但认为省城很乱，还是让他留在我们小县城里读书比较好，他也很喜欢我们，不愿意离开，这样他就留下来了，以后再也没有走，只是每年回去探亲一两次，他家里每个月寄钱来。我们一起读完了小学，中学。要上山下乡了，他家里就让他和我一道下，这样很放心，于是两人报名分到了一个生产队。七七年高考恢复，两人相邀报考同样的学校，也是缘份未尽，同被武汉大学录取。大概因为和我们一同长大的原因，他一点纨绔子弟的气息也没有。人家不说，谁也不会知道他是高干子弟。

　　有时想，要是他那时不来到我们家有多好，既有今日，何必当初，这么多年的交往，就像这河水一样付诸东流了。是啊，那个美国女人很不幸，可是她得到了你，现在很幸福。可是我呢，我却成了天下最不幸的女子。感情这个东西是不能分享的。我一直觉得，我们之间太了解了，我们一辈子都会在一起的。现在我才感觉到，我的悲剧在于，你让我对所有的男人都看不顺眼。我曾试图过去接近其他的男人，可是心里很别扭，他们都比不上你，只有你，你才是我名正言顺的男人，一切都是那样的顺理成章，这是上帝的安排，你是我的，我是你的。原来天下并没有绝对痴情的东西，天下有那么多不幸的女人等着你去拯救，你却偏偏选中了别人，抛下了我。我大概是唯一可以被你抛下而又不会恨你的女人吧。

xxxx年x月x日

　　思绪还是很乱，越理越乱。翻了一下以前的照片，想看看他的模样，我已经越来越记不起他以前的样子来了。奇怪的是我居然没有一张他的照片！想想也不奇怪，以前总以为会和他厮守一辈子，并不刻意收集他的照片，现在想看看他也不能了。这样看来，我们却是无缘了，一切原来只是一个虚幻错觉而已。我等芸芸众生，看不清前因后果，却一味强求，痴心妄想，上界人士，一定笑掉大牙。好不容易找到一张大学毕业集体照，他也只有半个头，想是上帝存心作弄人，开玩笑拟的。原来还想给他写回信的，实在没有这个必要了。失去就失去了，还想拣回来，自寻烦恼而已。

xxxx 年 x 月 x 日

今天到中央公园去看世界女子竞走锦标赛，有中国运动员参加。在国内的时候，就知道中国女子打破过多项竞走世界纪录。今天得以在异国他乡目睹她们的风采，为她们加油，真是幸运。比赛场地沿线挤满了人，中国的小个头姑娘们个个顽强，健步如飞，满是青春的活力。比赛完了后，在运动员休息地找到了她们，送了一束鲜花，感谢她们为国争光。看上去，她们还像小娃娃，皮肤晒得黯黑，脸上挂着汗珠，笑容也很稚气。我问她们想不想玩纽约，我愿出钱当导游，她们说明天要回国，多谢我的好意。送走了她们，心境晴朗多了。到公园各处顺便走了走，那绿茵茵的草坪上，许多男女在作日光浴，白花花一片。儿童游乐场地里，都是孩子们的欢笑声。一处池塘旁，有几个老年妇人撒着大把的食物，引来成群的鸽子，自然成趣。看着这些普通的人们，心中感叹颇多，真是人生何处无芳草。

七

新年这天，围棋社里热闹非凡，今天举行新春大奖赛。年老的，年少的，巾帼的，须眉的，白人的，黑人的，黄人的，英语的，汉语的，日语的，韩语的，各路人马，磨拳擦掌，跃跃欲试。棋社里还专门从日本请了两位专业棋手来指导下棋。

101

上午九时正，裁判长开始宣布比赛规则，比赛开始。七段组里有六人，大都是东方人，只有一个白人。奇剑锋和他们大多都没有交过手，因此不摸底细。他的第一盘是和一个韩国人下，此人棋风异常凶悍，火药味很浓，还在序盘阶段，就在一个角落上杀开了。那人一面下棋，一面不时用眼睛狠狠盯着奇剑锋。

奇剑锋在国内素有棋侠之称，他在棋里柔和进了许多武功之道。小时启蒙于父亲，后入市少年儿童围棋队，打下了很厚的功底。文化大革命中父亲被遣送还乡，就带着他到处找人下棋，和各种野路子都打过交道，通过实战，他大开了眼界，使算路日益精确。因他习武和下棋并进，父亲就时常向他讲述两者之间的相融相通的道理。经过多年的摸索和实践，他的棋风因势利导，顺水推舟，无形化解，自然成势，有高山流水之雅。用洪儒将军的话来说，叫"棉里藏针"。父亲还说，武功和下棋不要逞强，要像弹簧一样，遇弱则弱，遇强则强。这样可以麻痹对方，大大提高胜算。父亲讲过一个故事，以前有一个人，下棋从来不输，但和任何人下围棋，不管水平高低，都只能赢半颗子。结果很多高手都很愤怒，认为这是成心羞辱他们。这个人解释说，我并非有意，我下棋讲究整体综合平衡，水涨船高，但求胜，不求胜多。

眼前这盘棋，正杀得难分难解之时，奇剑锋开始实施弃子之术，遂个将棋子送入虎口，对方不吃又不行，吃了很难受，因为奇剑锋不动声色地顺势筑起了一道很强的外势。对方在角上宰获颇丰，结果天下尽失，只好中盘称臣。棋下完了，对方坐在那里还不肯起来，一付意犹未尽的样子，两眼瞪着奇剑锋，气鼓鼓的，不知这盘棋是怎么输掉的。

下一个对手是那个白人，一脸大胡子。据说这个白人曾经到日本留学过几年，是一个棋疯子，平时烟酒不沾，玩命地下棋，连老婆都跟人家跑了。有一年，邵震中和江铸久来美国访问，他一路陪同，缠住下棋，连上飞机前等飞机的时间也不放过，搞得邵震中和江铸久苦不堪言。

一开局，两人便下棋如飞，很对路子，没有长思短考。不一会，奇剑锋就发现他的棋下得很漂亮，很有风格个性，手筋连连，常有妙棋出现。奇剑锋不禁抬起头来打量起这个白人来。蓝西装，花领带，仪表很整洁。他下棋很专注，身体的各个部位没有多余的动作。对方发现对手突然停止了下棋的动作，不禁用眼睛上瞟，发现奇剑锋在观察自己，有点不好意思，便张开嘴友好地笑了一下，眼睛又回到了棋盘上去。奇剑锋拿起棋子向棋盘上投去，这是一盘速战速决的快棋。奇剑锋还是棋高一着，赢了这盘棋。看看其他人还在下，他们两人还有多余的时间，就重新再来一盘，结果，等其他人都下完了，他们已经干了三盘。

白人伸出大拇指，对奇剑锋说："你的棋真棒。"

"很高兴和你下棋。"奇剑锋也很有礼貌地说。

中午时分到了，裁判长宣布暂停四十分钟，吃饭时间。白人提出一定要请奇剑锋吃饭。也不等奇剑锋答应不答应，他就打电话到外卖店订了两份中国餐，然后边吃边请奇剑锋再下。这时围了许多人看他们两人下快棋，后来又有几个人在旁边摆了几个棋盘同时和奇剑锋下。结果奇剑锋只好端着饭盒来回走动，一面吃饭，一面往棋盘上放棋子。看热闹的人多了，连两位日本专业棋手也加入了观看者的行列。最后裁判长出面干涉了，希望不要影响下午的比赛，大家才作罢。

　　下午开赛，奇剑锋连战皆捷，各路豪杰纷纷落马，四五点钟时分，尘埃落定，各个段位级别分别决出了第一名。奇剑锋是最高段位的第一名，自然也是整个比赛的第一名。他领奖时，大家都热烈地鼓掌，奖品有一盒精制的日本围棋子和一副有日本"名人"亲笔提名的棋盘。大家都互相交头接尾，打听这新科状元的名字。

　　发放完所有的奖品后，有人提议由奇剑锋和日本专业棋手下一盘快棋。结果，经过商议，由二位日本专业棋手中的四段让先和奇剑锋对阵，另一位日本专业八段棋手挂大盘讲解。奇剑锋执黑先行。奇剑峰下棋有野路子，更有正路子。他平日里喜欢摆棋谱，特别是日本超一流棋士的对局，一定要钻研透，因此对日本棋手的总体风格有深刻的印象。有一年上大学时，正值中日围棋擂台赛烽火连天，日方棋手在他读书的城市向中方棋手挑战。他通过省围棋队的朋友搞到一张票，那天正值期末考试，得到主考老师的特别准许，他可以去看棋赛，回来补考。在赛场，当中方棋手走了一步看似妙手的棋后，挂盘讲解的国家围棋队专业棋手认为是好棋，奇剑锋站起来说是败着，并上台演练了后果。果不其然，日方棋手的出手和奇剑锋如出一辙，中方棋手输掉了这盘棋。

　　因为时间限制，双方必须每三十秒钟走一步。走快棋又是奇剑锋的特长，两人你来我往，攻城掠地，结果这盘棋打成了平手。

　　午夜时分，齐小娟拖着疲惫的身子离开了酒吧。新年来喝酒的客人特别的多，而且酩酊大醉，动作也特别的粗鲁。有个酒客甚至搂着小娟狂亲，还动手打人，最后被酒店雇用的打手们制止住，将那个人揍了一顿，扔出门外。酒店老板让齐小娟提前回家，除了工钱外，还额外给了她一笔可观的小费。

　　地铁的车厢里空空的，随着哐当哐当的响声，车灯忽明忽灭。齐小娟紧裹着羽绒大衣坐在一个角落里，大腿上被拧的地方还在隐隐作痛。"这个混蛋"，齐小娟轻轻骂出声来，身上还在微微颤抖。她看了看车厢，只有一个醉鬼手拿酒瓶，口吐白沫地躺在椅子上说胡话。车厢的两壁上，各种广告五颜六色，避孕的，未婚打胎的，预防艾滋病毒的，看脚气的，拔蛀齿的，时装模特儿的，推销香烟的。齐小娟疲倦了，两只眼皮不断打架，她强撑着，怕坐过了站头。也不知过了多久，列车猛地一停，齐小娟的头撞到了前面座椅的背后，她清醒过来。赶快看外面站名，已经到了138街，她马上站起来下了车。

　　一出地铁站，凛冽的寒风就迎面扑来，她不禁打了个哆索。她的住处离地铁站口只有几百米之遥，黑乎乎一个人影也没有，只有楼影森森，一个个的门洞阴暗怕人。刚走到一半，不知突然从哪里冒出几个黑人来，前后堵住。一个硕壮的大汉从后面用一只手臂卡住齐小娟的脖子，并使劲往上一提，齐小娟的双脚就不由自主地踮了起来，那人又用另一只手捂住她的嘴巴，使她不能叫唤。这时另一个人从前面开始摸她的身子，将她身上所有的东西都掏出来放进一个口袋，动作异常快捷麻利。搜身完毕，这群人发现被劫者是个女的，就开始脱她的衣服，并把她向暗处拖。齐小娟拚命挣扎，情急中使劲咬了后面那人的手背，痛得那人松开了手，齐小娟趁此一刹那挣脱了身，拼命向对街跑去。那帮人在后面紧追不舍。刚跑到街心，正好一辆车开了过来。

开车的不是别人，是于庆从外面回家。他看见一群人在追赶一个女子，心想一定是谁遇上了歹徒。在雪亮灯光的照耀下，蓦然发现那个在前面奔跑的女子是齐小娟，只见她头发散乱，满脸惊恐。他放过了齐小绢，然后一踩油门，突然停在了那群人的前面，挡住了他们的去路。与此同时，他大声喊起来："Help，Help（救命）。"

这帮人被这突如其来的事情懵住了，等回过神来发现是怎么回事，一下子愤怒起来。他们围住车子开始砸车窗，把于庆从车子里拖出来一顿猛揍，于庆抱住头，弓着腰，不让伤着要害处。正在这情急之时，忽听空中丝丝作响，惚哨声中，这帮歹徒连声叫唤，抱头捂眼。

原来，棋社的比赛结束后，社长在一家日本餐馆宴请日本客人，特邀奇剑锋参加，大家高兴，谈到深夜。回来时刚一出地铁站口，就看见齐小娟迎面跑来，听见前面有人在喊救命，他认识于庆的车子，看见他被人从车子里拖出来打。他一面让齐小娟去报警察，一面向前跑去。他打开棋盘，隐身在阴影里，施展起奇家的祖传绝活"飞棋打鸟"来。一颗颗棋子从他的手指间迅疾飞起，像流弹一样准确无误地击向那群黑人。面朝他的，打中眼睛，背朝他的，打中后脑勺，侧面的，打中太阳穴。

等那些人都跑散了以后，奇剑锋来到于庆跟前。只见他伏地动弹不得，口中呻吟。再看看车子，玻璃都打碎了。

"于庆，不要怕，我是奇剑锋，警察一会就到。"

"快去看着齐小娟，她被抢了。"于庆艰难地说。

这时，那群人看见奇剑锋势单力薄，又围拢过来，手中拿了利刀和铁棍，把他们两人围在了中间。形势险恶，奇剑锋脑子里飞快地想着对策。于强敌之中，选择弱的先打，然后各个击破，这是习武之人的一条古训。环视了一下这帮黑人，他发现彪形大汉们都空着手，自恃力大，个子小的都有刀棍在手，以壮胆量。要是能从这些小个子们手中夺过一件兵器在手，情况就会大大的不同了。在拿刀和拿棍的小个子当中，刀短，且锋利，小动作小弧度就容易使自己受伤，不易夺取。而棍棒则不同，动作弧度大，在空旷之地容易施展，现在人多拥挤，容易伤到同伴，使用起来很受限制。反过来，要是自己有一根棍棒在手情况就不同了，保护半径大，对方不易近身，而且棍棒正好是自己善长的器械。在这诸多的人中，他选中了一个手拿长铁棍的小个子。那个小个子落在其他人的后面，有点畏缩不前。在同伴们的后面，有一种安全感，提防心不高。对，打它一个出其不意，攻其不备。

选中了目标，下一步就是如何动手的问题了。奇剑峰决定声东击西，先发制人，突然一个飞身跃起，直扑一个赤手空拳的大汉。这个人的反应稍微迟钝了一点，当胸已吃了奇剑锋一脚，摔倒在地。奇剑锋又向其他人扑去，惊得一个个都连连后退。他唯一没有出击的方向，就是那个拿铁棍小个子站的方向。等大家都退后了，那人就突前了，一切都发生得那么快，那么突然。这时只剩下他们两人对峙着，奇剑锋虚晃了一下，那人举棍就击来，不期奇剑锋一闪身，铁棍落了空。奇剑锋顺势抓住铁棍中间，飞起一脚，踹中那人的下身。只听那人啊哟一声，铁棍松了手，双手捂住下处，痛得在地上只打滚。

有棍在手，奇剑锋心里踏实了许多，他手执铁棍护住于庆，迫使那些人近身不得。一直到警察来，那些人才跑掉，只剩下那个躺在地上的可怜黑鬼束手就擒。

于庆被打得鼻青脸肿，送到了医院，齐小娟也跟去了。医生给于庆检查了身体，照了X光片，然后让他坐在观察室里继续观察。齐小娟在走廊上的饮料机里想买一瓶果汁给于庆，才想起今天赚的钱都被抢走了。她非常沮丧地回到于庆的身边坐下，头发散乱地搭在疲惫的脸庞上。

于庆从自己的口袋中掏出钱来，递给齐小娟："去，一人买一瓶。"

齐小娟没有动，眼泪却顺着脸颊淌流下来了。今天真是倒霉的一天，人家过新年，欢欢喜喜，自己却连遭不幸。连于庆也陪上了。

于庆见状有点慌了，"怎么哭了呢，住在咱们那个鬼地方的人，很多人都被抢过，没什么大不了的。"于庆安慰道。

齐小娟只是流泪，并不作声。这眼泪仿佛能将到美国后的酸甜苦辣都流出来。在国内何曾吃过这般苦，都是那虚荣心极重的父母，还有那狼心狗肺的姑夫，设下陷阱，将自己逼到今天这个地步。

"小娟，能不能告诉我，像你这么好的女孩子，为什么到那种地方当陪酒女？真让人心痛，我恳求你以后不要去了好不好，我养活你。"于庆冷不丁地轻声说，微微有点激动。

齐小娟猛然抬起头来，睁大一双泪眼望着于庆，满脸惊异。

于庆避开了她的目光，不忍相看。齐小娟是一个名副其实的美人胚子，惊惧，眼泪，披头散发丝毫不减一分美色，反而给人一种鲜花让狂风暴雨摧残过后的怜香惜玉之感。

"我也是偶然发现的。"于庆两眼看着玻璃窗外，自顾自地说起来："那天晚上我心情不佳，不巧上了你工作的酒店，看见了你。说实话，自从你搬进了我们公寓，我就被弄得有点神昏颠倒，晚上常常为你失眠。知道自己配不上，只有一个人单相思。怎么也没想到你会干那个行当，让我实在太痛苦了。"

齐小娟轻声啜泣起来，"我有什么办法，人要活下去。那工作是下贱一点，但赚得多。要不是被逼到绝路上去，我为什么不愿做一个良家女子呢？原本想，只要不被人发现，赚够了钱就不干了。既然已经被你识破，我给你讲讲我的经历，希望你能理解我。"

八

齐小娟生长在上海的一条里弄里，父母亲都是工人，上面还有一对双胞胎的哥哥。小时候，她就长得水灵水秀的，进出里弄，婶婶阿姨们喜欢开几句玩笑，将来择枝高飞，不要忘了回来看望大家。她父母倒并不怎么十分看重她，上学放学，功课作业，兴趣爱好，一概不问，上面的两个哥哥是家里的一对宝，嘘寒问暖，关怀备至。因此，她每天吃完晚饭就出门，和班上的几个要好女生一道溜马路。沿着南京路慢慢走来，看看马路两边商店里的时新服装，谈谈班上发生的各种趣闻，诸如哪个男生给哪个女生写了情书之类的事，然后笑笑打打，疯疯闹闹，十分惬意。有时就干脆站在路边，一人嘴里吃一支雪糕，大家挤眉弄眼，引得路人侧目。

中学毕业的那年夏天，她们在路边看见了一则招聘模特儿的广告，大家就起哄叫齐小娟去试一试。结果到了星期天，一群女生涌进了招考地点，大半是为了新奇看热闹。大家正在叽叽喳喳，嘻嘻哈哈，主考官却主动走过来问谁是应考，大家一起指向齐小娟。考官似有先知地满意地点点头，让齐小娟进去试试，结果当场就录用了。

从此，她当上了时装模特儿，穿上漂亮时装，在台上展现自己的绰约风姿，而且收入颇丰。她在家里的地位也一下子改变了，父母亲发现家里飞出了一只金凤凰，人前人后地炫耀，每天回到家里，一家人像迎接回来省亲的贵妃娘娘一样。齐小娟对这突然来到的生活改变倒能坦然处之，家里要用钱，也是经常给的，两个哥哥结婚，都来找她，她也一样大方。每日里，还是经常到那些参加了工作的女伴们家里白相，后来有了男朋友了，就时常逼街，逛电影院。

她有个姑妈在美国，几十年都没有来往。上海开放后，姑夫到了上海，说在做一笔生意。姑夫住在大酒店里，父母亲喜出望外，领了一家人去看望洋亲戚。在豪华的酒店餐厅里，姑夫宴请了她们一家，眼睛却只在齐小娟的身上打转。父母是极能会意之人，极力在姑夫面前夸耀齐小娟。听说齐小娟是模特儿，姑夫极力称赞她的美丽大方，说在美国，模特儿能赚大钱，如果齐小娟愿意去，他一定帮忙。这真乐坏了齐小娟父母，对她姑夫百般阿谀奉承，说女儿福气好，有这么好的亲戚。齐小娟不愿意，觉得自己现在很好，上海是她从小生长的地方，工作又很实惠，薪水高、经常到全国各地演出。美国人生地不熟，一切需要从头来，且远离上海。姑夫听了不以为然，认为是小家子气，多少人在美国发了横财，那里的物质生活大陆设法比，汽车，小楼房，海滩。父母也连声责怪她没有见过世面，上海哪能跟美国比。齐小娟还是不动心。

从酒店回到家，她立刻受到了全家人的围攻。她没了主见，跑去问男友，男友也极力劝她去美国。想想看，多少人削尖脑袋找门路出国，你现在是送上门来，还犹豫什么，去，当然去。

怎么去，姑夫的建议是以留学生的身份去，这样比移民简单多了。齐小娟一听就有点傻了眼，自己才高中文化程度，而且对学习并不感兴趣。姑夫有高见，你出去一不念博士，二不念硕士，念本科生，学习服装设计，只需要英语过关就可以了。英语齐小娟倒不怕，在表演队里，模特儿们都受强化英语训练，因为这是一个国际化职业，经常为外宾演出和出国访问表演。姑夫又说，除了学习服装设计以外，你还可以做业余模特儿，这样既可以赚钱交学费，还可以慢慢适应环境，说不定哪天走运，当了名角也未可知。齐小娟听了有道理，有了一些信心。

姑夫回去以后，很快就办好了手续，像当初考模特儿一样，齐小娟没有怎么费力就来到了美国。她坐着美国联合航空公司的飞机降落在新泽西的 Newark 飞机场，姑夫姑妈都到机场来接。姑妈是一个胖胖的女人，有一对三角眼，她一看见齐小媳就禁不住上下打量起来，连声说"好，好"。好像在欣赏一件擦亮的瓷器，并不上前和齐小娟亲热。姑夫则紧握她柔嫩的手，半天不肯放松，一直到姑妈打了他一下背后，"死鬼，该回家了。"才松开了手。

姑妈家住在新泽西州一处花草繁茂的屋子里，四周长满了树木，十分的幽静。屋子很大，进门一个大客厅，布置得古色古香。有盆景，中国字画，苏州刺绣，还有一个金鱼缸，里面硕大的狮子头，水泡，龙眼，黑珍珠，摇头摆尾，仪态悠闲。

放下行李，姑妈说有事，让姑夫陪着齐小娟到自家开的餐馆去用晚餐。车沿着一个很大的湖泊边缘开着，湖水十分清澈，像一面镜子倒映着湖边的垂柳和天上的飞鸟，有静有动，景色十分怡人。时近黄昏，满天的斑斓彩霞将湖水染印得一片通红。

"这个湖是我们这一带的居民饮水湖，我们喝的水都是从这里来的，州卫生局定期检查水质，不许任何人往里面倒东西。姑夫见齐小娟被湖水吸引住，就向她介绍道，"美国很美好，美国是神话般的国家，只要你肯付出，肯牺牲，你就能得到你所要的任何东西。"姑夫侃侃而谈。

车开进了一个小镇，镇边上有一家中餐馆，这便是姑妈姑夫开的了。进了里面，陈设很一般，用餐的人也不多。

"老板，有客人来了。"一个领班模样的人过来和姑夫打招呼。

姑夫说："这是我侄女，刚从上海来。我们到里面去坐，搞几样好菜，口味清淡点，来点海鲜。"

领班得令，转身去了。姑夫领着齐小娟进了里屋。这里比外间装璜上好了许多。刚刚坐好，茶水果汁就端上来了。齐小娟口渴，呡了一口橘汁，清凉无比。

姑夫说："你先住在我们家里，亲戚嘛。学费我们先帮你付，你可以帮我们做做家务，回头你姑妈会告诉你做什么的。另外我还给你找了一份工作，很适合你的专长，而且每个星期只工作三个晚上，收入不错，先看看喜不喜欢，以后可以增加时间。美国和中国不同，要学会自立，先苦一点，干干自己不愿干的事，以后适应了，习惯了，就没什么了。只要能赚钱，就是好工作。"

菜上来了，姑父先让齐小娟用餐："来，尝尝这清蒸龙利。"

齐小娟夹了一筷子鱼肉放在嘴里，非常滑嫩爽口。姑夫目不转睛地看着齐小娟呡动着的红红嘴唇，以及随着呡动雪白粉腮上时隐时现的酒窝。齐小娟离开上海时，表演队的姐妹们送了她许多漂亮的衣服，她今天穿了一件水绿色轻柔的开口连衣长裙，她那毫无矫揉造作的自然美貌，引得姑夫直吞口水。

"你上次到上海去生意谈得还好吗？你做的是什么生意呢？"齐小娟问。

姑夫听了一愣，马上回过神。"生意谈得很成功，很成功。"两个眼珠转了一下，想了想，然后咧嘴一笑，"主要做的人才交流生意。"接下来姑夫大谈大陆河山的壮美，引开了话题。

吃完了饭，端上来新鲜水果。齐小娟离席去上厕所。沿着一条窄窄的通道到了里面，有两个门，不知哪个是厕所。齐小娟犹豫了一下，拉开了其中一扇门，门开处，她不觉大吃一惊。这是一个不大的房间，里面散发着强烈的汗水霉味，光钱很暗，只有一个很小的窗户透进光来。房间里挤满了人，全是东方面孔的人！里面的人全愣着看着她，一双双眼睛眨也不眨，那些眼睛里充满了绝望呆板的神情。等齐小娟刚想关上门，转身走开，突然里面有一个人用弱小的声音问："你是中国人吗？"齐小娟全身颤抖了一下，缓缓点了一下头。里面的人马上活跃起来，大家挤到了门口，其中一个人递过来一张纸，"请求你帮忙发出这封信好吗？"齐小娟接了过来。正在这时，通道那头有人在说话，那些人都赶快坐回原位，示意齐小娟赶快离开。齐小娟关上门，推开另一扇门，进了厕所。

回到座位上，齐小娟还在回想刚才那一幕，她抬起头来看了一眼姑父，姑夫正盯着她，她赶紧拿了一瓣苹果放在嘴里，以掩饰自己。姑夫说天晚了，该回去了，姑妈还有话交代。

回到姑妈家里，姑妈正陪着几个客人讲话。见姑夫进来，客人们都赶快和他打招呼。姑父陪着客人继续讲话，姑妈领着齐小娟进了里面。

　　姑妈把齐小娟领进一个偏房，齐小娟的行李已经在里面了。房间里有一张单人床，　几只椅子。姑妈在一只椅子上坐下来，对齐小娟说："这是你的房间，比你们上海可是宽多了。你姑夫可能已经跟你说了，我们需要一个人收拾房间，你们大陆来的人都很会做事，就交给你了，也是信得过你。其实也没有多少事，每天早上给大家准备好早餐，把大家换下来的衣服洗好，折好。

　　"只有一件事不瞒你说，我和你姑夫只有一个儿子，先天性残疾，以后又没有生育。每天可能就是他的事多一点，需要照料，他现在在睡觉。以后你如果照料得好，我和你姑夫的财产还不都是你们两人的。他主要的毛病是不会控制大小便，需要经常换洗。他人很好，很老实。不要欺负他。我们都叫他毛毛。

　　"你也累了，先去洗个澡，洗澡间在隔壁，你和毛毛共用。要用钱不用担心，只管告诉我。学校的开支我们先帮你付，以后慢慢还。姑夫好像还给你找了一份工作。等你时差倒过来后就去上班。我要去休息了。"姑妈说完站起身来，肥大的臀部一扭一扭地出了门，房间里只剩下了齐小娟。

　　齐小娟强撑着等姑妈出了门，筋疲力竭地倒在了床上。坐了十几个小时的飞机，满心希望见到姑妈后大家一定会非常高兴，不想迎来的却是无尽的失望，一点想象中的亲情也没有。他们对自己一点也不亲热，一下飞机她就感觉出来了。刚才姑妈那说话的神态，完全是一副对待佣人的态度。上海的家人，他们到现在一句也没有问起过，好像完全没有那么回事，或有那么回事但完全没有必要去过问。齐小娟感到一阵寒心。还有那一屋的中国人是怎么回事？齐小娟想起了那封信，坐起身来，将信从手提包里拿出来。她关好房门，将信纸打开。信是用铅笔写的，字迹潦草。

　　亲爱的小玲：经过三个多月的海上漂流，我们终于到达了美国。大驳船先在离海岸处停泊，后由小快艇分批把我们偷运上岸。我们这一批一共有二百多人，用卡车分为几批运往美国的不同城市，我和三十多人被运到了美国东部的新泽西州。同村的歪仔现在和我在一起，好歹也是个伴。据老大说，我们每个人要白干三年还债才会放我们自由。原来指望到了美国后拼命赚钱，不想事与愿违，不要太为我操心。我现在只担心你和小妞妞，每次想到你们就伤心流泪，不知此行是否值得。特别这次为了交几万元的出国费，欠了不少钱，加上利息，更加重你们的负担。希望这封信能转到你手里。大家平安。

　　后面留有地址，是福建某地乡下。齐小娟以前在国内听说过，福建沿海一带的人经常偷渡出国，那些从国外来的龙头们索要非常昂贵的出国费用，然后用大货轮偷运走。许多人不惜举家借债，国外是一片黄金地，只要能出去，一切都不在话下。据说有的村子里男的都跑光了，女的在家里还债，成了寡妇村。姑夫是不是就是那些龙头呢，齐小娟脑子里闪过一丝念头。姑夫说他回国是做"人才交流生意"，这话有点蹊跷。齐小娟将信放好，开始整理自己的东西，完了又去洗了个澡。

　　从洗操间出来，客人还没有走。一个客人说："你上次回去收获不小，收了几十万块钱，加上把这些人租出去，又是一笔不少的收入。"

姑夫说："我只是担心他们逃走。"

客人说："你不是把他们的证件都收走了吗，这帮畜生又不会英语，人生地不熟。另外多吓唬吓唬他们，谁要是逃走，将来逮住了，一定不会饶恕。多给他们讲以前的一些例子，必要时杀一儆百。另外他们在大陆的亲人还掌握在我的手中，让他们三思。"

齐小娟听到这里不寒而栗，赶快回到了自己房间，关好房门。姑夫他们一定是人蛇集团无疑了，以偷渡自己的同胞为生。齐小娟产生了一种莫名其妙的恐惧感，自己这一趟来美，怕是凶多吉少。

她关掉灯，躺在床上辗转反复，不能成寐。也不知过了多久，她迷迷糊糊突然觉得床边有人，打开灯一看，吓得她尖叫起来。只见床边立着一个形状怪异的人，口中流着涎水，不断地向上翻白眼，身上又臭又难闻，只望着齐小娟傻笑，口齿模糊不清地说着："媳妇，媳妇。"

听到齐小娟的叫声，姑夫姑妈都跑过来了。看见是自己的宝贝儿子在齐小娟的屋子里，不免斥责起齐小娟来，怪她不该大惊小怪。姑妈赶快安慰傻儿子："毛毛，毛毛，吓坏了没有，吓坏了没有。"

毛毛用手指着齐小娟还在说："媳妇。"

姑妈赶快说："是你的媳妇，不用着急，以后会是你的媳妇的。"然后把傻儿子带走了。

天啦，这是怎么回事啊。齐小娟坐在床角落里绝望地哭了起来。

第二天早上，齐小娟从朦胧中被姑妈喊醒。齐小娟揉着发胀的眼睛，沿着姑妈的喊声来到毛毛屋里。一进屋，一般难闻的臭味扑鼻而来，噎得齐小娟都透不过气来。只见毛毛站在屋中央，赤条着身子，姑妈正在收拾满是屎尿的衣裤。

"快帮我递过一条干净的尿片来，在椅子边。"齐小娟捏住鼻子，拿起一块像婴儿用的一次性尿片递过去。毛毛又傻气地喊着媳妇，齐小娟再也不能忍受了，扔下尿片扭头就跑了，完全不顾身后姑妈的叫喊。

九

观察室里人都走光了，齐小娟停顿了一下，眼睛望着窗外漆黑的夜空，面颊上满是泪水。于庆坐在那里听得发了呆，一动不动。

齐小娟继续讲道：

"自从我拒绝服侍毛毛后，姑夫姑妈的态度变得极端恶劣起来。当天他们就逼着我出去找工作，说不能白养一个只吃不做的人在家里。而且学费他们也不管了，飞机票也要我还。我想出去工作就出去工作，总比在家里侍候毛毛强。

"下午，姑夫阴阳怪气地说：'我把你的情况和一个晚间表演俱乐部的老板说了一下，她很感兴趣，让你今天就去商谈。那里的工作和你在国内的工作很相似，一去就会。'他把我领到了一个酒巴，老板是一个很胖的女人，眉毛描得漆黑，嘴唇涂得腥红，说起话来眼珠上下转溜溜，有点吓人。看了我后不住地向姑父点头称好，然后两人到后面商量什么事情去了，只留下我一个人坐在空旷的酒吧里。

"这酒吧很大，正中央有一个突出的表演台，伸出很长一截。台的中央有一根金属杆，台子的一侧是全套的打击乐曲。过了一会姑夫和那个老板出来了，老板对我说今天晚上就可以上班。这里的工作有两种，一是上台表演，一是在台下递酒。考虑到我刚从中国来，对这里的环境不熟，可以今天晚上先看看，然后决定干哪种。

"天黑以后，酒吧里非常的热闹。有许多的漂亮女孩，光裸着上身，只穿一个很小的三角内裤给酒客们送饮料。老板让一个有经验的女孩带我。晚上八点多钟，表演台上突然灯光大亮。然后一个个女孩出场表演，把衣服一点点地脱，然后一丝不挂，围绕着那根金属杆做各种挑逗性动作。我在国内服装表演队干的可是正经行当，哪里见过这个，当时就想离开。可是那个女孩不让我走，说我姑夫已经和酒吧有合约。然后她很同情地对我说一看我就是个好人家的女孩，着来是被人骗了，这里面有很多女孩都是被骗来的，劝我暂时留下来，硬来是会吃亏的。如果不愿上台子干那个就在台下送饮料，收入少一点，至少穿着一点遮羞的东西，我可以穿三角裤和胸罩，不能再多了。

"我刚到美国第二天就被逼着干这个，姑妈姑夫可是心黑透了。一个女孩子举目无亲，无依无靠，只好牙一咬，心一狠，当起了酒吧女。给工钱的时候，老板说只能给我一半，另一半给姑夫。我这一生中哪受过这个气，小时候阿爸阿妈尽管不疼我，却是自由自在的。只怪他们目光浅，图虚荣，断送了我的前途。"

于庆问："后来你怎么到纽约来了呢？"

"有一次姑夫趁姑妈不在家，想强奸我，被我抓破了他的脸皮，逃了出来。到纽约来，主要是因为我上学的地方在纽约。刚到纽约时，也找过其它工作，收入都比不上这家酒巴。反正有过第一回，不怕第二回。现在我每个星期只需工作三个晚上，就能基本维持生活和学费。这家酒巴的老板不错，知道我是个学生，多少有点照顾。"

"你姑夫难道就这样让你跑了不成？"小于问。

齐小娟说："他后来到学校找过我几次，威胁过我。我告诉他我肯定是不会回到他那里去了，如果逼狠了，我就走绝路。最近他没有来缠我了。"

天亮时分，医生告诉于庆可以回家了。他们俩拖着精疲力竭的身子离开了医院。

清晨，于庆和齐小娟还没有回到家，奇剑锋已经到了学校。一进实验室，就见一个人正斜躺在椅子上睡觉，呼噜声震天动地般地响。他是老杨，老留学生了。其实他读研究生才三年多。说他老，主要指他的年龄，五十岁已经出头了，小孩子也都已经在国内上了大学。老杨出国前，是上海生物化学研究所的得力骨干，出过好几本很有份量的专业书籍，在国内生物化学界小有名气。他一直很认为自己满腹经纶，就是差一顶博士帽，显得有点名不正言不顺。他是国内六五届硕士研究生毕业，在当时是最高学位，因为那时国内不设博士学位。可是文化大革命后，洋博士、土博士满天飞，他就坐不住了，没有博士帽，何以服人？以前自己不怎么看得上眼的学生也都是博士了，回来只喊自己老师而已，听了不觉汗颜，心里老大不是滋味。老师人人都可以当，小学的，中学的也可以喊老师，一定要是博士才行。所以老杨使足了劲向国外联系，尽管他学识渊博，无奈年龄偏大，所有的学校都拒绝了他，使他大为气馁。没有办法，只好向以前的学生求救，才联系到现在这所学校来。老杨读书毫不含糊，外语底子又好，因此门门功课得优。只是做实验不大行，到底年岁大了，手眼不灵，因此经常加班加点。大家背地里都觉得老杨不必如此，何苦来。奈何老杨书生气十足，认定了的事，九条牛也拉不回来。

看他睡得那样香甜，昨天晚上一定干了一个通宵，这老杨。奇剑锋看见实验室里其他人都还没有来，决定先到图书馆里去查一点资料。沿着走廊走过去，一路空荡荡的，门都关着。新年刚过，许多实验室和系办公室的门楣上还装饰着五颜六色的彩带和彩灯。到处挂着 "Merry Christmas"（圣旦快乐），"Happy New Year"（新春愉快）的条幅。

图书馆刚刚开门，里面人很少。奇剑锋经过电脑室门口时，发现吕航在里面，就进去打招呼。

"吕航，你好，元旦过得怎样？"自从上次在洪儒儿子的餐馆里相遇后，吕航近来总是有意无意地避着奇剑锋。奇剑锋心里明白，总想找机会释解那一团尴尬。

"无聊得很。"吕航说，眼睛还盯着屏幕上。

"一大早就来用功，听汪豫生说你又发表文章了，你小子真有两下，一年发了好几篇。"奇剑锋开始用攻心战术。

这一招果然灵验，吕航的脸露出了笑容，侧过头来说："这文章太好写了，东凑凑，西拼拼就是一篇。要不怎么毕业。"

"那还不是你老兄有高招，难不住你。喂，你在咕咚什么呀？"奇剑锋看见电脑屏幕上是一个裸体女人画片。

"这是通过计算机网络调出来的图片，免费观看。"吕航有点来了情绪，向奇剑锋讲解起来。"现在计算机网络很发达，除可以看图片外，还可以听音乐。"吕航边说边输入指令，一段大陆电视连续剧《红楼梦》插曲便从电脑里播放出来。他又打了一趟什么指令，屏幕上又出来了一段中文小说。

奇剑锋来了劲，也上去试了试。吕航继续说："这叫计算机高速公路，是个新名词。通过这个网络，几分钟之内，世界各地计算机里面的各种资料可以随时存取。你还可以用这个网络送电子信件给你的熟人，和人谈话。不瞒你说，我正在和一个人用电脑谈恋爱，两人从未谋过面，只有通过文字想象对方是个什么样子，很有点浪漫。"

"没想到你小子还有这么一手。谈了多长时间了，有没

122

吃喜糖的可能性？"奇剑锋问。

"那还谈不上，只是调调情而已。昨天坐在这里和她手谈了一天，挺解闷的。"

"她是个白的呢，还是个黑的？"奇剑锋又问。

"问过她，不肯说。倒是挺调味口的，谈完了，就调裸体照片看，想象着她的模样。还不知是丑是美。"

"那你这不像过去父母包办婚姻一样，等媳妇进门的时候才发现是个麻子。"奇剑锋打趣道。

"是个麻子还好，只要年轻就行，反正女人有的她都有。就怕是个老太婆，那就惨了。"吕航跟着说起笑话来。

"会不会女人有的她没有呢？"奇剑锋眨了眨眼睛、诡秘地笑了笑。

"什么意思？"吕航没有会过来意思。

"男同性恋啊。"

"那不会，那不会。"吕航赶紧否认，过了一会，自己也笑了起来，说："That's right，how do you know？"（说得不错，谁知道呢？）

两个人的气氛融洽起来，奇剑锋说需要查文献，先走一步，以后再聊。等他回到实验室，老杨已经醒来，正揉着腥松的眼睛。

"老杨，过元旦也不休息？"奇剑锋打着招呼。

"有个结果要赶出来，老板下个月开会要用。从昨天上午开始做，也不知哪一步出了毛病。又熬了一个通宵，才算做完。"

老杨捶了捶背，到实验室装食物的冰箱里取出一袋牛肉干，打开一罐可乐，慢慢吃起来。

奇剑锋整理着刚刚在图书馆里复印的材料，和老杨有一茬没一茬地聊着。

十点左右，实验室的另两个学生 John和 Susan也来了。Susan高挑个，金黄头发，脱下外套，胸部和臀部都高高隆起，加上脚穿高筒皮靴，走起路来不免一摇一晃，十分性感。 John留有一片小胡子，身体硕壮，像个美式足球运动员。两人手牵手，十分亲密的样子。他们一进来，和老杨、奇剑锋打着招呼，互问新年好。

John问奇剑锋除夕晚上到时代广场去看了大苹果下落没有，奇剑锋说去过了。几个人就在实验室吹起来，各自述说着所见所闻。老杨在一旁，像听大人们讲神话故事一样，嘴巴张着闭不拢。

原来每年除夕纽约时代广场都挤得水泄不通。世界上成千上万的人都聚集在这里迎接新年的到来。这是纽约人庆祝新年的独特方式。人们吹着拉着喊着叫着，脸上涂些奇形怪状的图案。当新年快到来时，广场大楼上空的一只巨大水晶灯苹果就开始往下滑，这时整个广场的人都汇集成一个声音数着：十，九，八，七，六，五，四，三，二，一。当大苹果刚刚碰到楼顶的一刹那间，一幅巨大的新年字样就蓦地亮起来。这时整个广场欢声雷动，无数的纸片从楼顶上纷纷扬扬地飘下来。在广场四周巨幅霓虹灯的映照下，人们抱着拥着亲着吻着，恨不得把整个广场翻个身。

John说："苹果掉下来后，我看见前面两个从加州来的一对男女 make love to each other。"

老杨没听懂是什么意思，奇剑锋告诉他那对男女在广场上做爱。听得老杨目瞪口呆，只摇头不相信。

奇剑锋问 Susan："John亲了你没有？"

Susan点点头："他亲了我二十五下。"

"为什么二十五下呢？"老杨问。

"过了新年我就二十五岁了哇。"

"哦哦，"老杨连连点头，"你们美国人过得很浪漫，我太太一辈子也没有亲我这么多下。"

"你要不要我给你补上。" Susan开玩笑地说。

"不用，不用。"老杨吓得连连后退，生怕 Susan来真的。引得大家哄笑起来。

下个月有一个全国性生物化学学术会议要在科罗拉多州的滑雪胜地举行，奇剑锋和导师一起参加。他必须赶紧抓紧时间整理参加会议的材料，和众人说笑了一阵，就去找导师商量去了。

来到导师办公室，导师 Lee教授正好在，看见奇剑锋，很热情地打了个招呼，请他坐下。奇剑锋是 Lee教授很器重的一个学生，他很欣赏奇剑锋做事喜欢动脑子，有主见。导师问奇剑锋昨天新年过得如何，奇剑锋就把围棋社夺冠的事讲了一遍。导师听得津津有味，让他什么时候把奖品拿到实验室来看看。奇剑锋又将晚上解救于庆、齐小娟的事也说了一遍，说围棋子已经找不回来了。导师关心地问他们的伤势如何，奇剑峰说他来学校时他们还没有回来。导师说等讨论完了开会的事，让奇剑锋赶快回去，看看需要什么帮助。

十

　　整个圣诞新年假期，林梅一直在读钱敏自记，连元旦奇剑锋到棋社下棋也不去观战。钱敏平日少言，内心里却有这么多的故事。从日记里，她其实并不是一个完全想不通，喜欢钻牛角尖的人。那她为什么要自杀呢。王宇和她的感情纠纷，显然不是构成她自杀的主要原因。仇娇工于心计，也不占什么份量。从日记里里，钱敏后来的功课学习都很不错，实验室的工作也很顺心。而且她还有严含夫妇这一对老同学在纽约，时刻帮着她。仿佛在读一本推理小说，林梅一直吃不透。一颗好奇心一直悬在那里。读到后来，林梅才渐渐地明白过来是怎么回事。

xxxx年x月x日

　　选定 Lynn 副教授作为论文导师后，课题开展得很顺利。她很能干，工作作风泼辣，平时好像对我很照顾。只是那双眼睛盯着人看有点受不了，她可以看我看老半天，也不知她脑子里在想什么。

　　仇娇博士资格考试两次都没有通过，今天来告诉我她要转学了，还没有定好去哪里。

　　今天搬出了学生宿舍，按学校的规定，每个学生只能在宿舍里

126

住两年。我和另外的中国留学生在138街合租了一个公寓，地点比较差一点，但房钱便宜。同公寓除我以外，还有一个女生，叫林梅，年龄比我小许多。

xxxx年x月x日

我脑子懵了，全乱套了。天啦，怎么会发生这种事呢。

我最近做了一套萤光切片，结果非常清晰。 Lynn听了非常高兴，说要到暗室和我一同看结果。在暗室里，我一张张地给她讲解切片，两人交换着看显微镜时，她的头贴我很近，起先我还不在意，后来发现她的脸在有意摩擦我的耳朵，呼吸也急促起来。我有意让她，她却一把抱住我使劲亲起来。没想到她的力气这么大，当她用嘴唇压住我的嘴唇时，我一下都动不了，连气都喘不过来。我完全没有思想准备，那一刹那间，脑子里一片空白。

一直等到她松手，我还没有明白过来。她却在黑暗里对我说：我爱你。

这是什么意思，什么叫我爱你？原来她是一个女同性恋！

我要出暗室，她不让。 问我是怎么看她的。她愿意和我建立永久的关系。我不干。她说只要我答应她，她一定让我提早毕业，要不然，大家就拖着。她在暗室里足足缠了我一个小时。

我问她为什么选择了我，她说我年岁已经不小了，还没有结婚，平时又不和男人接触，有同性恋的趋向。

出了暗室，我一口气跑回了宿舍。怎么办？

想打电话给严含他们，可实在羞于启口。怎么说，说什么？说有一个女同性恋者在向我求爱，这个人就是我的导师。如果

127

求爱不成，就不让我毕业。真是有口难言。这美国的怪事情太多，什么乌七八糟都有。

还有王宇，都怪你，把我弄得这么惨，让人家以为我有同性恋的趋向。我真的有点恨你了，恨你恨你恨你。

晚上Lynn打电话来，向我道歉，说不该逼我太急，希望我能回实验室，其它的事以后慢慢再说。我说考虑考虑。

xxxx年x月x日

今天回到了Lynn的实验室，她去开会去了。大家都问我是不是病了，这两天，怎么没有看见我来。只好谎称是。

下午Lynn回来了，看见我很高兴，让我到她办公室去，犹豫再三，还是去了。她说她准备把我近期的结果写成文章，投到杂志上去。问我行不行。我说可以。那天的事一点也没提。另外她又问了我有什么兴趣爱好。我说没有。我是一点也不敢看她，只感觉额头上热辣辣的，仿佛是被她那双鹰一样的眼睛给灼烧的。

我发现自己太软弱了，想离开她，又想着学位。要不是那档子事，她其实是一个不错的导师。

xxxx年x月x日

最近一段时间，Lynn没有来缠我，文章已经送出去了。今天，她送了我一张歌剧票，在林肯艺术中心演出。说是原为自己买的，因临时有事，不能去，送给我去看。想想可能是她的花招，又不好拒绝，收下了。

林肯中心在曼哈顿西边六十五街左右，由两个剧院，一个音乐厅组成。歌剧在 Mets 厅演出。剧院里很富丽堂皇，大红地毯铺在大理石的地上。今天演出的是《茶花女》，听不懂歌词，但演员们那嘹亮的歌喉却实在振撼人心，演唱得十分的优美。

坐在舒适的座位上和宽阔的大厅里，脑子里不时出现 Lynn 的影子。也不知她这一段时间里是在给自己陪小心呢，还是另有打算，总之，她显得热情而不过份。只是想想她那一次的举动，就让人脸热心跳，那要是个男人多好。自己以前也曾幻想过让王宇这么肆意地吻，自己则闭上眼睛，让他随心所欲，可是他却跟别的女人跑了。 Lynn平时的打扮很像个男的，短头发牛仔裤。如果真是个男的，一定很英俊，会赢得不少女士的青睐。

xxxx 年x月x日

今天在厕所里，听见系里两位老师议论 Lynn，说她做父亲了！女友是通过人工授精的方法怀孕的，作天刚刚生下一个男孩。我简直有点不敢相信自己的耳朵。今天一天 Lynn没有来上班。

xxxx 年 x月x日

上午在做分子杂交实验。 Lynn来到了实验室，一副神采奕奕的样子，大概和喜得贵子有关。她告诉我，我的文章被接收了，需要做一些小的修改，她已经改好了，让我看看，合不合适。她还告诉我，下个月有个遗传学年会，让我去参加。

她又给了我一张电影票，我说今天不行，晚上有个实验需要加班。看得出来，她有点不高兴，怏怏而去。晚上八九点多钟，她来到了实验室，先是东看看，西看看，然后就坐在我旁边和我聊天。她问我中国有没有同性恋者，我说不知道，心里却在怦怦跳，生怕她再做出什么举动来，这夜深人静的。还好她只是坐在那里看我做实验。我赶快做完要回家，她说她开车送我，不好拒绝，只有由她。

　　在送我回家的路上，Lynn和我聊天问我看过纽约的夜景没有，我说因为不安全，从来不敢晚上上街。她说现在有车，用不着担心被抢劫，可以带我转转。转了一会，她说我一定饿了，她也饿了，就带我上了一家餐厅。这家餐厅坐落在一个偏僻的街角上，门面一点也不起眼，进去以后，里面却很宽敞雅致。Lynn和老板娘亲热地打着招呼，显然是老熟人了。老板娘不断地打量着我，看得我都不好意思了。她把我们领到座位上，马上就有饮料送上来。

　　两人默坐了一会，Lynn问我还生不生她的气，我不作声，只是环顾四周。我有点惊讶，因为我发现，这里面用餐的人，一对对都是女的。她们都显得亲亲热热，有的还互相亲吻，抱在一起说悄悄话。Lynn显然一直在注视着我，她说，这个餐厅是专门为女同性恋开的，女人和女人相爱有什么不好呢，美国有个城镇，大部分家庭都是由女同性恋组成的，过得很好。在美国社会里，男女组成的家庭离婚率极高，因为男的时常欺负虐待女人，不懂得女人的心理状态。女人就不一样，互相之间非常体贴，知道对方的要求是什么，很有安全感，懂得尊重对方。Lynn说她那一次那样做确实有点冲动，因为她实在是喜欢我。她问我以前谈过恋爱没有，我点点头，简单讲了一下恋爱的经过。她说和你相爱了这么长时间的男人，可以随便就把你抛弃了，只有一个理由可以解释，那就是他们男人不懂得尊重女人。

不知怎的，我无形中有了一些改变，也可能是受这有着女人温馨气息的环境影响吧，觉得她说得还是很有道理的，尽管我不赞成同性恋。我问她，听说她有了一个小孩。她笑了，告诉我说，她的父母也都是女人，她是被抱来的，从小就生长在同性恋的家庭环境里，有何不可。

我问她，既然你已经有了一个爱人，为什么还要在外面寻求其它的女人呢？这即使在异性的男女相爱中，也会被认为是不道德的事。她大不以为然，说男人们在外面有外遇的多得很。

我很坦白地告诉她，我不赞成同性恋，也不能接受一个女人的爱。我是一个学生，希望顺顺当当地完成我的学业，不愿意受其它事情的干扰。

Lynn似乎很不高兴，大家以后就再也没有作声。

xxxx年x月　x日

自从上次餐厅谈话后，Lynn近来对我的态度明显地冷落了。在很多方面都有刁难之意，搞得我很苦恼。我是否应该换一个导师呢？

xxxx年x月x日

大病初愈，已经好长时间没有写日记了。怎么写呢？回想起来真是羞愧难当。看来我这一辈子算是毁了。没想到 Lynn 会趁人之危，对一个病人干那龌龊勾当。现补记如下。

上个星期，我们到芝加哥开会，住在 Marriott 旅馆里。到旅馆里登记时，才发现 Lynn 和我登记同住一个两张床位的房间。我当即提出要换房间，旅馆服务员说，房间是一个月前一个叫 Lynn 的教授预定的，现在会议期间，所有的房间都满了，而且其它房间也是和女士同住，没有什么不同。我真是有口难言，心想算了吧，只有认了。按常情，女的同住一个房间是很正常的，为了节省开支，大家都这么做，更何况是导师和学生住在一起呢。可是有谁知道我是和一个女同性恋住在一起呀，只好小心一点了。除了那次暗室以外，她倒没有另外的越轨举动。

事有不巧，从第二天开始，我就感到不舒适，先是口干舌燥，浑身发软。Lynn 很关心，找了一个医生给我看了，说是患了病毒性感冒，建议多喝水，多休息，要过一个星期才会好。会议不能去参加了，只有躺在房间里休息，Lynn 给我买了一些退烧的药。

有天半夜里我睡着了，昏昏糊糊中觉得有人在摸我的乳头，我一下惊醒，觉得有个人睡在我的身边，那人赤裸着身子，用一条大腿压着我的双腿，我马上意识到这是 Lynn。心中一阵惊惧，想挣扎着起身，无奈头颅剧痛，全身一点力气也没有，想喊，喉咙干得像火一样地燃烧，竟然发不出一点声音来，我正烧得厉害。Lynn 的那只大腿像千斤大石一般，压得我一点也动弹不得。我这时就像小羊羔，任她宰割了。她完全是一只饿狼，肆意地在我身上躁躏，她甚至用手指通破了我的处女膜，钻心的疼痛。我两眼直直地瞪着黑洞洞的天花板，眼泪止不住地流了出来。

　　我就这样滚烫烫地在旅馆里躺了一个星期，刚刚可以起身，我就动身回到了纽约。回来以后，一直没有去上班，我是不想再回 Lynn那里了。病好了，心情却低沉得很。同公寓的林梅帮我做饭，她是一个心眼很好的人，可是这种事又不好对她说。严含那里打了两次电话，家里都没有人，想来他们也够忙的了，两个人学校的事情一大堆，家里又有两个小孩，怎么好意思总是麻烦他们，他们已经帮了不少忙了。

　　思前想后，还是怪自己，应该早点离开 Lynn才对，总以为忍受一点，毕业就好了，如果中途换导师，一切得从头再来，不划算。现在是非离开她不可了，可是到哪里去呢，在系里重新找导师，人家会怀疑，好端端的，为什么要离开 Lynn。即使换了一个导师、和 Lynn还是在一个系，低头不见抬头见，以后不定还会捣什么鬼。剩下来只有转学了，这意味着以前的一切均前功尽弃。

xxxx 年x月x日

Lynn打过几次电话，让我回实验室，都被我拒绝了。

　　这儿天，我的心情坏极了，万念俱灰。情场情场失意，事业事业出现意想不到的挫折，今生今世，不知还有什么可以追求的了，如果一个人没有了追求，活着还有什么意思呢。

　　以前忙学习，没有时间好好看看纽约，今天决定出去逛一逛，想知道其他人是怎么活着的。坐在五十九街第五大道旁的街心花园里，满眼是车水马龙和川流不息的人群。不知怎的，看着他们好像有一种隔着玻璃的感觉，不知道这是什么征兆。还有那耍把戏的，卖热狗的，喂鸽子的，讨钱的，只要能够赖活着，什么营生都愿干，好不可笑。这一带高级旅馆特别多，沿街走着，旅馆门口都站着或老或少的服务生，他们向每一个过路的行人都一掬笑容，我不太懂，有什么好笑的。

　　我也想笑，已经很长时间没有笑过了，大概有几年了吧，记得自从知道王宇和别人结婚以后，我就没有笑过。一边走一边试图让自己笑起来，怎么做自己也笑不起来，生活竟然有这么残酷，居然能让人笑不起来。笑不起来的日子怎么过，大概只有哭了。我确实想哭，大声地哭，可是有谁会听呢？

　　　　　　　　xxxx年x月x日

　　今天登上了世界贸易中心的顶端。站在上面放眼望去，全纽约市尽收眼底，那些高耸入云的摩天大楼也显得这般的矮小，街上奔跑的汽车，还没有甲壳虫大。原来人生不必计较，一件事到底有多少分量，看站在什么角度观察。你认为举足轻重的事情，在其他人的眼里可能一文不值，你对他大声疾呼，他完全充耳不闻。一个人的悲哀，是不会有人来一块分享的，何必要在世人面前费尽心思地诉说自己的不幸呢。

　　站立在这顶端，方感人生的渺小，在上帝的眼里，我等都是芸芸众生，不知天高地厚的蝼蚁。有时在实验室里看显微镜下的细菌，一个个地都在忙碌，却不知它们在干什么，觉得很好笑。现在想来，上帝大概也是这般看待我们的。

向南望去，是无尽的海口。海口中，是举世闻名的自由女神像，多少人做着美国梦通过这所神像来到这个国家，得到的却是希望的破灭，美其名曰苦苦奋斗。

以前读书看报，有个词叫"看破红尘"，今天算是有所领悟。还记得古人的词中有子规啼血叫道：不如归去。

看那渺茫的浩海，不如归去。

看那西山的红日，不如归去。

那霞光万道的云端里，上帝在慈祥地微笑：看破红尘，不如归去。

这是日记的最后一段，林梅掩上日记本，望着窗外的云彩，仿佛看见钱敏坐在云头，得到了人生的解脱。她轻轻地抚摸着日记本，自己和钱敏同住了有一段时日，却不知她有这样不幸的遭遇。

十一

飞机降落在科罗拉多州的首府丹佛机场。这里海拔很高，空气稀薄。下了飞机以后，就有专车把开会的人送到几十里外的开会地点，一路上白雪皑皑，山峰奇峻，很像金庸武侠小说里的雪山峻岭。奇剑锋一路观看，心中称奇。

车到了 Keystone，这里是美国的滑雪胜地，每年有不少会议在这里召开。人们一面开会，一面享受着滑雪的乐趣。奇剑锋在会议地点登好记，被安排在一座山庄似的别墅旅馆里。奇剑锋先洗了一个热水澡，穿了厚厚的皮夹克到外面走走。一出门，立刻觉得鼻子里奇痒，呼出的鼻气还没有出鼻孔就冻在了鼻毛上。他揉了揉鼻子，走了几步，就觉得有点气闷，上气不接下气。这时天色擦晚，前面有一群灯光照耀的建筑物，大多是餐馆，正好饥肠辘辘，就走了过去。

走近一看，原来还有一个大溜冰场，许多人都在滑着各种优美的姿式。他走进一家餐馆，买了一份炸鸡翅和一瓶啤酒，坐在一个靠窗的位子上吃起来。馆子里人很多，墙角天花板上悬挂的大彩电里正在打橄榄球，人们一边吃着喝着，一边兴趣盎然地观看打球，球到精彩处，免不了大声喝彩，气氛很是热烈，奇剑锋也受到了感染，跟着一起喊叫起来。

球赛告了一个段落，奇剑锋喝着啤酒，眼望窗外溜冰场上溜冰的人们。忽然在众多的金发碧眼溜冰者中，他发现有一个黑头发的东方女子滑得很好。她没有很多的花式，动作却很娴熟，潇洒，得心应手。她很自在，黑发在滑行中飘起，非常的优美。在音乐声中，溜冰场被彩灯照得如幻如梦，那个女子滑得如痴如醉，完全陶醉沉浸在自己的舞步中。

"中国来的吗？"

奇剑锋从痴醉的神态中清醒过来，转头发现有个人站在桌边，"想和你坐在一起聊聊，行吗？"那人又问。

"请坐。"奇剑锋客气地点点头。

那人在奇剑锋的对面坐下，放下手中的盘子，然后伸过手来。"来，认识一下，敝姓张，张子章。"

奇剑峰握了一下对方伸过来的手，自报了家门。

"来开会的？"张子章问奇剑锋，一面就啃起牛排来。还没有等奇剑锋答话，吃着牛排的嘴就唠叨开了："这地方真它妈的冷，空气也不够，也不知是哪个小子吃了饭没事干，把开会订到这喜马拉雅山上来了。我今天中午的飞机，它妈的老板今天早上还要我在实验室做实验，差点误了赶飞机。这家伙真没人情，每个星期的实验室讨论会订在星期五晚上十点到十二点，舍不得用做实验的时间开会，人还活不活了。"说着话，牛排已经吃完了，喝了一大口饮料，打着嗝，两眼四处张望。

奇剑锋慢慢喝着啤酒，也不说话，望着眼前这位老兄觉得很有意思。

"老兄，有没有烟借一支抽。"他倒先称呼起老兄来了。

奇剑锋指了指墙上禁止吸烟的牌子，张子章哦了一声，"谢谢老兄提醒，不让抽算了。美国也真是一个怪地方，禁止这个禁止那个，连抽烟也禁止，还自称自由，民主。中国现在才是真正自由民主了，我老婆上个月写信来，说是要和我离婚，要自由。说什么守活寡几年，你们留学生都是穷光蛋，那点学问能值几个钱，隔壁的王小二不识几个字，已经是百万富翁了。他看上了我老婆，要和她过一辈子，什么留学生的老婆一定有文化，高级知识分子，将来生的儿子一定是个天才。气得我把信都撕了，离就离，几个臭钱就可以使鬼推磨了，还有什么忠贞的感情可言。"张子章前言不搭后语地东一榔头西一棒子，这人满腹牢骚。

奇剑锋静静地听，并不插嘴，让他把心里话说出来，这样痛快，心里好受点。奇剑锋很能理解这些留学生们，学得苦，过得苦，挤死挤活地干，还得不到国内亲人的理解。有的即使老婆接到美国来了，还是跟人跑了，留学生中的离婚率很高。

奇剑锋向窗外望去，那个女子不知什么时候已经不见了，溜冰场上的人也稀少了，奇剑锋才发现时间已经很晚，便起身向张子章告辞。

第二天上午，会议在大礼堂里举行报告会，作报告的都是分子生物学领域里的顶尖人物。大会主席是诺贝尔奖得主，他第一个介绍的是一个朝气蓬勃的女性，奇剑锋意外地发现她就是昨天看见的那个溜冰女子。奇剑锋查看了一下目录单，她有一个中国汉语拼音名字 "Han Yan"，猜想不出来中文是怎么写的，工作单位注明是纽约R大学，那可是世界一流的大学，里面半数以上的教授都是美国科学院学部委员，诺贝尔奖获得者就有十几个。

报告者用流利的英语，详实的图片，非常生动地报告了她所主持的实验室最近获得的一项重大发现。与会的五六百人都屏息静听，许多人在飞快地记录着。这项发现太重要了，尽管他们起步比较晚，但报告者设计了一个非常巧妙的实验，解决了一个关键的技术难题，因此得以在众多的竞争者中脱颖而出，取得了重大的理论突破。她有很强的表述能力，逻辑思维很严谨，加上语音悠扬顿挫，极富表现力，非常引人入胜。很复杂的问题经她说出来，就变得非常浅显明了，简单易懂。奇剑锋看见坐在前排的学界巨擘们连连点头，眼睛里面闪着兴奋的光芒。

她讲完了，会议厅里响起了经久不息的掌声。人们交头接耳，连声称好。然后有人开始提问题。有一个大个子，声调很高，气势咄咄逼人，一连问了好几个问题，对实验的可靠性提出了种种疑问和责难，摆出一副完全不相信的样子。台上的报告者耐心听取，细心解答，妙语连珠，将疑问和责难一一化解，表现得无懈可击，非常轻松自如，赢得台下又是一阵阵掌声。台下的提问者挑不出什么毛病，一脸无趣，只好回到自己的坐位上。奇剑锋听到邻座的两个人在议论，原来刚才那个人是报告者的主要竞争对手，研究这个课题已经有些年头了，因为方法不对路，让别人后来居上，独领风骚，因此心有不甘，想发难。

又有几个人相继提问，主要都是想知道技术细节。报告者巧妙地避免了正面回答这些问题，因为这是秘密，致胜的法宝，不能轻易外泄。她告诉大家，权威性的《自然》杂志下期就要刊登她所报告的结果，许多答案可以从那里面去找。

报告会还在继续进行，奇剑锋却还沉浸在刚才精彩的演讲里。奇剑锋快要写毕业论文了，此次来开会的一个目的就是要物色一个实验室将来做博士后。他对刚才那位中国女性的印象好极了，她人又在纽约，到她那里去做博士后，是再合适不过的了。对，应该找她谈谈，奇剑锋心里这么想着。

会散了以后，许多人都包围那个中国女性，和她讨论着那激动人心的突破，久久不肯离去。奇剑锋一直没有机会插进去，心想只有以后再找机会了。

严含上午作了报告，取得了预想不到的成功。演讲以前，她心里一直忐忑不安，怕讲不好砸了锅。开始演讲后，她反而镇静下来，有了信心。这些结果是全实验室的智慧结晶，大家花了多少心血才熬出来的。而且经过了反复的验证。报告完了后，许多实验室都提出要搞合作，弄得严含一下子应付不过来。

下午没有报告会，会议组织大家去滑雪。严含是滑雪的好手。尽管她出生在江南，到美国读书后，每年冬天学校组织学生去滑雪，她都参加。几年下来，她的滑雪技术已经非常不错了，连难度最大的陡坡她都能自如地滑行。今天的天气真好，晴朗的天空，白云飘飘。

严含穿带好滑雪服，墨镜和滑雪板，先在试滑坡上练习了一会，然后坐着缆车上了山顶。站在山顶端，风不大，极目望去，太阳光下大块大块的雪原在脚下伸展开去。雪原上的人像许多的小不点在滑行.有不急不慢徐徐前行的，有疾速飞进凌空而起的，有绕着大圈子怡然自得的，更有不熟练者小心翼翼前仰后合的，真是一幅雪野万象圈。

严含今天的心情特别的高兴，她饱吸了一口新鲜空气，两手一撑，双腿一使劲，身子就像一只轻快的燕子一样沿着雪坡滑行起来。她只觉得两耳呼呼生风，滑雪板在雪地里激起了雪粉，发出了吱吱的悦耳动听的声音。白云在头顶的蓝天里轻轻飘浮，雪坡两边的雪松一排排地向后飞去。脸和鲜洁的空气磨擦着，非常舒适，像有无数只安琪儿冰冷的小手在抚摸。这感觉简直好极了。她越过了许多人，让自己保持在一种美好的感觉里。

突然她前面的一个人摔倒了，半天爬不起来，显然是一个初学者。严含双腿一打横，停在了那人的前面，费了好大的劲才把那人拉起来。然后严含拉着那人的手，一面慢慢滑行，一面教那人一些基本滑雪技术。这样到了山脚，那人已经滑得比较自如了。严含告诉那人，这里有滑雪课，他应该先去学一些基本技术，在练习场地滑熟练了以后再到这山坡上来。严含有点热，摘下墨镜擦了擦额头上的汗水，不想那人用中文问道："您就是今天上午讲报告的那位老师吗？"

严含点点头，也用中文回答："我叫严含。"

那人马上也作了自我介绍，这人正是奇剑锋。奇剑锋被这意外的相逢弄得有点兴奋，现在隔得近，发现这位上午让他肃然起敬的人很年轻，看上去三十刚出头，比自己大不了多少。大概刚滑完雪，她双颊绯红，秀气的鼻孔里呼出热气，那美丽的大眼睛洋溢着青春的魅力。奇剑锋一下子脸红了起来，有点不知所措。

稍稍镇静了一下自己，他对严含说："我有个问题想请教您。"

"什么事，请说吧。"严含说。

"我快毕业了，在找博士后，今天听了您的工作很感兴趣，不知您有没有位置我可以申请。我也在纽约读书，是C大学生化系的。"

严含想了想说："这样吧，反正你也在纽约，回去后给我打个电话，约个具体时间到我办公室来详细谈谈好吗。"

　　奇剑锋说可以，记下了严含的电话号码。严含重新带上墨镜，跟奇剑锋说了一声拜拜，就轻巧地滑走了。奇剑锋望着她远去的背影，心里充满了敬佩。以后奇剑锋天天都去滑雪，会结束时，他的滑雪技术已经过了关。

　　会开了五天，奇剑锋学到了许多的新东西，他的导师也在会上报告了他们实验室的进展。奇剑锋则参加了图片展览，严含来看了，详细询问了他的博士论文题目，对他的成果很满意。在和严含的交谈过程中，奇剑锋发现她反应敏锐，头脑很清楚，一下子就能抓住问题的实质。

十二

　　于庆脸面上的伤势已经好了，这天他敲响了齐小娟的门。齐小娟正在做服装图案拼接练习，见是于庆，问有何事。于庆犹豫了一下，说他想借齐小娟做十天的女朋友，不知齐小娟干不干。他告诉了齐小娟原委。

　　原来于庆的父亲要随国内一个代表团到美国访问十天，以前于庆写信回去谎称在美国有了女朋友，主要是安慰家人的意思，反正他们也见不着，自己也把这件事给忘了。不想这次父亲来信说想见见他的女友，还带了东西来给他们。这下可给于庆出了难题，原想再撒一个谎，说女朋友吹了，又怕姥姥伤心，成天为他瞎操心，因此想到齐小娟。心想我为你挨了一顿揍，这点忙你一定会帮的。果然齐小娟一口答应下来。

这天，齐小娟穿带得整整齐齐和于庆一起到机场去等他的父亲。中国国际航空公司的飞机到达的时候，一群代表团模样的人出了门口，走在最前面的一个人头顶秃光，很像于庆，一路东张西望。于庆看见了直喊爸。这个人赶快走过来拉住于庆的手，然后眼睛马上转到齐小娟的身上指着问于庆："这是你女朋友？"

没等于庆开口，齐小娟用清脆的上海普通话说："爸爸您好，欢迎到美国来。"喜欢得于庆他爸合不拢嘴。连跟在后面的代表团其他人都直夸于庆他爸好福气。这群人有老有少。

取完行李，出了飞机场，有领事馆的车来接。于庆的爸爸赶紧从包里掏出一大袋东西给于庆、齐小娟他们，说是姥姥让带的。于庆说他可以送爸爸到领事馆，爸爸说大家集体行动，一个人单独走不好，大家约好第二天到领事馆见面。

回家的路上，齐小娟问于庆装得怎么样，于庆说："得，真像，瞧老爸那副高兴模样，回去准得和姥姥胡吹一阵子，谢谢你了。"

"我明天没事，要是你愿意，我还可以陪你爸一天，算是回报你没白挨揍。"齐小娟主动提出说。

"真的？"于庆喜出望外，"那太好了。"

于庆的车被打碎了玻璃后，齐小娟用自己的积蓄给车换了新玻璃，而且把车重新油漆一新，看上去和新买的差不多。第二天早上，于庆和齐小娟就开着这辆出租汽车来到了中华人民共和国驻纽约总领事馆。总领事馆坐落在十二街西端，面对着哈德逊河。齐小娟是第一次来到这里。两个自费留学生，在经历了种种艰辛磨难后，望着庄严肃穆的国旗国徽，心中感到一阵的温暖，万分亲切，齐小娟心里一热，眼泪都要掉出来了。

　　他们来到传达室，一个中年妇女守在那里。他们告诉被访者的姓名，那个妇女就打电话上去喊人。于庆他们等着，就站着看橱窗里的宣传照片。以前在国内看着这些觉得挺乏味的，现在看起来却亲切无比，每一张图片，每一行小字都搜刮进了脑子里。一会儿，就见于庆的父亲和其他代表团成员下来了。昨天晚上看不大真切，今天在明亮的会客室里，齐小娟更加显现得光彩照人，于庆爸更加合不拢嘴，其他人更加赞不绝口。于庆站在那里抿嘴笑。出了总领事馆的大门，看见于庆锃亮的汽车，大家都羡慕得很，说还是美国好，连学生都有新车开，在国内只有名演员才有。

　　于庆问大家要不要逛纽约，他的车大，坐七个人没有问题，他和齐小娟加上代表团的五个人正好。大家眼睛都盯着团长，说老于的儿子有此盛情，代表团要到明天才有业务洽谈，来一趟美国机会难得。团长见大家这么说，心里也这么想，顺水一推舟，说跟领事馆说一声，大家就挤进了车。于庆、齐小娟坐前面，于庆爸坐他们中间，其他四人坐后面。为了看得真切，都把车窗摇下来。

　　于庆开着车大街小巷地转，齐小娟像个导游一样地解说。车上的人一路叽叽喳喳，发表议论。

　　车转到百老汇。

　　"这就是百老汇，小时候刚会说话的时候就老听大人们唠叨这里，纽约有个百老汇，大腿舞特棒。"一个上了年纪的人说。

"小于。看过大腿舞没有？"有人问。

"看过，来劲。一溜小姐女士一字排开，齐唰唰一起踢大腿。"

"踢有多高？"

"脚尖能碰着头。"

"今天有没有机会开开眼界？"

"不成，一张票便宜的也要二三十。"

"妈也，半个月的工资没了。算了，听你吹吹行了，回去照搬就是。"

车转到洛克菲勒中心。

"听说洛克菲勒是一个石油大王。这楼就是他修的？"

"这楼已经不属于美国人了，被日本人买了。"

"这小日本真邪乎，美国人的楼他也敢买。"

"不只这些，好莱坞的哥伦比克公司也被日本人买跑了。"

"这美国人也真是，什么都卖，他不缺钱花呀。"

"价钱出得高，据说美国人赚了不少钱。"

"这钱多也不应该卖呀，自己国家的象征，卖掉多不好。咱中国人就不干这个。"

"得，看国内现在这个样子，一块地皮一块地皮都被人家外国人圈走了，还不是一切向钱看，只要人家敢出钱，一样什么都卖。说不定哪天早上醒来，天安门城楼就让人家买走了。"

　　车转到了中央公园。

　　"这美国人挺注意绿化的，在这曼哈顿岛上一寸千金的地方划了这么大一块地方做公园。"

　　"一百多年前，欧洲的一些移民从印地安人手中用几块钱买下了这个地方，当时规划城市建设时就用法律明文规定不准在岛的中央建任何东西，留着做公园，调节岛上的气候。"齐小娟解释道。

　　"你刚才说什么，只用了几块钱就把这块地方给买下来了？"

　　"没错。当时这里是一片荒岛。"

　　"哪里有一块荒地我现在也去买下来，留给我孙子，不定他会成为亿万富翁呢。"

　　"其实，印地安人也没有吃亏，据推算，如果当时印地安人不用掉那几块钱，而是放在银行里投资，其价值也会和现在曼哈顿岛的财富相当。"

　　车转到联合国。

　　"哟，这里的国旗真多，咱们中国的也有。"

　　"那当然有，要不怎么叫联合国。"

　　"那群人在那干嘛哪，又喊又叫唤的。"

　　"那是一群海地人，他们国家发生了政变，要求联合国给予制裁。"

"联合国像个婆婆，管的事多，没人听它的。"

"有时也管用，像打伊拉克，一举手表决，飞机坦克、大炮导弹统统开上去了，打了它一个稀巴烂。"

"听说为了天安门'六四'的事，这里也通过了不少决议什么的，好像没有多大的用。"

"这里跟人一样的，欺负软的不是。"

"这里有联合国邮票卖，想不想买几张，不过只能在里面寄信，拿出来扔信筒里，美国邮局不承认，不给寄。"

"那为啥？"

"联合国算另外一个国家，美国管不着。"

"这么说我一进去那个铁门，就是进了第二个国了。得，冲这个也得进去一趟。"大家纷纷下车，一人买了一张邮票，从联合国给家里发了一封信。然后又回到车里坐好。

齐小娟见众人坐好，说："我们现在在十二街的东端，直开过去到西端，就是中国总领事馆，早上出来的地方。"

"已经绕了一个大圈子了。"

车转到帝国大厦。

"这帝国大厦也是小时候经常听老人们提起的，当时是世界上最高的建筑物。"

"前面怎么被警察拦起来了，好像出了什么事？"

于庆问一个过路的人，那人说有一个人要从帝国大厦的顶端跳伞，警察不让，是违法的，正在谈判。正说着，就听见前面人群呐喊起来，蓝天下，帝国大厦的顶端开了一朵小花，那花在高耸入云的大楼之间轻轻地飘来荡去，博得人们一声声喝彩，连警察也鼓掌。慢慢地那朵花越来越大，一个人驾驭着一顶降落伞从天而落，在街心摔了一个大跟头，当即被警察逮捕。他笑着向人群挥手，人群也向他挥手，然后被警车带走。

"美国人真敢玩，违法也不管。"刚看完这精彩的一幕，大家意犹未尽。

"这倒新鲜，翻着新花样玩。"

车转到了格林威治村。

"这儿的人怎么和其它地方的人不太一样，男的一对，女的一对，手牵着手，怪亲热的。那服装也奇怪，发式也奇怪，看人的眼神也奇怪，好像哪里不对劲似的。"

"这里是全世界有名的同性恋村，街上走的百分之七十是同性恋者。"

"难怪我说哪里看不顺跟，有的男的像女的，有的女的像男的，给你一点，全明白了。"

"我说这世界上怎么很多事情我都想不明白，这男的跟男的，女的跟女的怎么干那回事呢？"

"喂喂，这事回去后讨论好不好，车上可是坐着老于的儿媳妇，不雅。"

"算我没说。"

　　车转到了唐人街。这里是一定要下车走走的了。于庆在一个僻街的地方停好车，一行人下了车。他们一路走一路问价钱，然后只摇头。和北京街上一样的东西，这里要贵出许多，还说便宜卖。

　　"这地方怎么和香港似的。去年出差到香港，就是这样又小又窄，路边上都是牌子。"

　　在一个水果摊子面前，齐小娟看中了那漂亮的葡萄和水晶梨，于是就秤了一些。付钱的时候，管水果摊子的人说："不收你的钱，送给你吃。"

　　齐小娟很吃惊，问："为什么？"

　　那人说："我认识你，你帮过我的忙，你帮我发过一封信。"

　　细看之下，齐小娟隐隐约约想起这个人就是在姑夫开的餐馆里让她送信的人。"你怎么在这里？"齐小娟问。

　　"我们一行人都逃出来了，现在都在唐人街打工。"那人回答说。

　　齐小娟想起了她姑夫和那些客人那天在客厅里说的要严惩逃跑者的话，不无担心地说："要是被他们发现了怎么办，那会很危险的。"

　　"这里总比关在那个黑屋子里强。再说这里不是他们的地盘，他们不敢轻易地来。"

"家里还好吗？"齐小娟想起来那封信里提到的妻子小玲和女儿小妞妞。

"都还好，我们经常通信，借的钱已经还了不少了。"

"那就好，你多保重了。"齐小娟向那个人道了别，心中还是很为这个人担心，姑夫是一个什么事都干得出来的人。

唐人街转了一圈，大家觉得又脏又臭，没什么意思，就坐上车走了。

车转到了南浦码头。

众人站在水泥墙后面，望着波涛起伏的海面上那尊站了两百年的自由女神像。

"八九年天安门的学生闹事，竖了一个自由神像，她祖奶奶原来在这里。"

"这一个可气派多了，瞧那手臂，又粗又直，将那火炬举得稳稳的。坦克车肯定没办法把她撞倒。"

"这个火炬是法国人送的，前几年为庆祝美国国庆两百周年，大修过一次。"

"听说以前中国人移民到美国来都是从旧金山进来，许多人不让进，都关在一个小岛上。"

"那个时候排华很严重，华人很受歧视。"

"你们在这里受不受歧视？"

"还不是有，不过没有那时严重。"

"这纽约的移民真多，刚才在唐人街，全是咱们中国人。"

"其实，除了中国人外，还有好多其它国家的移民，像爱尔兰人，意大利人，玻多里格人，墨西哥人，俄国人，犹太人，真正的美国人在纽约反而越来越占少数。"

过了一个多星期，于庆父亲一行人办完了事，该回国了。临上飞机前，于庆的爸爸拉着齐小娟的手一再叮嘱齐小娟回国时到北京来住，然后高高兴兴地上了飞机。目送飞机上了蓝天，于庆情不自禁地在齐小娟的脸颊上吻了一下，以示感谢。齐小娟也不怪他，心安理得地领情了。

在回家的路上，齐小娟对于庆说："你父亲他们这一行人真有意思。"

"是很逗，可爱极了，土得都掉了渣。"

十三

中国的春节到了，公寓里的人早就商量好，除夕这天晚上要好好庆祝一下，过年嘛。因为大家都很忙，于是决定包饺子，这样简单些，也符合北方人的习惯，汪豫生夫妇都是河南人，包饺子自然不在话下。

一到晚上，公寓里顿时热闹起来，除了一栋大楼里其它公寓的一些人外，还请了一些外面的人。 汪豫生的房间较大，大家在里面支了两张桌子，铺上台布。和好了饺馅，汪豫生夫妇负责擀

151

面，其他人包馅。一面包着饺子，一面看着电视，一面说着笑话，挤挤攘攘的。

电视里正在播放一则新闻，紧紧吸引住了齐小娟的注意力：根据内线报告，一艘偷运中国非法移民的货船在加州远水海域被截获，船上共有六百多人。播音员说，组织这次非法行为的一个犯罪集团也同时在新泽西州和纽约州被捕获。电视上出现了犯罪集团头目们被逮捕时的录像，突然，齐小娟看见被逮捕的人中有姑夫，忙指着屏幕上的一个人对于庆说："快看，就是他，就是他。"于庆知道齐小娟指的是她的姑夫。其他人也侧过头来问那人是谁，齐小娟和于庆都没有做声。齐小娟看见姑夫被抓的镜头，心里有说不出的高兴，也连带着为街头那个卖水果的人放了心。真是善有善报，恶有恶报，不是不报，时候未到，原来你们也有这一天哪。

自从那天于庆为了齐小娟被打后，齐小娟就有意对于庆好了，加上这次于庆父亲来借女朋友的戏变得弄假成真。大家都有点摸不着头脑，不知头发稀稀拉拉的于庆使的什么绝招，有此艳福，居然让美夹绝伦的齐小娟大加青睐。殊不知于庆的一条眉毛上，已经留下了永久的疤痕。有天晚上，于庆枕在齐小娟的玉臂上问齐小娟将来会不会嫁给他，齐小娟说肯定不会，他们的关系只是朋友。于庆听了很遗憾，但想想也还可以，这样已经不错了。这一层只有他们两人知道。

来的人当中，有一个是国内物理学界泰斗的女儿，有四十来岁，在物理系读博士生，和她同来的是她的男朋友，两人相差至少二十来岁。她以前在国内结过婚，出国后就和国内的丈夫离了婚，现在正拚命地追这个男朋友。这个男朋友是哥伦比亚大学的一名教授，和李政道、杨振宁同为西南联大时她父亲的学生，也算老留学生了。教授先生两鬓斑白，说话喜欢逗趣。两个人亲亲热热，时不时地来一段打情骂俏。女的非常矫揉造作，徐娘半老，左一口"ridiculous"，右一口"ridiculous"（可笑得很）地叫唤，还时不时地当众紧紧逼问教授婚期订在什么时候。教授则打太极拳，顾此言彼。然后女的就装出一副不高兴的样子，教授又来逗她，哄她，她又转嗔为喜，看得大家暗地里只想发笑。这一对夸张了的恋人热度远远甚于奇剑锋林梅和于庆齐小娟那两对。

在座的还有一位台湾来客，也是女的，四十来岁。她留着长长的头发，散乱地披着，脸上打了粉，描了眉，涂着很重的口红，口音带着台湾人说国语的那种特有嗲劲。她是一个人来的，据她自己说还没有结婚，男朋友也交得不顺心。她看过自己的手相，爱情线太紊乱。听说她会看手相，那位物理学家的女儿来了劲，硬逼着教授也看手相，特别要看看爱情线如何。教授说手相这玩艺是假的，玩玩可以，不能当真，不看。女的就生了气，嘴也撅了起来。教授没法，只好停下包饺子，把宽宽的手掌放在桌子上，让人看手相。

台湾女客把教授的手放在自己的纤纤手掌里抚摸了一阵，细细地察看，教授觉得很舒服，脸上就有了表情。这些被物理学家的女儿看在眼里，心里不受用，又不便发火，谁让自己把情人的手送给另外一个女人看呢，她两只眼睛紧紧地盯着那两双贴在一起的手，让醋瓶子在心里面翻滚。这时间真长，终于熬到了台湾女客开口。

"你事业线较清楚，一定有一个很成功的事业。"台湾女客说。

"那当然，要不怎么当了教授。"教授不无得意地说。

"你生命线很旺盛。"台湾女客又说。

"身体好得很，没病。"教授马上附和上去。

"得了吧，昨天陪你去看医生，还说你有前列腺炎，身边需要个人照料。"物理学家的女儿当众揭穿，嘴巴撇了撇。

"你离过两次婚？"台湾女客问教授。

"不错，你说得很准。"教授证实道。

"快说说下一次的机会在哪里。"物理学家的女儿迫不急待地问着。

"手相上很模糊，并不确定。"台湾女客的眼光狡黠地闪了闪。

我告诉过你一切都还不确定，你看，现在有了理论根据吧。"教授说。

"快来看看我的，我的一定行，人家都说我有帮夫相。"物理学家的女儿赌气道，把两只手伸了过去。

这一次台湾女客并没有把她的手放在自己的手掌上，而是让物理学家女儿的手放在满是面粉的桌子上。看了一阵子，说："你至少已经结过一次婚，这以后，你的爱情线很紊乱，和我的一样。"

"不对，我还有一次很稳定的婚姻。"物理学家的女儿大声叫着，有点恼羞成怒了。两个女人用心力较量着，迸出了火花。

奇剑锋看见势头不妙，赶快伸出来自己的手，"来，看看我的手相如何？拜托您往好处多说一点，我那位可是坐在这里。别把我们说吹了。"说得大家都笑了。

林梅说："不要紧，使劲说不好的，让他晚上睡不着觉。"

"你的手相不错咧。"台湾女客看后称赞道，"你将来会大有作为的，而且有一个终身好帮手。"

"怎么解？"奇剑锋问道。

"你的事业线和爱情线合在了一起，俗称断掌。掌纹上的成就线又多又密，所以大有作为。和爱情线合在一起，说明有贤内助帮忙。你感情专一，从始而终。谁要是做你太太，一定好福气。"

"怎么样，咒我也没用，命中注定了。快把你的手也给人家看看。"奇剑锋冲着林梅说，抓住她的双手伸了过来。

"你有相夫命，感情线不丰富。"

奇剑锋打趣道："感情不丰富的人不要。"

"不是这个意思，是说以后结了婚外面的男朋友少啦。"台湾女客笑着纠正。

"就你贫嘴，小心我嫁别的男人。"林梅说。

汪豫生看得眼馋了，丢下擀面杖伸出两只手让瞧瞧。看了一会，台湾女客说他有一个贤妻良母似的夫人，喜得他赶快缩回手。他娶了一个农村老婆，心里一直怕别人瞧不起，一天到晚说自己的老婆如何如何能干，会做事。听见台湾女客如是说，不免喜上眉梢，讲了几百遍的话又重复一遍："大学毕业后下到河南农村，在一所学校教书，我一下看上了一个女的，很好看，不喜欢做声，人老实，我说一定要娶她做我老婆。后来果然被我娶到了手，一生就生了一个儿子。家里的事我从来不用操心。这一辈子就这一件事办对了。"这最后一句话于庆奇剑锋和他一起重复出来，惹得大家哄堂大笑，包括汪豫生的憨厚妻子。 闹得汪豫生满脸通红，两个铜铃般眼睛一鼓一鼓地向外突，"有什么好笑的，有本事你也娶一个来我看看。"

台湾女客一直用眼睛看着齐小娟，这时说："小姐，你有福像，要不要也来看看手相。齐小娟先不肯，经不住众人说，好玩而己，就伸过来十指纤纤的白玉般的手。台湾女客看了半天，脸上止不住露出了诧异的神色，她对齐小娟说："小姐，你将来要大红大紫呢，我也说不清楚，从来没看见有这么好的手相。"于是众人都探过头来，想看个究竟。齐小娟缩回手，粉脸微微发红，对那一张张伸过来的脸说："很平常的一双手，有什么值得好看的。"

饺子包好了，下在锅里滚烫的水里，不一会就好了。放上葱花，一个个捞起来，像银元宝似的，味道喷喷香，扑鼻而来，止不住口水直往下咽。咬上一口，有肉心的，有虾心的，有菜心的，鲜美极了，只听得满屋子哧啦哧啦声和碗匙相碰声，不闻一丝人语声。

过了好一会，才听有人喘过一口气来，"妈也，太过瘾了。"

　　慢慢地，肚子里有了一些东西，话又多起来。大家谈论着国内现在不知该热闹成什么样子了。再过几天，中央电视台的春节联欢晚会录像带就到了，到时可以从领事馆借来看，这是留学生中最受欢迎的节目。有人说他那里有《北京人在纽约》的录像带，可以拿来看。

　　"那带子我看过，和咱们留学生不搭界，隔靴子搔痒，没劲。里面就写了一个留学生大李，为留在美国读了两个学校，最后还被车撞死，让人家出钱给埋了。"

　　"怎么就没人写一本关于咱们留学生的故事。按理说这留学生中也是人才济济，使文弄墨的一定不少。"

　　"咱们一天到晚读学位，考这试，考那试，完了还得呆在实验室里，连气都喘不过来，谁还有时间写小说。"

　　"其实咱们的故事真不少，真值得写，不用编造，就照直写，一定会让人也感动得流泪。国内的人都以为我们这些所谓的天之娇子在国外神气活现地了不得，殊不知我们在这里受的那份洋罪。"

　　"也有混出头的。"奇剑锋把开会时遇见严含的事讲了一遍。

　　"有悲有喜，有成功，有失败，就是咱的留学生的真实写照。"

　　"放心好了，一定会有人写的。"

　　奇剑锋这时忽然想起一件事来，站起来说道："我有一个好消息告诉大家，于庆拿到了绿卡。"

"祝贺，祝贺。"大家都嚷了起来。

汪豫生说："这么说，除了齐小娟是'六.四'以后来的，其他人凡是符合大赦条件的都申请到了绿卡。看来今天真值得庆贺，来，多吃点饺子。"

台湾女客说："你们大陆留学生真幸运，八九年'六.四'天安门一闹事，美国这边就给发绿卡，我们台湾人还要苦苦排队等名额。"

"你们也到大街上示威，让美国人再大赦台湾留学生。"于庆打趣道。

"这你就不知道了。大陆学生闹事，是为民主，为自由，是受共产党迫害，应当受到保护。我们台湾人闹事，因为和美国是同一种信仰，算小兄弟家里的家务事。"台湾女客说。

"我看到一份资料，"教授说，"到现在为止，一共有大概48，700大陆留学生因受到美国总统行政命令保护而获得六.四绿卡。"

"这美国人也真有趣，你是他的朋友，他不照顾你，你是他的对立面，反而开绿灯。"

"这叫打政治牌。"

"你们留下来了，以后有哪些打算呢？"教授颇感兴趣地问。

"我准备告别留学生队伍，这学留得太累。然后嘛，考一个驾驶执照，先开一段时间的出租车，赚点钱再说。现在总算熬出了头，再也不必整日里提心吊胆地开黑车怕警察了。"于庆宣布了自己的计划。

"毕业后找个工作做，赚点钱，然后美国中国两边跑，哪边好混留哪边。"汪豫生说。

你呢？"有人问奇剑锋，奇剑锋搔搔首，"还没想好，短期内是不会回去的，长期多半是要回去的。"

"那你绿卡不是白拿了？"

"也不一定，毕业以后我还想作几年的博士后，有了绿卡在美国就省事不少，用不着每年办延长签证，回国探亲也方便些。这样灵活机动性高。"奇剑锋说，"我说了还没想好，也说不定永久地留下来了。"

大部分人都和奇剑锋、汪豫生一样，还不知道将来如何打算，先把学位拿到手再说。也可能留在美国，也可能回大陆，到时候再说。

"这么说，绿卡是你们的护身符了，保证你们来去自由。"教授说。

十四

"小奇，我眼睛不好使，能不能帮我一个忙，看看这里一段DNA序列对不对。"老杨看见奇剑锋正忙着自己的实验，有点不好意思打扰他，但心里又着急，没日没夜地忙了一个礼拜，很想知道结果如何。DNA的序列在一张大大的X光片上，密密麻麻地一排排靠着，老杨年纪大了，眼睛有点昏花，在荧光屏上看长了就吃不住，很容易出错。

"行，老杨，让我把这一点做完就来帮你读。"奇剑锋忙着自己手里的实验，对老杨说。他很能体谅老杨的苦衷，因此每求必应。

奇剑锋停下自己的事，和老杨坐到了荧光屏前，拿起自动阅读器熟练地读了起来，不一会就读完了，然后又和老杨一起用计算机在基因库里查对。老杨站在一旁只搓手，两眼盯着计算机屏幕，显得很紧张。老杨的论文题目是克隆一个与细胞调节有关的磷酸化酶，忙了两年多，现在总算得到了这个酶的DNA克隆，此时此刻，他最担心的就是怕自己得到的DNA克隆别人已经发表过了，这样在基因库里就可以查出来。要是这样的话，很可能导师又要让转题目了，一切重新忙起，毕业要向后推迟至少两年。自己这么大年岁了，耽误不起呀！上帝保佑，上帝保佑。

计算机终于查找完毕，证明老杨得到的是一个全新的克隆。老杨一颗心总算落了地。他高兴得简直像小孩似地跳了起来，这下好了，这下好了，尽管还有许多的实验要做，毕业的曙光已经在即了。奇剑锋也很为老杨高兴，这么大岁数读博士，没日没夜，没假期，没周末，连青年人都比不上，实在可敬可佩。

同实验室的 John和 Susan听到这个消息，也都跑过来祝贺。

"杨，你真幸运，你努力地工作终于得到了报酬。"Susan说。

"有好结果，你应该请我们上中国餐馆。"John 说。

这时导师 Lee正好走进来，看见一伙人在那里高兴，问大家有什么有趣的事。奇剑锋马上汇报了老杨的好结果，听得导师 Lee双眼一亮。大家一起分析了一下结果，讨论下一步的行动方案。导师 Lee对老杨说："你是好样的，就是工作太辛苦，以后不要加班加得太累。你只需做几个克隆的功能鉴定分析，就可以开始写毕业论文了。"

老杨显然还没有从兴奋中拔出来，连声说着谢谢，再无它话。导师Lee转身让奇剑锋到他的办公室来一下，有话要说。奇剑锋跟着Lee来到Lee的办公室。

Lee是一个很随和的人，对学生很好，不像有的教授成天盯在学生后面催结果，把学生当廉价劳动力使用。他很懂得调动学生的积极性，让学生发挥自己的创造力和想象力。当然，他挑学生有很严格的条件，他选的学生必须勤奋好学，常动脑子。他对手下的两个中国学生奇剑锋和老杨非常欣赏，两个美国学生John和Susan也不错，只是这两个人自从进了实验室后，谈起了恋爱，很有些影响工作进度。有时趁实验室人都不在，干一些男女之间的性爱事情，被Lee撞见了几回，非常不愉快。找他们谈了几次话，才有所收敛，工作勤奋起来。不勤奋也不行，两个中国学生很能出结果，无形中形成了压力。

Lee告诉奇剑锋，严含教授打电话来询问奇剑锋的情况。Lee极力推荐奇剑锋，说他是一个很好的学生。奇剑锋也告诉Lee开会时和严含交谈的情况。Lee说严含是一位很优秀的科学家，听说开会回来后，她实验室又有一项重大突破。如果奇剑锋能到那里去做博士后，一定能学到很多东西，发表高质量的科研论文。Lee告诉奇剑棒，严含想让他去面谈，时间定在下个星期。Lee说最好准备一下，给对方一个好印象，珍惜这次机会。

　　三四月份的天气，奇剑锋走进 R大学的正门，向门卫询问严含实验室的方位，并在来访客人录上登了记。进了校门，整个校园都覆盖在参天的大树下，连大楼的墙壁上也爬满了青青的藤蔓，奇剑锋感觉出了浓郁的古典气息。走在校园里，到处都是鸟语花香，最美丽引人夺目的是那些盛开的映山红，红的一片，白的一片，紫的一片，像块块云彩躺在那修剪得十分齐整的冬青树丛里。还有那郁金香，一朵朵像风情万种的妙龄少女，穿带着各色彩衣含羞地立在春风里。校园的空气里有一种迷人的香味，使人婉如置身在天国仙境里了。

　　奇剑锋一路走，一路观赏，心里充满了喜爱。他没有想到地处纽约繁华地段里的这所世界学术重镇原来有这么优雅的环境，难怪这里的科学家们不断地推陈出新创造出世界领先的一流科研成果，产生了许许多多的诺贝尔奖获得者和众多的国家学部委员来。

　　进了一幢古楼，墙壁上有一块镶金铜牌，上写"国家重点历史保护文物"。旁边有一段说明，原来这幢楼是这个学校最早修建的楼，生物学界许多划时代的重大发现都是在这里进行的，看了不觉让人肃然起敬。上到第四层楼，奇剑锋按照门牌号码找到严含的办公室，严含正在和一个学生谈话。她让奇剑锋等一等，说谈话一会就完。

利用这点时间，奇剑锋在走道上走了走，细心观察着这里的环境，发现这里的各种仪器很齐全，很现代化。人们穿着整洁，做事情一丝不苟，听不见高声喧哗，看见奇剑锋站在走道上，大家都很有礼貌地向他微笑打招呼。

过了一会，那个学生从严含办公室出来了，让奇剑锋进去。奇剑锋进了严含办公室，严含一面收拾桌上的东西，一面打招呼请奇剑锋坐下。办公室布置得很整洁，一丝不乱，窗台立有几盆清秀的绿色植物，几朵小花在阳光下甜甜地开着。墙壁上挂着一幅照片，两个小女孩天真烂漫地微笑着。

"地方好找吗？"严含问道。

"很好找，你们这校园真漂亮。"奇剑锋回答道。

"春天到了，这是校园最美丽的时候。"严含接着说："我给你的导师打了电话，他对你的评价很高。你的基础不错，工作很努力，我刚刚又申请到了一笔科研经费，很需要像你这样的人来工作。不知你自己对将来有何打算。"

奇剑锋讲了自己的一些想法和打算，他主要希望通过博士后的工作，自己能够得到更严格的科研训练，出一些高质量的科学成果来充实自己。他想具体知道是怎样的一个科研课题。

严含在一张纸上，一面画圈，一面详细讲解了整个实验室的科研方向和长远打算，以及奇剑锋如果来了的话所担任的角色。奇剑锋被整个蓝圈深深吸引住了，没有想到严教授的脑子里有这么多的奇妙构思和宏伟计划，听了以后，使人有一种按捺不住的冲动，跃跃欲试。她在会上所作的报告，原来只是这沧海里的一粟。当他抬起头来看严含时，很难把这些成熟的构想和那张年轻的容貌联系在一起。要是以后能够像她一样该有多好，奇剑锋这么想。

出了R大学以后，奇剑锋的脑子里产生了许多的想法，他打定主意，一定要到严教授这里做博士后。

晚上回到家里，严含一进门就看见唐羽和两岁的小雪一起在晾小孩的衣服。只见小雪满把拿的都是衣架，两只大大的小眼睛向上盯着爸爸把衣服挂好，等着向爸爸提供衣架。只听爸爸说"再来一个"，小雪就赶快递上去一个衣架，然后爸爸就表扬："小雪乖，今天会做事了。"小雪听了小脸蛋绽出了笑容，她就是喜欢听到人的表扬。等爸爸说下一个"再来一个"的时候，她发现妈妈回来了，就哗啦一下把衣架全扔在了地上，然后像小燕子一样一路喊着妈妈，飞向严含的怀里。严含抱起小雪，在她胖胖的小手背上使劲亲着。

唐羽一面在洗脸间里晾着衣服，一面告诉严含："回国的飞机票已经定好了，下个星期一的。"

"你回国讲学的材料备齐了吗？"严含问唐羽。

"差不多了。就担心你一个人带着两个孩子，不知忙不忙得过来。"唐羽不无担心地说。

"有什么问题，北京小保姆答应晚上也来帮忙，睡在我们家里，你尽管放心地去好了。你已经好几年没有回国了，国内的变化可大呢。这次你要跑好几个城市，回武汉的时候，会会以前的老师和同学，顺便看看家里人，大家都挺想念的。"

"哦，老余刚才打电话来，说今天晚上在华美协进会的活动不要忘了去参加。你去好了，我在家里看小孩。"

"真是的，要不提醒，我还真忘了。今天晚上我还要祝词呢。"严含说。

严含、唐羽和一批八十年代早期来美的纽约留学生们组织了一个中美科技协会，旨在团结大陆在美国的留学生和科技人员，并和国内高层次取得联系，向国内提供各种先进的科学技术，促进中美两国间的科技交流。唐羽这次回国讲学，就是双边交流计划中的一个项目。　同时还请来国内的各种团体，有目地地参观美国的一些先进项目和设施。由于有自己的人在里面引路搭桥，各种访问团大大减少了盲目性，很容易学到实质性的东西。昨天国内来了一个生物制品代表团，今晚在华美协进社举行联谊活动，还邀请了许多美国大公司的头面人物参加。

吃完晚饭，严含来到位于东六十五街的华美协进社。代表团的一行人和一些美国的企业家已经在那里了。代表团的吴团长上来和严含握着手，很感谢她和中美科技协会促成这次访问，明天他们就要到一些美国的大生物医药公司参观，想问问严含有些什么好的建议。严含说她对公司的情况也不熟，但科技协会已经和那些公司联系好了，让在里面工作的懂行大陆留学生们当向导，这样可以克服语言上的障碍，公司方面都觉得这是一个好主意，所以代表团一到，就有自己人来陪同，有什么问题只管问，这些人都是大陆来的，一定会全心尽力地为大家解答各种问题。吴团长听了直高兴，说这样就放心了。

正谈着，一家大公司的副总裁走了过来，加入了交谈。他也非常感谢科技协会，让他们有机会和中国同行们认识。他说中国现在经济正蒸蒸日上，前景十分看好，大家都争着到那里投资。他的公司已经制订好了向中国发展的计划，正苦于找不到合作伙伴，刚才他和代表团的一些厂长经理们交谈了不少双方合作的意向，都认为很有必要探讨下去。有些人已经向他发出了邀请，到中国去看看。他认为双方合作的基础很好，回去后就和董事会讨论。

严含听了很高兴，希望大家都能从合作中得到好处。这时老余过来告诉严含，大家都到齐了，让她上去讲两句。在大家的掌声中，严含走上了讲台，她说很高兴今天看见中美两国生物界的企业家们相聚在一起，虽然自己是搞学问的，但衷心希望中美两国企业界同行们能互相学习，取长补短，寻求合作的机会，中国和美国都是大国，美国有雄厚的物质基础和技术力量，有资金需要投资，中国有广阔的市场，经济上正处于腾飞阶段，需要的正是资金和技术，因此两国之间的合作有百利而无一害。下个世纪世界各国的竞争会更趋激烈，合作是求生存、共发展的必然途径，在场的各位都具有战略眼光，有大气魄，预祝大家取得完满成功。

严含的讲话很简短，大家又报以热烈的掌声。接着这些黑头发黄皮肤和那些黄头发白皮肤的人们又三三两两地聚集在一起，一面喝着香槟，一面谈着有兴趣的合作话题。

华美协进社是三四十年代创办的，地方不小，分为几个活动场所。当时主要是为了给在纽约的华人医生们提供一个聚会场所。后来渐渐演变成华人知识分子的活动中心，除了举办各种学术讲座以外，还举行各种文化娱乐活动，而且都是免费的，因此很受留学生们的欢迎。华美协进社每个星期五的晚上都有免费的舞会和电影，今天正好放映一部中国在国际上获了大奖的名片，奇剑锋和林梅是来看电影的，不期和严含相遇。

"你怎么在这里？"严含看见奇剑锋有点意外地问，今天早上他们还见过面。

"我们来看电影，这是我的女朋友林梅。"奇剑锋回答说，他又转过来对林梅介绍："这是严含教授，我正联系到她的实验室做博士后。"

严含！她就是钱敏多次在日记里提到过的那个严含？林梅还清楚地记得是她那天陪着王宇到自己的公寓和钱敏的坟上去的。当时没有问她的姓名，后来读钱敏日记时曾猜想过她可能就是严含，而且有把钱敏日记交给她的打算。

"你好，钱敏以前和我们同住一个公寓。"林梅也不绕弯子。

"我们见过一面。"严含也认出来了林梅。

"我有一件钱敏留下的遗物给你。"林梅说。

"什么遗物？"严含问。

"一本日记。我觉得我们都有责任为钱敏伸张正义。"

十五

酒吧里灯红酒绿，舞台上的脱衣女郎们向着酒客们大献殷勤，眼光里喷射着勾人魂魄的火焰。齐小娟还和平时一样，穿着三点式穿行在酒吧里，为酒客们送酒。

"小姐，请坐下，喝杯酒，我们聊聊。"一位衣冠楚楚的人很有礼貌地向齐小娟说。

按酒吧的规矩，齐小娟坐了下来陪这位客人饮酒。齐小娟已经练出来了，温性的烈性的酒现在都能饮，而且有了一套对付酒客们纠缠的本领。和其他的酒客们不一样，这位显得很温文尔雅。其实，齐小娟早就注意到这人已经连续好几天来这酒吧里了，一个人坐在那里，眼光老是跟着自己的身子转。每次经过他身旁，他都要微笑一下，并不打扰。所以，对于今天的相邀，齐小娟已经有了一些心理准备，各种酒客她都见过，他们每个人都有自己奇奇怪怪的要求。且看这个人是哪个来路的。

"你干这行有多长时间了？"他问齐小娟。

"半年多了。"齐小娟回答说。

"以前你是干什么的呢？"那人又问。

"模特儿。"

听了齐小娟的回答，那人挪动了一下身子，仔细地打量了齐小娟一会，两眼里闪动着发亮的光芒。"在哪里当模特儿。"过了一会那人追问。

"中国上海。"齐小娟谨慎地回答。

"哦，是这样。"那人点点头，"你现在还有第二职业吗？"

"我是学生，来这里工作，纯粹是为了赚学费。"

"你一个星期在这里能赚多少？"那人问。

齐小娟报了一个大概的数目。那人用手搓着杯子，笑着询问齐小娟："你愿意为我工作吗，我付给你的报酬至少比你现在赚的要高十倍。如果干得好，甚至可以高出上百倍，上千倍。"

"那是一个什么样的工作呢？"齐小娟问，目光中露出怀疑，人们可以开出各种各样的条件，不能不防止陷阱。

"模特儿，你的本行。"那人很自信地说，"我想你是不会拒绝这个请求的吧。"说着那人掏出一张名片递给齐小娟。

齐小娟果然心动了，看那名片，这人叫 George，原来是一家模特儿公司的总裁。她有点不相信这个机遇，想了一会，说："你为什么看中了我呢？"

那人放下杯子，"我是干这一行的，这是我的饭碗，我们这个行业的竞争非常的激烈，生存与否，关键在于手上有没有一批出众的模特儿。没有事的时候，我就喜欢到处转，物色人才。从我第一眼看中你的时候，就发现你天生具有一个模特儿的素质，将来前途无量。有点没有想到的是你以前已经干过这行，虽然是在中国。这样吧，我也不打扰你的工作了，明天你按这名片上的地址到我们公司来，先测试一下，谈谈条件，我给秘书打个招呼。不要错过了这个机会，要知道，每个月都有几百个人到我们公司来应征，没有几个人被选中，有时甚至剃光头。"那人站起来，喝干了杯中剩下的残酒。

　　那人走了半天了，齐小娟还坐在那里发呆。到美国大半年来，各种意想不到的险事恶事就像狂风暴雨般地向自己打来，打得晕头转向。今天这事，同样让她提心吊胆，不知是祸是福。不过还是应当去试一试，已经有过一些经验教训了，自己小心行事就是。反正现在自己已经够惨了，在酒吧里当陪酒女，如果能干上模特儿，一定比这强。齐小娟将那张名片塞进三角裤内，收拾好桌子上的杯子。

　　第二天，于庆开着车把齐小娟送到第五大道上的一幢大楼前。齐小娟今天给自己着意化了装，穿带得轻松飘逸，让自己的年轻美貌充分体现出来。她把头发高高挽起，使自己更加显得高挑。以前在服装表演队里学到的知识，现在都用上了。下了车，她深深吸了一口气，向那镀金的大门走去。通过大门时，一个满头白发上了年纪的门卫给她开门，她报以得体的一笑。从这时起，以前在服装队时的感觉都回来了。

　　电梯把她载到了最顶上的一层楼，出了电梯门，踏着腥红色的地毯，她按门牌找到了那家公司。轻轻推开门，里面大长沙发上坐了许多的漂亮女郎，墙上满是各种模特儿的各种特写艺术照片。秘书见她进来，让她先登记，自己起身进到里面通报。齐小娟签好名，发现众自睽睽地都盯着自己，她向众人一笑，打了一声招呼。她发现，在坐的有白有黑有混血种，只有自己一个人是东方人。她还没有坐下，就有一个年岁有点大的女人从里面出来和她握手，欢迎她来，自我介绍叫Ann，并让她到里面去测试。

　　　拐了几道弯，她们来到了一间很大的厅，整面墙都是玻璃，象芭蕾舞练习厅。那女的先让齐小娟脱掉外衣，走了几段步子，然后检查了她身体的各个部位，量了她的三围，手长，腿长，颈长，又让她做了几个身体柔软性动作，问了几个问题。就让她等着，自己则出去了。房间很大，空荡荡的。齐小娟见没人，忍不住对着墙上的大镜子跳了几个芭蕾舞动作，这是在上海表演队时的必修课，然后又练了几个以前的基本舞步。她不禁回忆起以前在上海表演时的情景，一切好像都是那么的遥远。停了一会，她看见桌子上有一本大活页本子，上面都是模特儿的照片，不免好奇地翻了起来。只见一个个俊秀异常，千姿百态，这里面少说也有几百个人的照片。她看后微微一笑，觉得她们都很有意思。

　　　约摸过了十来分钟，只见昨天在酒吧里和她一起谈话的那个George和刚才那个女的一起进来了。George一进来就和齐小娟热情地打招呼，告诉她刚才测试的结果都很满意，他让齐小娟穿好外衣到他的办公室去谈。

　　　办公室非常明亮，大玻璃窗外鸟瞰着纽约市全景。阳光照进来暖洋洋的。George坐到了漆光发亮的大办公桌后面的皮椅子里，示意齐小娟也坐下来。他对齐小娟说，他们都很满意齐小娟的条件，因为以前受过专业训练，只需矫正几个动作的规范性，以适合美国和国际标准即可。他问齐小娟愿不愿意先签半年的合约，有什么条件只管提，大家可以讨论。齐小娟问薪水是多少。George说：

"我们公司和许多服装公司、服装设计师都订有合同，他们要表演服装了，就向我们租借模特儿。薪水的多少，取决于出场的次数。每出场一次我们准备按每小时五百美金付给你，根据情况，将来还可以增加。只是有一点必须做到，要随叫随到。"

齐小娟没有异议，对她来说，这已经是天文数字了。看看齐小娟没有什么不同意的，George就拨通电话，请秘书打好一份合同送进来，大家都签了字。

George对齐小娟说："我们公司有许多知名度很高的模特儿。由于业务的关系，一直想找几名东方模特儿，今天你的加盟，让我们弥补了不足。从你的条件来看，你完全可以赶上甚至超过她们。"他站起来，望着窗子外面继续说："你从中国来不久，对美国的认识还不多。这是一个发财的社会，只要你有条件，有机遇，有信心，一夜之间，就有可能脱颖而出，成为亿万财产的拥有者。在这个社会里，只要有了钱，你就有了一切。当然，不劳而获的事在哪里都是行不通的。你只有努力地去工作，才有可能出人头地。有一点我可以向你保证，我们这里的工作条件比酒吧要强多了。你要继续完成你的学业，这一点很重要，模特儿这个行业是靠青春吃饭的，谁也不能保证将来不变老。你现在学的是服装设计，将来年岁大了就开一家服装公司，或模特儿公司，才是长远之计。"他顿了一顿，又说："以后Ann直接安排你的表演日程，有什么事情和要求可以告诉她。"

从George那里出来，Ann又和她谈了一阵子，说下个星期就有一个服装表演，让她好好准备一下，这个星期，只要不上课，就要来公司练习。另外，Ann说从登记上来看，她住的地方和现在的职业很不相称，让她搬到花园大道上的一个公寓里去，那是公司专门为模特儿们租的。

出了大楼的门，齐小娟发现于庆还在那里等着。她上了车，于庆就迫不急待地问她情况怎样，齐小娟一五一十地把刚才的一切都说了一遍。听得于庆连声叫唤，"你这真是一步登天了，五百块一个小时，我这里不知要送多少客人才能嫌这么多。还住花园大道的公寓，那可是有钱人住的地方。他们让你么时候搬。"

"最好今天。"齐小娟回答说，"这钥匙都给我了。"

"你这说走就走了。"于庆有点舍不得。

"其实我想把我现在的房子还留着，还不知干不干得长，半年合约期满后不行，还是会回来住的。"齐小娟这么说。

于庆说："走，瞧瞧你的新公寓去。"

新公寓在一栋很大很气派的大楼里。大楼紧靠着中央公园的第五大道旁。大楼的门卫仔细检查了他们的证件，让他们进去了，公司已经打来了电话，通知门卫齐小娟要住进来。乘电梯上了楼，一推开公寓的门，两个人就被里面的豪华给震住了，只觉得满眼金碧辉煌。他们小心翼翼地走进这纤尘不染的房间，拧开水晶吊灯，印花地毯上布置了精美的家俱，皮沙发，还有一架乳白色的大钢琴。墙壁上挂着名贵的现代画。公寓里边是一间卧室和浴间，卧室里有一张宽大的席梦思床，一台贴金镀银的梳妆台。浴间的浴缸呈莲花状，龙头扶手也都镶着金。她们来到外间，打开窗帘，绿树成荫的中央公园立刻呈现在眼底，和远处的高楼大厦遥遥相望。

于庆一下子躺到了柔软的皮沙发上，说："奶奶的，这像是公主住的。我说齐小娟，你这今后大红大紫当了名模特儿，可别忘了我们这些难兄难弟。要出门什么的打个电话就是，我给你当专用司机。"

"说哪里话，我今天也不知做的哪家梦，还不知是真是假。"齐小娟还是不大相信今天的奇遇记。

"假不了，人无横财不发，我看你是时来运转了。"于庆嚷嚷道。两个人又说着话，东摸摸，西看看，半天才回过神来。

模特儿的工作是辛苦的，从第二天开始，齐小娟就由Ann进行严格的训练。由于长时间没有训练了，一个星期下来，也是腰酸背痛。

齐小娟的第一次出场，是今年夏天的流行泳装表演，设计师是一个名望较小的英国人，因此公司里派的是一些二三流的模特儿，让齐小娟也参加，让她试试看，表演时间为两小时。谁知齐小娟一出场就引起了大家的喝彩，她曲线优美，气质高雅，步态轻松，动作规范，显得非常训练有素。不管什么泳装穿在她身上，她都能运用自己的步态，摆手，转身，抬头和眼神把设计师的意图表达得淋漓尽致。她仿佛把人们带到了海滩，把海风带进了会场。每次她一出场，就见闪光灯频频闪耀，人们赞不绝口，抢尽了风头。

表演完了，人们都还不愿意离去，要齐小娟出来和大家见见面。这里坐的大都是纽约服装界的行家里手，对于纽约的一些稍微有点名气的模特儿都能叫得出名字来，唯独谁也不认识齐小娟，因此互相打听她的来路，可是谁也说不上来。是呀，一个星期前还是酒吧女，谁会认识她呢。等齐小娟回到后台以后，早有一些人等在了那里，他们纷纷向她握手，称赞她的表演很出色，同时打探起她的背景来。当听说她每个小时的出场费才五百美元时，都大吃一惊，于是有人愿意出一千五，有人愿意出二千请她跳槽。有人告诉她，在纽约，一名超级模特儿的出场费在每小时几万美元。齐小娟听了心是开始有点清楚自己的价值了，无奈已经签了半年的合同。这些人说不要紧，合同期一满，请她马上就过去，

Ann是带队的，一看情况不妙，赶快挡住了众人，说设计师要见她。进了换装室，那个英国人已经等在那里了，他连声称赞齐小娟的演技，为他个人服装表演会带来了巨大的成功，请她以后有机会到英国去表演，他做东道主。他同时也向Ann表示，感谢他们公司这次派了一流的模特儿为他的服装表演，让他一炮打响。这是他第一次到美国来办服装表演，这次成功了，以后就容易了。Ann只是和他打哈哈，只有她心里才知道是怎么回事，心想也不知这小子走的是什么运，只付那么一点钱，就请到了这么好的模特儿，要不是今天想试试齐小娟，才不会便宜了你。

Ann转身对齐小娟满脸都是微笑，让她晚上回去早点休息，说大轿车已经给她订好了，正停在楼下门口。

大型的黑色轿车把齐小娟一直送到花园街公寓里，一进门，就听见电话铃响了起来，齐小娟以为是于庆打来的，衣服还没脱就接起了电话，一听原来是George打来的。George在电话里说，听说今天的表演很成功，他向齐小娟祝贺，关于工资的问题，他准

备从今天起，按每个小时二千五百美元付。

放下电话，齐小娟打开了冒着水泡泡的莲花浴缸，让身子全部浸泡在温水里面。她的头脑这时正像这翻腾的水花，怎么也不能平静下来。她到美国来后，从来还没有给国内写过信，以前是不知怎么写那悲惨的遭遇，现在还是不知怎么写，特别是这一个星期来的巨变，这一切简直就像是天方夜谭里的神话故事一样的不可信。

齐小娟向浴缸里加进了几滴发泡剂，不一会她就被鼓涨起来的泡沫给淹没了。

十六

上个星期林梅送来了钱敏的日记，严含和她一起聊了很久。林梅说钱敏死得很冤，应当有人出来给她主持公道，因为在钱敏那个系里，Lynn到处散布说钱敏是因为学习负担太重才自杀的。这未免太自私太残忍了一点，明明是她一手毁掉了钱敏。严含和Lynn有点相识，两个人都是纽约科学院的活跃分子，业务上有些关系。

夜已经很深沉了，严含读完了钱敏来美国后的心历路迹，合上了日记本。她望着窗外星星闪烁的天空，心里盘算着下一步应该怎么办。是不是也应该让王宇读读这本日记呢，大学里以前的同学们一直都纳闷，两个肯定会成为白头偕老夫妻的一对，后来是怎样分手的呢。现在在钱敏日记里找到了答案。

176

　　记得刚入大学时，严含和钱敏就分在了一个寝室。钱敏来报到的那天是王宇陪着的，大包小包地堆了一房间，钱敏坐在那里，王宇帮她整理东整理西。两人说说笑笑，无拘无束，很亲热的样子，严含起先还以为他们是兄妹俩。帮钱敏收拾完了后，王宇拎起属于自己的那一半说声再见就出了门。一问钱敏，说是她表哥，两人一起被录取到这个系里，他住男生那边。当时把严含羡慕得什么似的，因为她一个人千里迢迢从浙江到武汉，没有一个人帮忙，乘火车坐轮船，行李一个人搬上搬下。后来严含总是看见钱敏和王宇他们出双入对，就问钱敏王宇是不是她的男朋友，不料钱敏脸一红，说不是，只是小时候一块长大的表哥，感情特别好。严含当时心想要是自己也有这么一个表哥该有多好。上大学三年级的时候，有一次严含听任玉杰说王宇和钱敏在谈恋爱，系里不敢管，因为王宇的爸爸是高干，任玉杰劝严含到学校去反映，就说他们两人违反学校纪律谈恋爱，在宿舍里妨碍他人学习。严含没有这么做。

　　男人大概都认为自己是救世主，却会在这英雄气慨下无意中伤害了别人。王宇一定过分信任了自己和钱敏之间的感情是牢不可破的，以至于当别的女人有求时，而没有细心想一下钱敏的感情。这种感情确实是从青梅竹马时就培养起来的，可是钱敏是一个女人呀，女人有女人的一份私心，正是基于这种两小无猜的感情，才让钱敏觉得可靠，一切有关王宇的都非她莫属，顺理成章才对。林黛玉和贾宝玉的爱情不也是建立在这种基础上的吗，两人从小惺惺相惜。钱敏犯了林黛玉犯的错误，过份地相信自己的命运反而被命运所误。人的感情是很复杂很微妙的东西，一丝不慎，就会成为千古之恨。王宇现在已经饱尝了这感情的苦果，如果让他看了这本日记会不会受得了。想想他们在大学时代的那种欢笑，那种纯情，那种幸福，这苦酒够一个男人喝一辈子的了。

　　还是应该让王宇读读这本日记，严含想。一个男人应该担当起自己的责任，哪怕要忍受巨大的痛苦。更何况这个Lynn，不能就这样算了。林梅说得好，应当有人出来给她主持公道，这事要自己和王宇商量着办才行。严含也陷入了深深的自责。自己忙，连老同学发生这么大的事都不知道，如果自己多关心钱敏一点，哪怕在她最需要帮助时打一个电话给她，她一定会向自己诉说她的难处，事情就不会是今天这个样子了。

　　严含正想着，听见小丽在说梦话，就站起来进去给两个小家伙盖好了被子。唐羽已经走了两个星期，明天就该回纽约到家了。想到这里，严含压抑了一个星期的心情终于有了一点喜悦。这两个小家伙看见了爸爸还不知会高兴成什么样子呢。

　　第二天晚上，唐羽一进屋子，两个小天使般的女儿就一起扑了过去，唐羽一手一个把她们都抱了起来。他左边亲，右边亲，胡子扎在两个小脸蛋上，逗得两个女儿咯咯直笑。然后唐羽说一声"预备起"，两个女儿就鼓起腮帮子，一起用小嘴亲在唐羽的脸上吹热气，这是他们以前老玩的游戏。严含在一边看了直发笑，劝两个调皮的女儿快下来，爸爸从老远的地方回来，一定很累了。她们哪里肯听，闹得更凶。唐羽说："爸爸给你们从中国买了许多好玩的东西。"两个小家伙才从他身上一骨碌爬下来。唐羽给他们买了玩具，图书，中文录音带。小丽很喜欢一个有小朋友头像的录音带，就自己打开录音机听起来。这是一盘中国儿童歌曲录音带，小丽听了直拍手，小雪也跟着姐姐拍手。里面有一个很稚气的声音唱道：

我爱北京天安门

天安门上太阳升

伟大领袖毛主席指引我们向前进

小丽平时问题最多，这时就问起来了。"爸爸，毛主席是谁呀？"一下子就把两个大人问住了。唐羽和严含两人对望了一下，不知如何回答是好。他们两个人小的时候绝对没有问过这个问题，那还用问，谁不知道毛主席是谁，那是世界上最简单的问题，不用问就知道。现在可犯难了，这个最简单的问题成了世界上最复杂的问题了。他们压根儿就没有想到自己的女儿会问这个。

唐羽沉吟了一会说："他首先是一个中国人。"

"中国人。"小丽重复了一遍。

"他不是一个一般的中国人。"唐羽在想用什么办法让小丽能明白。

"他是一个什么样的中国人呢？"小丽问问题从来不打马虎，不回答清楚别想走。

"他是一个和华盛顿一样的中国人，他开创了一个国家。"唐羽终于想出了一个好主意。

"你是说，华盛顿开创了美国，毛主席开创了中国。"

"对，非常的对。"唐羽马上肯定，"他是新中国的开创人。"

"那旧中国的开创人是谁呢？"果然不出所料，小丽追问起来没完。

唐羽只好把小丽抱在地图前，指着地图说"这块大的是新中国，有时人们叫它中国大陆。这块小的是旧中国，有时人们叫它台湾。这里还有一个针尖大的地方叫香港。这三个地方都是属于中国，它们由不同的人建立，由不同的人管理。"

严含看见小丽又是一副没完没了什么都想知道的样子，赶紧把她劝住。唐羽对严含说："看见没有，这就叫代沟。什么解放前解放后，文化大革命，上山下乡，国民党共产党，这些对她们统统是对牛弹琴。国内有人问我将来有没有回国定居的打算，我说我无所谓，就怕小孩子不能适应。"

"其实小孩现在还小，回去很快就会适应的。"严含说。

"国内的人有些并不欢迎我们回去。有一次作完报告开宴会，我跟他们开玩笑说，要是给我一个教授的职位，我就回来干。结果你猜他们怎么说，他们都说你在国外呆着好好的回来干嘛，我们在国内好不容易有了一块小地盘，虽说撑不死，可也饿不死，你一回来肯定受重用，把我们的饭碗都抢走了。"

等两个小女儿都睡着了，严含问唐羽饿不饿，"我去给你下一碗面条。"严含说着就到厨房里去了。

唐羽打开中文电视，里面正在播报新闻，两个星期没看纽约中文电视了，又换了一个女播音员。不知怎的，唐羽老觉得这个女播音员有点面熟，好像在哪里见过。他猛然想起，这不是吴俊的太太白玉吗。"喂，小含，快来看，吴俊的老婆白玉当了新闻主播了。"

"我上个星期已经看见了。"严含在厨房里回答。

"吴俊口吃，遇上这么一个能说会道的太太，吵架不吃亏才怪。"唐羽看着屏幕上白玉的两片嘴唇一碰一碰，一个个清脆的字就蹦了出来。

严含端出来一碗葱花鸡蛋面放在唐羽面前说："人家吴俊老实，哪会吵架。"

唐羽一面吃，一面说："你猜我这次回去碰见谁了？我碰见马华了。说来也真巧，我从上海飞武汉，两人同一架飞机。他发福了，西装革履的，一副商人派头。他说他现在手上有几千万元的资金周转，主要和前苏联以及东欧的一些国家做生意。到了武汉他请我在卡拉OK吃了一顿，一晚上就花了一万多元，专门请了四个小姐陪吃陪唱，还跳舞。他说我这个样子，还和十几年前一样，有点土，没有洋博士的派头。"

"国内现在的经济搞得挺活的。下海经商成风，有些人发了财，我们这些在外做学问的自然赶不上。"严含说，"学校里怎么样？"

唐羽只摇头，"和你去年回去时差不多，主要是科研经费不足，大家都忙着赚钱。到有些教授家里去坐了坐，生活条件比以前看见的好了许多，但近来物价上涨很快，大家都感到吃不消。去我们以前的学生宿舍看了看，还是老样子，只是现在变成了外文系的女生宿舍了。"

"哦，"唐羽忽然想起来什么事，继续说，"这次回去没有白跑。我到武大时正值樱花盛开，简直漂亮极了。上飞机前我还专门去给你摘了一些花瓣。不知还新鲜不。"说着唐羽打开一个包裹，从里面拿出来一个塑料盒子，打开盒盖，那些粉嫩的花瓣立刻呈现在眼前，尽管有点蔫了，可那清香味却直入人的心脾。"知不知道是哪棵树上采的？"唐羽向严含眨眨眼。

严含摇摇头，"武大那么多樱花树，我怎么知道。"

"再猜猜看，你一定能猜出来。"唐羽坚持道。严含想了想，眼睛一亮，"那一定是那棵相思树了。"

"对了，就数那棵树的花开得最多了。这花瓣都是从那棵树上采来的，想留着作纪念，可惜这花不保鲜。我仔细看了，当年我们在树上画的十字还在。"

那是一九八二年春，文化大革命后首批招考的七七届大学生毕业了。一个班上的同学，出国的出国，留校的留校，分到外地的分到外地。在系里举行的毕业晚会上，大家都有点依依不舍，互相赠言留念。唐羽和严含当时都考取了不同项目的出国研究生。唐羽不日就要启程去南方广州，到由教育部在中山大学办的 GELC英语培训中心去进行强化英语训练。严含则留在本校由外文系的英语专家培训。当时两人尽管还没有确定任何关系，可是四年来的大学同窗生活已使两人产生了强烈的爱慕之情。平时两人默默含情，心心相印，可是谁都没有勇气跨出那一步，向对方坦白自己的心迹。两人一直保持着普通同学的关系。唐羽是班上的学习委员，经常到女生宿舍去办事，他唯一的表示方法就是在严含那里多坐一会，多讲点英语，有时也帮严含打打开水什么的，每年假期唐羽都自愿地送严含到火车站，仅此而已。现在大家要分手了，从此以后天各一方，再要见面不知是何年何月的事情。因此在晚会上两人显得格外地依依不舍，这种依依不舍只有他们两人才能感觉得到。他们并没有坐在一起，可是仿佛有一根无形的线把他们牵在了一起，两人的目光不断地交织着，又不断地闪开，大家都在高声说笑，只有他们俩沉默少语。一直到了散会，两人并排走出会场时，唐羽才鼓起勇气对严含说要不要一起出去散散步。

清冷的月光下，他们沿着宿舍前的大道慢慢地走着，谈着。两人都是学生会干部，谈起来话题特别的多，两人一起回忆大学四年来发生的许多事情，饶有趣味。在一棵枇杷树下，唐羽终于站住了，他问严含将来有什么打算，愿不愿意和他永远生活在一起，严含毫不犹豫地点了点头。两人终于说出了心中的意愿，有一种说不出的轻松愉快，唐羽握住严含的手，在寒夜里是冰凉冰凉的，两人都能感觉出对方的心在剧烈地跳动。

四月份武大樱花盛开的时候，在广州学习的唐羽正好有事回校办理手续。他和严含一起漫步在樱花道上，春风起处，落花纷纷坠在他们的头上，肩上。望着满枝满头的繁盛景象，严含提议两人在一棵樱花树上刻一个交叉十字，以示两心相交，终身不渝，将来老了，故地重游，有树为证。于是他们选了一棵樱花树，严含割下了十字的深深一横，唐羽刻下了十字的深深一竖。

十七

王宇坐在屋前草地上的藤椅子里，两眼盯着海湾远处的山峦一动不动。他已经这样坐了一上午了，手里紧握着那本钱敏日记。

"亲爱的，吃点东西吧，我已经给你剥好了这些桔瓣。"妻子在一旁柔声说。看见王宇还是不动，她心里非常不忍。她也看了钱敏的日记，明白自己干了一件不可饶恕的事情，活生生拆散了人家的青梅竹马，天地良缘。自己真是太自私了，没想到给另外一个女人造成了如此巨大的伤害。钱敏死了，自己虽不负直接责任，但自己绝对是始作俑者。

她和王宇结婚后，两人一直很幸福。研究生毕业后，两人一起到了康州，在她父亲的公司工作。这是一个很大的公司，是爷爷辈创建的，父亲从台湾离任后就回来接管了。父亲就她一个女儿，视若掌上明珠，对她百依百顺，让她和王宇做总裁高级助理，亲自言传身教，培养接班人，它日百年之后，这亿万财产有人掌管。她父亲在海滨给他们买了一幢豪华住宅，带有一个很大的花园。他们两人加上一个小女儿住在这里，家里顾了佣人。虽然丈夫经常提起以前的女友，心有内疚，她并不在意，相信时间会化解一切的。后来听说丈夫的女友到美国来了，她问丈夫需不需要从经济上资助一些，他丈夫摇摇头，说不必了，人家自己有了奖学金，肯定不会要的，自己欠人家的是情感，不是金钱，要还，也只有等到来世了。

突然有一天，他们接到严含从纽约打来的电话，接到领事馆的通知，说钱敏自杀了。那天从纽约回来后，丈夫精神上一直有点恍惚。一个人常常坐在那里发呆。她尽量用好言相劝，用各种柔情蜜意化解丈夫心中的悲哀。两人还带着女儿到台湾、东南亚去旅游了一趟。人死了不能复活，丈夫慢慢也想通了，从悲哀中解脱出来。在台湾日月潭，丈夫向她讲述了许多以前的恋爱史，她才知道自己做了一件什么样的蠢事，第一次知道那个女人的名字叫钱敏。

可是这一本日记的到来，就橡一枚重型炸弹，把丈夫的魂都炸没了。他没有了悲，没有了哀，像一个木头一样，完全失去了知觉。自己也和着泪水读完了钱敏的日记，那灵魂深处的震惊，一点也不亚于丈夫。钱敏受的那侮辱和那无助绝望的死，让任何一个人都无法不动情。

王宇坐在那里，身体里像有一丝游魂在缠绕。那游魂仿佛找不到附着点，慢慢地飘出了躯壳，在海面上游荡，东荡荡，西荡荡，一阵惊涛海浪扑来，游魂吓得直往上乱串，不知不觉中已经来到了云端。游魂正在惊疑不定之际，听得有人在喊，游魂回过头来，发现另外一个游魂就在身后。那游魂说，表哥别来无恙。原来是以前认识的。于是两个游魂牵了手，一起向前漫游。

前面到了一个去处，一游魂说："这地方我们以前住过，何不下去旧地重游。"

于是两个游魂慢慢飘落下来，只见满目青山，禾稼丰盛。炎炎烈日下，老弱妇孺在山坡上采茶，男士壮丁们在山间水田里挥鞭赶牛，好一派繁忙景象。

一游魂说："这里好景象，比我们当年插队时好了许多。"

另一游魂说："表哥，还记不记得那个水池塘，以前歇了工，我们就喜欢到里面洗澡。你时常开玩笑说，这是当年七仙女下凡沐浴的地方。"

"记得，我还开玩笑说过你是那七仙女，我是那董永，两人男耕女织，恩恩爱爱，白头到老。"

"这水池塘里还淹死过一个富农的儿子。他好生可怜，成份不好，娶不到媳妇。轮到他守麦仓，生产队长来偷麦子，他不敢说，被生产队长反过来栽赃，说麦子是他偷的，要开他的斗争大会，吓得就跳了池塘淹死了。他的毛笔字写得好，是这方圆几十里地的秀才，死了以后，逢年过节没人写对联，大家就怀念他，把墨水倒进池塘里祭他。"

两个游魂在这山野地里嬉戏玩耍，走村串户，寻亲访友，悲悲喜喜。

两个游魂又来到一个去处，只见偌大一个校园，青砖瓦房鳞次栉比，从那青砖瓦房里，传出来朗朗读书声。仔细一看，却又面熟，原来是以前一起上中学的地方。两个游魂怀旧心切，飘了下来，挤在教室的窗口想看个究竟，里面却不见了人影，喜得两个游魂赶快钻了进去。课桌椅子一切还是原来的样子，那墙上的批判稿还依稀认得。抬头看那黑板上字迹，写的是今天晚上演出《白毛女》，要大家加紧排练。

两个游魂看罢不免高兴起来，就在教室中间且舞且歌操练起来，且喜原来的舞蹈动作和歌词还没有忘记。

一游魂说："表妹，我们以前是老搭档，你演喜儿，我演大春。你演的喜儿跳得高，嗓音好，感情真，记得有一次差一点被招到省文工团去了。"

"有你演大春哥，还能跳得不好吗？我那感情都是对你发的呀。每次在台上，你从深山里把我这个白毛鬼救出来，我都感动得直流眼泪。我最喜欢演的就是这一段，我就喜欢你是我的大救星。你以前演戏救过我无数次，这次我真的成了鬼，你一定要把我解救出来。"听罢这话，另一游魂不免神伤，悲戚起来，形容凄惨。

两游魂飘飘荡荡，不知不觉来到了珞珈山麓东湖之滨。湖上波涛浩渺，薄雾如缦，山峦寂静。他们来到了湖边柳下，却见一轮明月当空起，银光乍泄。两游魂依依偎偎，亲亲昵昵，你追我逃。

一游魂说："表哥，虽然我们从小青梅竹马，却多半是兄妹之情。上大学时，我们经常倘佯在这湖畔，看见情侣双双，莺莺燕燕，始情窦开启，遂私订了终身。也是这风，也是这柳，也是这湖，指那月老为媒，山盟海誓，好不快活，真真欢喜异常。"

他们沿着昔日的足迹，穿插于山林之间。忽然间天光大亮，一伟峨琉璃大厦拔地而起，立于山巅之上，原来此乃武大图书馆。馆前两棵枝繁叶茂的王兰树上，盛开着几朵盈盈的白玉兰。那花瓣奇大，细腻无比。

一游魂说："表妹，以前在此读书时，每每经过这里，你都要留连忘返，对此花情有独钟。记得当时和你开玩笑，称你为玉兰仙，和梅仙严含相对。过来，让我摘一朵带在你头上。"

另一游魂说："表哥，这花芬芳无比，当时你给我的定情之物，就是这玉兰花瓣。我一直都珍藏着，不信你看。"说着这游魂拿出了一瓣花，却是枯萎了。这游瑰不免恸哭起来，口中说道："这定情之物原来却是不能长久的。你我有相聚之缘，却无夫妻之份，"

两个游魂相对嚎啕大哭，那份凄惨，那份哀绝，即使乾坤也不忍目睹。

王宇满面泪水如注，放声大哭，把一旁的妻子吓坏了。她赶快把王宇抱在怀里，自己也不住地流着泪说："宇，宇，你怎么啦？别这样好不好，都是我不好，是我害了你。"看见王宇还是两眼直直地望着海面，转不过神来，她知道大事不好了，飞也似地跑回屋子里，拿起电话直拨严含的号码。

"喂，严含吗，我是王宇的太太，他看了日记后，精神非常失错，我怕他出问题。"

严含听了，在电话里让她不要惊慌，好好看住王宇，她和唐羽马上从纽约赶来。

等严含他们赶来时，王宇已经复苏过来，只是神情非常沮丧，坐在客厅的宽大沙发里，一声不响。他的那个白人妻子，用了一条湿毛巾敷在他的头上，烧了一杯咖啡给他。看见严含、唐羽，王宇只是点了点头，并未站起身来。唐羽和严含坐到王宇的身边，关切地安慰他。钱敏死了，谁心里不难过，我们大家都有不可推卸的责任。现在关键是下一步应该怎么办，不能让钱敏就这样白白地死去，我们这些老同学应该出面为她伸张，还她清白。特别对于Lynn的恶劣行径，应该寻求法律途径加以解决。

提到Lynn，只见王宇腾身坐了起来，甩掉头上的毛巾，歇斯底里地咆哮起来："这个王八蛋，我饶不了她。"他眼睛里布满了血丝，燃烧着炽烈的火焰。

严含说："我们第一要做的事情是先把钱敏的日记翻译成英文，然后找个人公证一下，这是关键性的物证。我初步考虑了一个方案，将Lynn的丑恶行径反映到校方，一个如此对学生进行性骚扰的人应当受到开除的处分。"

王宇咬牙切齿地说："这远远不够，我一定要请一个律师，最好最好的律师，告那个混蛋，把那个混蛋绳之以法。"

王宇的妻子说："我们可以先征求一下公司律师们的意见，他们一定认识不少精通这方面案子的好律师，我们负担全部的法律程序费用。"

这是严含第一次和王宇的妻子见面。她是一个美人儿，高高的鼻梁，金黄色的头发一缕一缕地卷曲着。她的眼睛很大，配上蓝颜色的瞳孔，像一汪清澈的湖水，里面闪现着温暖的柔情和焦虑的波光。她对王宇体贴入微，一举一动，都透露着东方女性的贤惠。难怪王宇会为她心动，娶了这么一个太太，真是王宇的福气，钱敏只有自叹命苦了。

窗外阳光和煦，花园里鲜花盛开，喷泉水池旁，王宇的小女儿在阿姨的陪同下，玩得正高兴。她拍着手，唱着歌，笑得弯下了腰。她的皮肤很像妈妈，白白嫩嫩，她的脸庞很像爸爸，俊俊秀秀。严含望着窗外那可爱的小天使，想像着她的妈妈是钱敏，那会是一番什么样的景象呢。想到这里不免心中发酸，眼眶里湿润起来，她赶快侧过头去拭掉泪水。

　　大家一直商量到了傍晚，王宇的妻子亲自为大家做了一顿纯正的中餐。因有两个女儿在家，严含和唐羽当天赶回了纽约。临走前，他们又好好安慰了王宇，想开点，希望他振作起来，一起为钱敏申冤。

　　回到家里，北京小保姆已经照顾好两个小女儿睡觉了。他们额外多付了小保姆工钱。保姆刚走，楼下门卫就打电话来，说有个叫吴俊的人来访。严含夫妇纳闷得很，都已经这么晚了，他有什么急事。

　　一进门，就见吴俊憋得满脸通红，满头大汗，急得什么是的："她、她、她跑了。"

　　"谁跑了："唐羽问。

　　"白、白玉跑了。"

　　"她跑哪里去了？"唐羽丈二和尚摸不著头脑。

　　"她和人、人、人家跑了。我、我活、活着没······有意思。"吴俊已经上气不接下气了。

　　唐羽和严含心里大概猜到了是怎么回事，劝他不要急，先歇会。严含到厨房去倒了一杯冰冻桔子水递给吴俊，然后听他慢慢道来。花了半个多小时，他们才弄清楚了是怎么回事。

　　原来，白玉到美国来了以后，起先还好，呆在家里的时间一长，就憋不住了，说要出去找工作，后来在纽约的一家中文电视台找到了一份打杂的差事。这样干了一段时间，倒也相安无事。前不久，有个台柱子播音员翘腿不干了，一时找不到人顶替，电台老板急得不行，情急之下想起白玉以前是唱歌的，有点临场经验，就让她试了试。由于白玉能说会道，口齿清楚，结果在观众中的反应比以前的那个播音员还好，一下子红了起来。从这时起，白玉就变了，一个平时温顺乖巧的小甜心变成了嘴如尖刀的小母鸡，回到家里这不顺眼那不顺眼，欺负吴俊口吃，用一些尖酸话刻薄他。更有甚者，白玉开始有时晚上不回家，有传言她和电台老板好上了，两人出入成双，弄得吴俊整天心神不定。今天吴俊问了她一句和电台老板之间的瓜葛，她就大吵大闹，要离婚，说吴俊是个呆子，话都说不清楚，不配做丈夫，本来她就只是利用吴俊当来美国的跳板。气得吴俊打了她一嘴巴，她就走了，说再也不回来了。

　　唐羽和严含那边正忙着钱敏的事，这边又出了一个吴俊，两人只好尽量安慰他，心放宽一些，慢慢想办法，说美国这类事情多得很，白玉要真是那种女人，现在认识清楚了也好，离了到干净，只是以后要小心择妻，一定要深入地了解其人，不要再上当受骗。他们让吴俊今天晚上留下，不要走了。

十八

　　今天是喜庆的日子，大喜大庆的日子。

　　学校研究生院举行一年一度的毕业典礼大会，授予博士学位。对于每一个行将毕业的博士生来说，苦苦熬了几年，身经百战，过关斩将，几度翻船，终于有了出头之日，那心情真是无法形容。

　　老杨一大早就起了床，其实他一晚上就没有睡着觉，兴奋得不得了。他想了很多很多，脑子里像过电影一样的，把四年的留学生活好好过了一遍，真是不容易啊。一辈子都没有这样苦过，记得文化大革命中到农村劳动，累得都趴下了，可是和这相比，真是不算什么。要是当时知道留学读博士这么苦累，自己肯定下不了决心到美国来，想起来真有点后怕。所幸自己的运气还不错，选了个好导师，有一个好课题，终于赶在了今年毕业。

　　老杨洗了一个爽快澡，穿了一身崭新的衣服，还喷了香水，来到厨房，老伴已经把早餐准备好了。老杨出来的第二年，把老伴接出来了，她也是生化所的科研人员，出来后没有读书，找了个实验室做技术员，收入比学生们高一些，因此夫妻俩自租了一个一房一厅的小公寓。老杨用过早餐，扎了领带，老伴帮他套上了西装，两人高高兴兴，欢欢喜喜地出了门。

　　来到研究生院，只见学校大礼堂里布置得庄重热烈，奇剑锋、汪豫生、吕航一干人已经都在那里了。老杨看见他们一个个都穿上了博士服，带着博士帽，心里就有点慌了，急着对老伴说："你看我们来晚了，人家都准备好了。"

　　老伴劝他说："还早呢，不要心急，我们先问问在哪里领取博士服装。"

众人见老杨来了，都指向右边侧门，说在那里领取博士服装。于是老俩口进了右边侧门，只见里面满是人，高高矮矮，胖胖瘦瘦，满脸上都是笑容，很有秩序地在排队领取服装，心才定了一点。排到面前，里面的小姐要老杨拿出订单，对号领取，结果两人摸了好一阵子也没找着，一定是掉在家里了，两人都开始着急起来。那小姐好脾气，先是耐心等着，看看找不到，就问老杨的姓名，在一个花名册上一查，找到了老杨的登记号，顺号很快取来了老杨的博士服，末了还笑盈盈地说一声，祝贺你。

出到门外，两人赶快找到一个角落，老杨迫不及待地换上博士服，带上博士帽。一切停当以后，老杨问老伴怎么样，老伴说挺好挺好，笑得嘴都合不拢。老伴忽然来了灵感，从提袋里摸出一个傻瓜照相机来，要给老杨照张相，老杨说这里太暗，等一下散了会再照不迟。老伴说不要紧，等不了了，这相机带闪光灯。老杨没有办法，最后摆正了姿势，让老伴满足了心愿。

老杨挺胸抬头，博士服一摆一摆地走在前面，老伴手拿西装，笑容可掬地跟在后面。他们来到会场，看见导师Lee以及同实验室的John和Susan也都来了，正和奇剑锋、林梅聊着。导师看见老杨走过来，远远地就伸过来一只大手，热情洋溢地和老杨握手。他告诉老杨，老扬的文章送给William院士看了以后，他很欣赏老杨的工作成果，同意在美国科学院院报上发表，这是很高的荣誉。Lee还告诉老杨，William 院士希望老杨到他那里去做搏士后。Lee已经告诉William院士，老杨已经决定回到中国去了，为自己的国家服务。William 院士非常地遗憾，希望老杨回去后能继续这方面的工作，今后可以搞合作，再三请Lee把这个意思带到。老杨告诉Lee，他昨天刚收到上海生化所的来信，那里非常欢迎他回到原单位，准备让他当主任，领导一个大的实验室。

大会要开始了，通知应届毕业博士生到外面集合，然后列队入场。奇剑锋吃惊地发现，今年的毕业生中，有近三分之一是中国学生。进入会场坐定以后，会议一楼黑压压一片，身穿一色服装的博士生们紧张兴奋地等待那激动人心的时刻到来。会议的二楼坐的都是亲朋好友导师学长，他们同样显得紧张兴奋。

当大会主席宣布大会开始后，全场起立，唱美国国歌。那些美国学生们神情非常庄重，非常自豪。外国学生，特别是中国留学生，大多都闭着嘴，两眼直视前方。接下来，由各色各样的人物上台讲话，授予校外著名人士名誉博士学位。最后才是今天的重头戏，授予博士学位。

校长拿着花名册，点一个名，上台一个，这时二楼上的亲朋好友们就高声欢呼，喊着上台者的名字，照相机的闪光灯此起彼伏。每一个上台者都抑制不住心中的激动，从校长手中庄重地接过博士学位证书。老杨上台时，从和自己年龄相仿的校长手中接过证书，眼睛都湿润了。年龄不在高低，有志者，事竟成。校长紧紧握着他的手，说"好样的"。接着奇剑锋上去了，物理系的汪豫生和吕航也上去了，其他的中国人都上去了。他们男男女女，从美国人的手中接过博士学位证书，实现了梦想，为自己镀了一层金。从一张又一张的黄面孔中，人们强烈地感到了东方人的实力。这些从孔夫子故乡里来的人们，自古崇拜万般皆下品、唯有读书高的哲理，在这当今世界上科学技术最发达的国家里，吃尽了苦中苦，盼望着有朝一日方为人上人。他们确实是最优秀的民族，除了能吃苦耐劳，更有聪明才智，不管你服气不服气，不管你大眼瞪小眼，逼着你非承认不可。下面的一个项目，将这一点证明得再明白不过了。

　　下一个项目，是颁发优秀研究生论文奖。每年每个系里都要评选出一篇最好的论文给予奖励。生化系今年评选的是奇剑锋的论文，物理系评选的是吕航的论文，各个系的优胜者相继上台领奖，然后站成一排。人们惊奇地发现，除了文科的几个系是美国人以外，其他的都是黄面孔，白人在这里成了少数，黑人绝迹。这些人都是各个系分别选出来的，事先并不知道其它系要选谁。据说这类事并不是第一次发生，前几年也发生过。这个有趣的现象，使得全场鸦雀无声。美国人是非常自尊的，在自己的国土上，在自己的大礼堂里，看见别国人成了主宰者，他们无论如何也笑不起来了。当然，这件事并不会太影响大家今天的高兴心情。

　　散了会，研究生院举行招待会。有美酒，有佳肴，大家一面吃吃喝喝，一面三五成群兴高彩烈地交换着。美国学生多有家里人陪着，中国学生则大部分是只身在外求学，自然地大家聚成了一堆，先是互相祝贺，互相合影留念，接下来慢慢就讨论起最关心的工作问题。读书的时候拼命想毕业，起早摸黑，现在如愿以偿了，可是发现一下子失去了生活的重心，没有了生活的目标。毕业了，将来何去何从，这个问题一直缠绕着每个人。托六.四的福，大家都拿到了绿卡，留在美国是不成问题的，可是要是找不到工作，那日子就比读书拿学位更加难熬了。这一堆人中只有老杨最轻松，不为工作发愁。奇剑锋毕业后将到向往已久的R大学做博士后，继续在学术的高峰上攀登。汪豫生也还顺利，在芝加哥的一个公司里谋到了一个职位。吕航最糟糕，发出去了几百封信，一点下落都没有。问他怎么办，他摇着头，直倒苦水："我们搞理论物理的，一点出路也没有，在美国一辈子都找不到工作，真是读错了专业。以前在国内报考大学时，又是杨振宁，又是李政道，吹得神乎其神。到了美国一看，真正有前途的是生命科学，工作机会多，不管是学校还是公司，都比较容易找到工作。现在后悔也没有用了，没有工作也不能喝西北风，只好改行，思前想后，决定再读一个学位，学计算机。

"你疯了，又花几年的时间攻博士学位。读完后人都三十几岁了。"有人惊呼起来。

吕航说："那有什么，你看人家老杨都五十多岁了，还不是一样读学校。不过这次我改读硕士，不读博士了。"

"这划算吗，理论物理学博士去念计算机硕士，杀鸡用牛刀。"

吕航有点无可奈何地说："这样实用，而且学起来轻松，两年的课程小菜一碟，我对计算机又很懂行，学完了后，马上就可以找一份工作。计算机到处都吃得开，有了一份工作，再慢慢从长计议。"

"只是你这几年的博士白读了，岂不可惜。"

"话不能这么说，"吕航辩道，"这博士也不能算白拿，放在那里不会烂掉，如果将来还想搞理论物理，比喻说有一天想转了要回中国找一份工作，用不着另外去读一个博士学位，现成的资格还在。而且将来填写文化程度，一样写上博士学位。" 听了他的分析，也不无道理。天知道将来是个什么样子。

不知有谁这时提起了钱敏，"要是钱敏还活着，她今年也该毕业了。也不知她为什么想不通，功课好，实验也好，各方面都很优秀。"

"听说有人告到学校里去了，说是她的导师Lynn对她进行同性骚扰，她才自杀的。上个星期学校找Lynn去谈了话。Lynn现在一天到晚无精打采，心事重重的。"

"竟有这等事发生。"

"听说Lynn还收到了法院的传票。"

"钱敏千不该万不该自己想不开，有这么多中国人在，说一声，大家都是会帮忙的，绝不会让她吃这样的亏。"

大家正谈着，这时校长走过来了，他和中国学生们亲切地打着招呼，问大家在谈什么，大家说在谈钱敏的事。校长的脸色变得严肃起来，他说这件事校方也有责任，没有保护好学生。学校下个星期就要开董事会，讨论开除Lynn的事情，希望大家不要受这件事情的影响。

开完了招待会，大家陆陆续续还了衣帽，人渐渐都散去了。奇剑锋和林梅正准备离开，听见老杨在身后喊，就停下脚步等他。老杨到了跟前，说："小奇，我想请你明天和林梅一起到我家里去作客怎么样，我非常感谢你这四年来的帮助，聊表一下心意，可以说这个学位有一半是你帮忙给拿的。"

　　奇剑锋听后不以为然，说："老杨，您这说哪里去了。您是前辈，学识渊博，锲而不舍，是我的榜样。没有您自己的努力，任谁也帮不上忙。至于请客一事就免了吧，何必破费。"

　　"小奇，这脸你一定要赏，要不就是看不起我。你这人年纪虽轻，却古道热肠，侠胆侠意，助人为乐，我想交你这个终身朋友。另外我还有一事相求，我女儿在国内大学毕业了，花了九牛二虎之力帮她在纽约联系了一个学校读研究生。我们回国后，想请你帮忙照顾一下。"

　　"这没有问题。您好福气，后继有人，将来成为博士家庭。"

　　"还凑合吧，这美国是你们年轻人的天下，希望你们都能在这里好好干出一番事业来。就这样说定了，明天等你们。"

　　和老杨夫妇分手后，奇剑锋和林梅准备到对街的市图书馆去，经过一个印度人开的书报亭时，林梅一下停住了脚步，两眼紧紧盯着一本时装杂志的封面，她对奇剑锋说："剑锋，你看那是谁？"

　　"那不是齐小娟吗？"奇剑锋也很惊奇。

　　两人拿起杂志翻看起来。封面上齐小娟笑得很美，精心修剪的双眉弯弯像柳叶直插鬓角，打了眼线的两只眼睛显得更大，两个瞳孔黑得发亮，里面充满了憧憬和向往。那打着鲜亮口红的嘴唇微微开启，露出里面洁白的牙齿来。　画面的背景是深蓝色的大海，齐小娟穿着一件淡蓝的短袖裙衫，裙角被海风高高吹起，她一双颀长雪白的臂膀向上张扬着，宛如一只意欲凌空的蓝色海鸥。

"她真是太漂亮了。"林梅禁不住感叹道，"听于庆说，齐小娟现在很俏，许多人都想请她，排都排不过来。她现在只出场表演名气大的服装设计师的作品，出场费都在上万元。听说她最近还买了一栋上百万美元的住宅。"

"我们多买几本带回去给大家看看，让他们也高兴高兴。"奇剑锋说。他们一下子买了二十多本。报亭里的印度人不解地一面收钱，一面问他们为什么买这许多。

奇剑锋说："She is our friend."（她是我们的熟人朋友）

印度人明白过来了，伸出大拇指用英语说："你们的朋友很漂亮，这期杂志很好卖。"

他送了一个大塑料袋子给奇剑锋他们装杂志。

十九

宽敞明亮的接机大厅里，熙熙攘攘地挤满了人。这是去中国的国际航班。开始登机了，老杨紧紧地握着送行人们的手，两眼热泪盈眶，然后挥手告别。大家一直看着飞机冲上蓝天，消失在云层里，方才离去。

"老杨是好样的，我们这些留在美国的人，没有理由垂头丧气，失去信心。"奇剑锋像是对别人说，又像是对自己说。

大家出了机场，坐着于庆的车回家。于庆一面开车一面说："这老杨回国了，老汪要到芝加哥去了，奇剑锋和林梅也要搬走了，我要搬到皇后区去住了，咱们在一个公寓里一块住了好几年，现在说散就散了，还真有点舍不得。我提个议怎么样，大家散伙前，咱们是不是在哪里订一桌酒席，庆贺庆贺。"

"这主意好，把齐小娟也请来，虽然她现在大红大紫了，可以前也是一起共患难的，于庆和奇剑锋还救过她，这点面子不能不给。"汪豫生说。

于庆说："行，我今天就给她打电话，她是个大忙人，时间紧，得提前一点通知她，好安排出时间。"

"我们都走后，这公寓得退掉了。"林梅说。

奇剑锋马上接过来说："不用退，已经有几个新来的留学生想住进来。我们这是几年前租下的房子，每年房租增加不多，可以给他们省下不少钱。如果现在重新签约，租金要上涨几百块。而且我们留下来的桌椅睡床，锅瓢碗筷也可以送给他们，让他们住进来就有东西用，不用像我们当初那样到处捡。"

"好哇，有人接班，咱们这留学生的传统代代相传。"于庆打趣道。

回到公寓后，于庆马上就给齐小娟打了一个电话，告诉她订酒席相聚的事情。齐小娟听了后很高兴，表示一定要参加，而且建议干脆到她新买的大房子里来，大家好好玩上一天。于庆一挂上电话，就马上把这个消息告诉了大家，直嚷嚷："齐小娟请咱们去参观她的新居，正好见识见识大模特儿的豪门华宅。"

这天风和日丽，晴空万里。大家坐着于庆的车，一路风尘，有说有笑地开往新泽西州。 临出发前，林梅买了一大束鲜花。今天是大家最后一次相聚，大家还没有忘记钱敏，决定去齐小娟家之前，先绕道去祭钱敏的墓。

出了曼哈顿，过了哈德逊河，他们来到钱敏的墓地。进了墓地的大门，里面绿树成荫，青草茂密，一派安详和寂静的气氛。一座座墓碑，记录着碑主人们的生死年月。许多的碑石前，放了夺目的鲜花，表达着活着的人们对死者的哀思和怀念。大家按照记忆来到钱敏的墓前，却被眼前的景观一下子惊住了。矮小的墓碑不见了，在以前的墓地上建起了一个非常豪华的墓墩，墓墩是棕红色水磨石砌成的，上面镶嵌着精美的洁白玉兰花圈案。墓墩前，竖立着一块巨大的汉白玉石墓碑，上书："玉兰花仙钱敏之墓"，旁有一行小字："负心人王宇敬立"。碑石的前面，已经摆放着了一大束鲜花，显然是有人刚刚来过不久。

"这是怎么回事，谁给修建了这么漂亮的一座墓？"

"这上面不是明写着'负心人王宇'吗。"

"这王宇是谁呢？"

"瞧这'负心人'三个字，多半是钱敏以前的男朋友了。"

"看来这人在美国，很有钱，后来后悔了。"

"这钱敏死了也值得，有这么漂亮的墓地安息。"

大家将鲜花放在墓前，站了一个半圆形默哀了片刻，然后开车离去。坐在车子里，林梅的眼前出现了那个高高帅帅，有一头浓密黑发、眼神很忧郁的青年人。

车子进入了浓萌覆盖的高级住宅区。按照门牌，他们在一座铁门前停下来了。铁门的后面是一片巨宅大院，里面繁花似锦，草地上立着一座美人和骑士的大理石雕像。大家下了车，于庆按响了门铃。奇剑峰发现，铁门的右上方有一架监视电视，不用说这里的一举一动里面都看得一清二楚。不一会铁门自动开启，大家进来后铁门又自动关上了。

一行人沿着幽静的碎石小径走到华宅的大门前，正好齐小娟开门出来相迎，她今天身着一件质地华亮柔软的大红色长袖夏衫，在这幽雅的环境里显得异常鲜艳夺目。她比以前更显肌肤华嫩了，大概是使用了大量高级化妆品的缘故。只见她体态盈盈，长袖曼曼，真有那"六宫粉黛无颜色"的气势。众人猜想，古时候的闭月羞花，沉鱼落雁的倾国倾城美人儿也不过如此罢了。

汪豫生开玩笑地说："齐小娟，能不能把你的秘方传一点给我老婆，让她也像你一样越长越漂亮。"说得众人都笑了。

齐小娟笑容可掬地请大家进门。众人刚在客厅里的宽大沙发上坐定，就有人送饮料来。大家一面喝着饮料一面欣赏客厅里的豪华装潢。这客厅很大，有点像个小礼堂，里面摆放着一些印象派的小型雕塑艺术品。客厅的一角是一个高台面的酒柜台，里面放满了各种名酒。客厅的四面都是宽大的玻璃门窗，阳光照进来，客厅里显得很明亮。大家发现有一扇窗的外面长满了翠绿的凤尾竹，那竹子在微风中沙沙作响，潇潇洒洒很爽目。

"我很喜欢竹子，这竹子是我搬进来以后让人移植的。"

齐小娟看见众人对那丛竹子很感兴趣，向大家解释说。

林梅问齐小娟一个人为什么要买这么大的房子，不觉有点浪费吗？

齐小娟说："买这房子是一种投资。现在赚了不少钱，自己没有时间作其它投资，因此就想到了买房子。这个地区好，房价涨得快，再加上自己是有名气的模特儿，因名人效应，这房子将来一定能卖好价钱。"

汪豫生问："你现在一天的开销是多少？光这衣服和化妆品恐怕就不得了。"

齐小娟回答说："说来你们不相信，这些一分钱都不花。"

"怎么会呢？"众人不解地问。

"我这些衣服和化妆品都是公司免费送的。它们巴不得你走到哪里都穿它们的用它们的，这样就可以给它们起宣传作用。有些公司还和我订合约，付钱给我，但我必须在一定的场合使用它们的东西。当然我有时也买一点自己喜欢的，但那花钱不多。"齐小娟向大家解释说。

林梅说："我们有时看见许多化妆品太贵，舍不得买，没想到你这个大明星却免费使用。"

齐小娟说："今天你们走的时候，我送你们一些衣服和化妆品，各种牌子的都试一试。"

"你还在学服装设计吗？"奇剑锋问。

"当然学，不过我转了一个名牌学校，师从一名纽约有名的服装设计大师，学费当然很贵。你知道干我们这一行的靠年龄吃饭，不能不为自己留一条后路。"

"你现在工作一定比以前轻松不少。"于庆这么说。

齐小娟听了直摇头，"哪里，模特儿有模特儿的苦衷，累得不想动的时候也有的，拿了人家的钱，就得给人家干活，一点折扣都不能打。而且这个行业竞争非常的激烈，不断地有新人出现，稍有轻懈就会被掏汰，一点喘息的机会都没有。我的打算很简单，趁现在年轻拚命干，多赚点钱，以后开自己的服装公司，举办自己的服装展览。"

"不管怎么说，你还是让人非常羡慕。那个台湾女客很会看相，说你有大红大紫的命，看来一点也没错。"林梅说。

齐小娟看看大家饮料喝得差不多了，就对大家说："我们到后边外面去吧，我为你们准备了好吃的东西。"

大家来到后院，院子里有一个很大的游泳池，池边有一个长条桌子，上面已经放了许多丰盛的食物，有两个穿白衣带白帽的人还在烧烤牛排。齐小娟对众人说："我专门请了两个法国厨师准备了一顿法国大餐，大家只管尽情地享用。"

坐在太阳地里，一面享受着法国食物，齐小娟一面又和大家谈起了过去的一些往事。特别提起元旦那天晚上遇劫的事，她显得很动情，两只眼圈都红了。

"那天晚上要不是你们两位相救，后果真的不堪设想。"她对奇剑锋和于庆说。

"我是被坏人骗到美国来的，却遇上了你们这帮好人，在我绝望的时候，和你们这些留学生住在一起我心里就感到踏实和温暖。每次我从外面回到那个公寓，就觉得回到了自己的家，你们是我的家人。尽管我现在发了，走了好运，可是很寂寞，在世态炎凉面前心里有时觉得空虚得很，因此时常想起你们。现在你们也各奔前程，这个家没有了，我精神上的依托也失去了，心里很不是滋味。"齐小娟说到这里掉了一滴眼泪下来。大家听了心里也不好受，何尝不是这个理呢？大家到美国来奋斗，能住在一起是缘分，互相之间有个支持，有个照应，时间长了，自然就有了感情。

齐小娟见扫了大家的兴，忙说："你们看，我说这些干什么，今天是高兴的日子。你们游泳不，我给你们把游泳衣都准备好了。"

众人兴致勃勃地换上游泳衣，都跳进了游泳池。玩得尽了兴，就躺在长椅子上晒太阳。林梅告诉齐小娟，今天纽约交响乐团在中央公园举行露天演奏会，问她要不要一块去。齐小娟说今天晚上有个约会，去不成了。

太阳快落山的时候，大家告别了齐小娟，驱车赶回了纽约。

一行人回到纽约曼哈顿，好不容易在大街上找到一个地方停好车子，大家匆匆忙忙赶到中央公园的露天草地广场，已经是挤满了人。草地上铺满了被单，人们坐在上面吃着、喝着等待音乐会开始。

奇剑锋一行人在一个较远的地方找到了一个地方坐了下来，立即就有人上来问要不要买这，要不要买那，一概都不买，只买了一些饮料解渴。稍稍坐定以后，林梅忽然发现不是太远的地方坐着Lynn，和她在一起的还有一个女人和一个小男孩，这大概就是传说中的Lynn的一家人了。那个女人很开心地逗弄着小男孩，小男孩咯咯地大声笑着。Lynn坐在一旁则显得郁郁寡欢，神色暗淡。过了一会，小男孩爬了过来，趴在了Lynn的怀里，Lynn抱着他一声不响地坐着，只是偶尔在他的小脸蛋上亲亲。林梅回过头来，发现大家也都注视着Lynn一家人。学校已经决定开除Lynn了。

音乐会开始了，喧闹的广场一下子安静下来。台上被灯光照得如同白昼，音乐家们在指挥强有力的手势引导下，奏起了贝多芬有名的《命运交响曲》。乐曲声通过两层楼高的扩音器传递出来，飞向人们的头顶，飞向那星光灿烂的夜空。夜空下，一排排高楼大厦静静地肃立着，仿佛也在和人们一起聆听这催人肺腑的乐章。高楼的顶端被巨大的聚光灯和霓虹灯牌照得五彩缤纷，纽约的上空一派华光宝气。

林梅再看Lynn时，她的脸颊上有了一行泪珠，小男孩已经在她怀里睡着了。

广场上人们或两眼看着台上，或躺着仰面朝天，大家都沉浸在乐声和迷漫的茫茫夜色中。这一段完了，广场上响起了经久不息的掌声，接着乐队又演奏了好几段名曲。　在整个音乐会终场时，乐台后面放起了焰火，广场上空一片姹紫嫣红，火树银花。人们的情绪达到了沸腾的顶点。

第二天林梅一到实验室，就听到一个爆炸性新闻，Lynn服用过量安眠药物自杀了。

（全文完）

一九九四年

美国 Cincinnati

曾发表在中国文联主办的《四海》杂志 1995 年第 6 期上。

寒星

【中篇小说】

一

天上有一颗寒星闪烁，冷冷的是那么遥远。

小吉坐在窗口就这么盯着它痴迷地看着，心比那颗星还要寒冷。秋风瑟瑟，树叶在星光里从树梢上飘然落下，在地上打个旋，又随秋风逝去。

丈夫昨天到英国去了，就剩小吉一个人在家里。今天从医院下班回家，发现医院旁边新开了一家花店，想起家里花瓶里的花已经枯萎了。需要换一换，就将车停在路边到花店去买花。花店店面不大。一盆盆、一束束的鲜花排放得井然有序。一个头发黑油油，眼睛乌黑发亮的越南女子守着店面。看见小吉进来，她扭动如水的腰肢来到面前，用一口纯正的美语询问小吉需要什么。小吉告诉她需要一束水仙花。她们就在橱窗里挑选起来，结果只有白色的，小吉喜欢一些橘红色的配着才好看，可惜没有。那越南女子说不妨事，店后面有，就冲着店里面喊了一声"迈克"，让送一些水仙花到前面来。

小吉等着，打量着小店，店里溢满了花的香味。不一会，那个叫"迈克"的人从后面店门里抱了一束水仙花出来。他背有点驼，头发花白，两只眼睛没有神采，表情一副木然。他将花束送给那个女子的时候，却叫小吉认了出来，禁不住喊了一声"志明"。那人微微有点吃惊，木呆的脸上有了一点表情，眼线睁大了些。他偏过头来看小吉时，脸止不住一阵抽搐，嘴角动了动终于没能发出声来。他避开了小吉的眼光，低了头，驼着背，一声不响地回到后面去了。那越南女子听不懂小吉说的什么，一双水灵灵的眼睛有点诧异地打量着她，然后选了几枝色鲜的桔红水仙花递给了小吉。小吉捧着花，临出门的时候回过头来问了一声那女子："那是你丈夫？"那女子点点头嗯了一声，目送着小吉出了花店。

小吉回到家里，打开客厅里的水晶吊灯，将窗前玻璃桌上的玉瓷花瓶换了新花。她打开窗帘，一阵晚风吹进来，夹着秋天的气息。水仙花清丽欲滴，婷婷地在绿枝顶端绽开着。小吉呆呆地看了一阵，心里如同翻江倒海一般，一个人独坐在窗前，玉手托腮，调头望着天边的星星，泪水止不住流了下来。她满怀内疚地想，这就是志明么，怎么这么苍老了。她和志明间那些刻骨铭心的往事，有如烟云一般铺天盖地卷过来。

志明曾经是一个朝气蓬勃，才气横溢，非常活跃的小伙子。小吉第一次知道志明是在国内上大学时，他俩同校，却不认识。他写了一本诗集，风靡了整个校园，被广为传抄，让成百的女生们为之倾倒。小吉在宿舍里初读这些诗时，觉得清新爽口，热情似火。她想象着写诗人的模样，多想了一会，脸就有点发烧，心也快跳起来，害着羞用诗稿捂住脸，可还是止不住少女特有的一份情不自禁。

　　小吉初识志明是上大学三年级的时候，在学校的田径场上。那天学校开运动会，跳高场地周围吸引了许多人，小吉也在那里。小吉自己好静，却喜欢看田径，特别是男生的跳高。一群生龙活虎的男生飞身越过横竿，那姿势非常的优美，看着心里有一种说不出的享受。跳高很能满足人们的征服欲望。横竿在半空中一节节地往上升，把人的心和兴奋程度一步步地提了上去。跃过了众人喝彩，失败了一片惋惜，剩下的人越来越少。横竿升到一米九时，其它人都被淘汰掉了，只剩下一个人。这人身材颀长，皮肤白皙，四肢匀称，弹跳力特好，只见他用步子测量着到横竿的距离，然后站在起跑点。他用手将覆在前额的头发向后掠了掠，两眼凝视横竿，有一种说不出的潇洒。小吉发现自己对这个男生有一种特别的好感，每次轮到他，小吉就不自觉地在心里为他加油，愿他一跃而过。这时人们屏住气，眼睛都盯着这位男生。他闭上眼睛让自己的心绪静了静，轻轻呼了一口气，然后迈开大步向前腾跨，只见他身子向上一纵，一个背越式就飞身灵巧地越竿而过。整个动作一气呵成，非常轻松自如，赢得了周围一片喝彩声。那个男生从沙堆上站起来，抬头望着那半空中的横竿还高高地挂在那里，脸上露出了征服者的笑容。小吉看得着迷，真是漂亮极了。那男生喊口渴，问谁有水，小吉赶快将手中的汽水瓶递了过去，那男生向她感激地一笑，仰起脖子将瓶中的汽水喝了个一干二净。

　　"文革"后八十年代初民主风气渐开，校园里各种论坛和演讲会渐渐兴起。有一天小吉到食堂打饭时看见一则广告：当天晚上在物理楼大厅举行演讲会，由各个系的学生会主席上台演讲辩论，阐述当代大学生的历史使命，希望各系的同学踊跃参加，为自己系的学生会主席加油。下面列着各系学生会主席的名单，小吉无意中发现化学系主席就是那个"诗人"的名字。小吉觉着很有意思，想看个究竟，吃过晚饭就邀上同寝室的孟选早早去了物理系大楼，占了一个前排位子坐了下来。她一面和孟选背着英文单词，一面等着演讲会开始。陆陆续续各系的学生都来了，文科的理科的黑压压地把大厅坐满了，后来的只有坐在台阶上或站着，最后的只有挤在门口或坐到窗台上。学校的校长副校长们也来了，兴致勃勃地坐在前排和学生们济济一堂。气氛既热烈又兴奋。

大会由校学生会主席主持。他分头长发，青年学生装，显得成熟而老练。他讲了今天演讲会的规则，介绍了各位评委。然后请各个系的学生会主席轮番上台。

打头炮的是历史系的主席。他开篇尧舜，从三皇五帝到夏商周，论述了我们祖先开创了光辉灿烂的中华文化。阐述了诸子百家知识分子在先秦时代开了我国思想解放的历史先河，并痛斥了秦始皇焚书坑儒的暴行和倒行逆施。接着他讲了知识分子在汉魏晋南北朝，隋唐宋元明清各个时期的使命和对历史的推动作用。特别高度评价了自唐以来的科举制度，让知识分子的才能得到充分发挥。对于近代史，他着重阐述了"五四"青年运动及其深远的影响，还有新中国的开国元勋们大都是从青年时代起就有历史责任感的知识分子。最后他得出结论，从历史的角度看，凡是历史上尊重知识和知识分子的时期，社会就前进，就发展，反之则倒退。他口若悬河，上下古今五千年，滔滔不绝地从历史的角度阐述了当代青年知识分子的历史使命。人们一阵掌声，特别是历史系的学生一片叫好。

第二个上来的是数学系的主席。他头发有点卷曲，好像刚从书堆里爬出来，有点不食人间烟火的味道。他带一付深度近视眼镜，镜片一圈圈地在灯光下聚着光，有点吓人。他两眼直朝前看，大家都不知道他到底盯在何方。可是此公一开口，却让人不得不刮目相看。他说话不紧不慢，逻辑思维极强，语声里没有情绪化的腔调，多的是理性分析。他说社会上有许多的历史使命等待我们去完成，可是人的生命有限，不可能面面俱到。知识分子，顾名思义，就是要献身知识，这就是知识分子的首要历史使命，也是我们每个在座青年学生的历史使命。这项使命是光荣的，崇高的。我们都要向陈景润学习，一个人能够排除私心杂念，几十年如一日地在科学的高峰上攀登，这实在是一种了不起的精神，一种了不起的伟大，是历史使命感强的表现。如果我们每个人都能执著于这项使命，我们就能完成一项伟大，这个伟大表现于它能改正谬误，坚持真理。历史上有天圆地方说，有太阳围着地球转说。有人为了改正这些谬误献出了自己的宝贵生命，可是换来了真理战胜谬误。所以说我们肩负的是一项神圣的使命，想想看，这个世界上还有什么比这更光荣更值得我们追求的历史使命呢。会场一片经久不息的掌声，这书呆子讲得真好。

下面上来的是外语系的主席，一个女生。她脸若桃花，一双柳眉，只甜甜地一笑，先就把观众征服了一半，男生们个个都目不转睛地盯着看。她一张口，更是了得，声音脆得莺莺燕燕，字字珠玑，更没有让人它顾的份。她说现在世界的发展日新月异，地球村越来越靠近。各个国家的社会人文，科学技术都发展很快，竞争日趋激烈。我们国家经过十年动乱，许多东西都落后了。现在刚刚开放，我们的第一感，当前的头等历史使命就是要多多了解世界各国的发展情况，开展广泛交流，缩短差距，迎头赶上。我们要立足中国，放眼世界，吸取众长，补我所短。她停顿了一下，莞尔一笑，然后奉劝大家都要学好外语，才能完成这个使命。会场又响起了掌声，不少男生打着唿哨为她喝采。

哲学系的主席上来了。他认为中国刚刚经过文化大革命，人们思想禁锢，不敢摆脱陈旧的教条主义。社会要发展，历史要前进，我们当代大学生应该进行思想探索，发展出一套切合国情的理论来。这是历史使命的历史使命，没有这个前提，任何历史使命便等于零。因为这个问题不解决，就等于有把尚方宝剑悬在头上，心有余悸，束缚人们的思想行动。中国是一个十亿人口的大国，要是能够真正解放思想，实事求是，不扣帽子，不打棍子，蕴藏在人们心底的巨大能量就会迸发出来，产生推动社会前进的动力，我们就会无往而不胜。他讲得有根有底，有条有据，让人折服。

接着好几个系的学生会主席都上了台，大家八仙过海，各显神通，讲得很精彩。小吉听得入了迷，觉着他们都很棒，准备得很充分，能不拘常套，根据自己的特点引人入胜，把观众吸引住。会场上气氛热烈，情绪高涨，大家活跃地讨论，交换看法，有时观众席上插话，有不同的看法，和台上的主席先生女士们辩论。

当宣布化学系主席上台时，小吉给愣住了。走上来的是那个跳高的英俊男生，而他就是那个写诗歌的人。她的心剧烈地跳动起来，脸也有些发热。

化学系主席站在台上，一副潇洒。他像跳高时那样掠了掠浓密的头发，笑着对观众做了一个诙谐的动作，说："本来想好了几招的，结果还是被先前的几位主席先生女士们说完。现在没词了，只好站在这里出洋相。"引得台下一片哄笑声。"我觉得他们说得都非常好，非常有道理。一个有志的青年大学生，都应该有前面诸位阐述的历史责任感。可是这种历史责任感的产生，是因为我们有一个远大的理想。当理想在我们心中燃烧时，我们就浑身热血沸腾，就有一股为了理想去奋斗，去献身的历史责任感。作为一个青年知识分子，我们的理想是什么呢？当然是求知。我刚才在台下犯急，现编了一首诗，讲的是我的理想，算我对这场演讲会的交差。"

他清了清嗓音，环视了一下大厅，用那宽广的男中音，带着满腔的激情朗诵起来。

我　的　理　想

我张开翅膀凌空而去
满心焦急地寻求心中的理想。
站在高高的山岗上，
眼望雄关万道

214

心中一片迷茫。

风说，留下吧
这里有花前柳下，
儿女情长。
我说，这不是我的理想。

云说，留下吧
那边春光明媚，
风清月朗。
我说，这不是我的理想。

雷说，快回去吧
前面千难万险，
不可向往。
我说，那又何妨。

电说，快回去吧
四周有陷阱，
小心上当。
我说，我愿赴火蹈汤。

顶着风，驾着云，

不怕电闪，穿过雷鸣，

一心追求着心中神圣的理想。

终于

我来到了知识的海洋。

海洋像年轻的母亲，敞开她博大的胸怀

她是那般和蔼，这般慈祥。

我躺倒在她怀里，

尽情地吮吸着她甜美的乳汁，

拼命丰富自己的营养。

她吻着我的脸，摸着我的头，

轻声告诉我，

这，就是理想。

　　他朗诵完了，大厅里一片寂静，在场的每个人都沉浸在诗境里，被青年诗人那豪迈的激情给感动了。好一会，大厅里才响起了乌拉声，叫好声。孟选甚至从椅子上跳了起来。这诗真好，小吉凭着记忆，赶紧将诗写在了本子上。写完了，她抬头望着化学系主席，他也正看着这边，两人的目光不期而遇。他似乎还记得小吉，向她友好地点了点头。小吉却一脸绯红，含羞地笑了笑。

　　那个时候还是文化大革命刚刚结束不久，人们的思想很禁锢。青年学生们除了上课、政治学习和劳动外，几乎没有什么文化娱乐。为了改变这种死气沉沉的校园生活，学校团委决定组织星期六晚间舞会。这消息传出后，在大学校园里引起了不小的轰动。大家都是年轻人，青春在心中蠢蠢勃动，不能随心所欲地唱歌跳舞，比什么都难受。可是大家又有很大的顾虑，不敢在大庭广众面前跳。于是小吉就和同寝室的孟选关着门在房间里练舞步。小吉的妈妈年轻时舞跳得很好，小吉回到家里妈妈手把手地教她。不到一个星期，小吉和孟选就很有心得了。

　　星期六的晚上，一轮明月皎洁地挂在校园山岗的上空。月光下，桂花散发着迷人的香味，一阵阵沁人肺腑。小吉和孟选邀上班上的其它几个女生，怀着兴奋的心情来到学生食堂，这里是临时改造的舞会会场，吃饭用的长条桌子和凳子都排堆到一个墙角，偌大一个食堂空空荡荡的，几只大瓦数灯泡发着炽热的光芒。小吉她们站在门口向里面张望，里面只有稀稀拉拉几个人。校团委书记，中文系的一个高个男生正在拨弄一台老式留声机，看见她们站在门口探头探脑，打着招呼请她们进去。大家都沿着墙根站着，你看看我，我看看你，很是拘束。留声机的舞曲播了一遍又一遍，谁也没有勇气"下池"。渐渐人越来越多，还来了一些老教授看热闹，食堂里人声嘈杂起来。

　　人们只看不跳，局面有点尴尬。一个白发的政治经济学系老教授笑眯眯地说："五六十年代那会儿学生们跳舞跳得可勤，觉都不睡。"

　　物理系的一个学生问："王教授，您那时跳吗？"

　　"跳，当然跳"，老教授指着身边的一位四十来岁的女讲

217

师说："我当时专和姚老师跳，她是全校有名的校花，舞跳得最好。"说罢哈哈大笑起来。

"真的？还真看不出来。"

"请王老和姚老师来一段，让我们开开眼界。"周围的学生们有点起哄。

老教授连连摆手："不行不行，文化大革命中挨批斗，罪状之一就是搞封资修，跳舞跳得太多，心有余悸，心有余悸。"说得大家都笑了起来。

小吉正听着王教授说话，却看见那个化学系主席走了过来，他停在小吉身旁，很自然地和小吉打着招呼："你也来了。"

小吉点点头，心跳又快起来。

"我们跳一段怎样？"化学系主席主动邀请小吉。尽管他很小声，大家敏感的神经却全注意到了，立刻周围一片鸦雀无声。小吉被这突如其来的邀请弄得不知所措，脸颊微微发热。她的每个皮肤细胞都感觉得到四周射过来的目光。她使劲地绞着手帕，看见他期待地等着，心中跳得厉害。身后的孟选轻轻推了小吉一下："去呀，人家等着呢。"化学系主席伸出双臂，向小吉点点头。不好让人家这样老等着，小吉红着脸将双手搭了过去，手绢还攥在手上，身子不由自主地和着拍子转了起来。

他们转到了学生们围起的"舞池"中央，众目睽睽下随着曲子旋转，食堂里一片寂静，沙沙的舞步声和着舞曲声一下子清晰异常。一旦跳起来，小吉反到觉得很轻快，并不怎么费劲，也不觉得难堪，慢慢地，她心中的拘束放松了。化学系主席的身子挺拔，点子踩得准，两人的舞步很合拍。小吉抬起头来看了化学系主席一眼，他眼里正闪动着会心的微笑，小吉也笑了。宽大的食堂就他们两人在跳，随着舞步的旋转，小吉裙子的下摆像一朵牵牛花一样地张开了。他们有一点尽兴和陶醉起来。原来跳舞有这等的乐趣，小吉生平第一次跳便感到了吸引力.

　　显然这吸引力也开始吸引了大家，慢慢地有人加入了进来，一对、两对，男同学，女同学。后来王教授也熬不住了，和那位女讲师一起下了"池"。大家的舞姿千姿百态，大多很笨拙，可是都很认真，也很兴奋。一曲终了，化学系主席向小吉彬彬有礼地说了声谢谢。小吉面颊绯红，微微喘息着，胸脯不断地起伏。她两只眸子闪闪地看着他，只是莞尔地笑了笑。

　　回家的路上，孟选对小吉说："你们俩跳得真好。"

　　小吉一面还沉浸在刚才的一幕里，一面对孟选说："没有一点准备他就来了，心里跳得厉害，真不好意思。"然而她心中非常愉快。原来他的舞也跳得这么好。

　　两人慢慢熟了，在路上或教学楼里见了面，免不了打声招呼，志明小吉地叫着。四年级上学期两人又同修一门高级生物化学课，交往渐渐多了起来。有时晚上他们一起去晚自习，穿过宿舍旁边的一片树林子，沿着石径小路去图书馆。回来的时候，两人踏着月光，徜徉在树林子里聆听初夏虫子那赏心悦耳的鸣唱，自有一份说不出的快感。

　　交谈中他们两人很快发现对方很喜爱文学，一下子就把两人的距离拉近了许多。小吉受父亲影响，西方文学名著读得较多，最崇拜莎士比亚、托尔斯泰、普希金、大小仲马。学校附近有一个很有名的东湖，和杭州的西湖齐名。这里垂柳依依，细浪拍岸，烟波浩渺。湖上桨声帆影，晓风残月，晚钟客船，一片诗情画意。两人经常散步到这里，没完没了地讨论中外文学名著。志明似乎对中国的古典文学情有独钟，满腹经纶。除了唐诗、宋词、元曲和明清的小说外，他还喜欢《离骚》、《诗经》、《史记》。对历史上的建安七才子，竹林七贤，唐初四杰，宋八大家的作品都能说得头头是道，烂熟于怀。志明尤其爱好魏晋骈文和赋体。许多文章他都能倒背如流。

有一天，湖上霞光万道，群鸟飞翔。看他那一副得意的样子，小吉想故意难为他，说："志明，你能背诵《古文观止》吗？"

不想他头一偏："随便哪一篇，命题来．" 倒把小吉给愣了一下。小吉说："王勃的《滕王阁序》，正好应这景色。"

志明听了并不答话，把手一背，摇头晃脑地背起来，那模样特别滑稽，活像古时候的教书先生，逗得小吉前仰后合。背到"落霞与孤鹜齐飞，秋水共长天一色"时，小吉忍不住和了上去，两人同声同景同情，在晚风中齐诵这千古绝唱，尽情地领略前人的意境情怀。

一直到玉兔东升，两人还留连忘返。

志明说："我们再来一段苏东坡前后《赤壁赋》中咏月的片段怎样？"小吉颔首。月华下两人诵古怀古。他们坐在湖边露天游泳池上的凉亭里。小吉问志明："从古到今，你最喜欢哪一篇文章？"

志明想了想，说"曹植的《洛神赋》。一个人可以和一个神相恋，而且写得那样栩栩如生，凄怨婉转，如胶似漆，真是绝笔。"

小吉对这篇文章不熟，她请志明为她背诵。志明说："这篇文章有点长，我给你背诵其中描写洛神的一段吧。"他望着湖水背道：

"其形也，翩若惊鸿，婉若游龙，荣耀秋菊，华茂春松。仿佛兮若轻云之月，飘摇兮若流风之回雪。远而望之，皎若太阳升朝霞；迫而察之，灼若芙蓉出渌波。秾纤得衷，修短合度，肩若削成，腰如约素。延颈秀项，皓质呈露，芳泽无加，铅华弗御。云髻峨峨，修眉联娟，丹唇外朗，皓齿内鲜。明眸善睐，靥辅承权，瑰姿艳逸，仪静体闲。柔情绰态，媚于语言。奇服旷世，骨像应图：披罗衣之璀璨兮，珥瑶碧之华琚，戴金翠之首饰，缀明珠以耀躯。践远游之文履，曳雾绡之轻裾，微幽兰之芳蔼兮，步踟蹰于山隅，于是忽焉纵体，以遨以嬉，左倚采旄，右荫桂旗。攘皓腕于神浒兮，采湍濑之玄芝。"

"写得真好。"小吉听完不免赞叹。脑子里浮现出洛神那翩翩起舞，若即若离的倩影。她无限感叹地对志明说："能不能什么时候把这篇文章找给我看看，太优美了。我们和古时候的人能够共同欣赏的大概只有这些文章和这个月亮了。我有时犯傻，总想要是能和古人一起谈谈心该有多好。"

志明也有同感："这叫物换星移，古月照今尘。"

有一次为了拿一本宗璞五十年代写的小说《红豆》，志明上小吉宿舍来，顺便带来了《洛神赋》，宿舍里生物系其它的女生都慕名聚了过来。大家只站在门口嘻嘻哈哈，和门里面的志明聊东聊西，谁都愿意和这个校园里的名才子认识认识。小吉喊她们进来，大家都不肯，只冲着小吉做鬼脸，弄得小吉怪不好意思的。

一个女生瞥见志明手上拿的书的封皮，大惊小怪地说："唷，《红豆》？上小吉这里来借《红豆》是什么意思？"

"是不是那个相思的'红豆'？"女生们开始起哄，明知故问，说得小吉满脸通红。她站起身来要将这些烂舌头轰走，让志明给拦住了。志明笑着对这群女生说："鄙人首次造访，你们就如此不客气，生物系女生的名声可是成问题啰。出去宣扬开，看谁还敢来和你们交朋友。"

这群女生们都不是好惹的，个个生着莲花般舌头，正想和志明多说几句话，这下来了劲。

"这'鄙人'就像宝玉进大观园，不给众姐妹说好话就想把林妹妹接走，大家说怎么办？"

"没门！"众人异口同声。

"罚这个'鄙人'做诗。"大家都知道志明是个才子，想尽兴一回。

志明没想到有这一手，傻了眼，知道不是对手，赶快看着小吉求援，小吉早已笑作了一团。

"你就给她们做一首吧，她们是不会放过你的。"小吉说。

志明讨饶，这帮女生只是不干，非让他做一首不行。志明只好来一首，以谢众怒：

男生化学系，

女生生物系。

只为借《红豆》，

相煎何太急。

志明以为交了差，不想女生们不干，认为没有诚意："不行，这是篡改曹植的《七步诗》。好像我们不仁不义，错在我们。重新来。"

志明只得又来：

女生生物系，

个个有出息。

貌比王昭君，

才赛木兰媳。

"这诗肉麻。"众人喊道，还不通过。

小吉看见她们没完没了，只好出来打圆场："你们真难打发，抱怨也不是，吹捧也不是，要人家怎么下台嘛。好歹也是我请来的朋友，以后人家还怎么敢来，要是真的名声传出去了，我们这里不成尼姑庵才怪。"

大家这才作罢，却十分佩服志明的出口成章。她们走后，志明直吐舌头："妈呀，真厉害。"

小吉也上志明的宿舍去了几回。他宿舍房间的墙壁上挂一把大吉他，床头是一些人体艺术摄影书。志明确实多才多艺，小吉想。和志明同房间的是一个卷头发男生，叫连诗卷，看见小吉来了就闹大红脸。小吉和他打招呼，他哼哼两下，背起大书包就仓皇出逃，弄得小吉怪不好意思的。

二

八十年代初国门渐开，学校不断请一些外国专家来讲学。一次，生物系和化学系合请了一位美国著名的权威生物化学专家欧瑟到学校讲学。两个系的学生把一个礼堂挤得满满的。欧瑟学识丰富，妙趣横生，课讲得生动活泼，让大家大大地开了眼界。散场后，小吉和许多学生都围着欧瑟教授，想多了解美国的事情。大家边走边谈，出了礼堂，沿着长廊来到大楼外面的露天阳台上。欧瑟很被校园里的迷人风光所吸引，特别是那错落有致的欧式建筑群。他细心地询问学生们的课业情况，问他们想不想将来到美国去深造，那里有非常好的学术环境。他很喜欢这一群求知欲旺盛的中国青年学生。

小吉发现自己的记录本忘在了礼堂里，就返身回去取。进了礼堂，她看见志明还坐在礼堂台阶的顶端发呆，空荡荡地就他一个人。一缕阳光从窗子里照进来，射在他的脸上，像一尊雕像。

　　"志明，怎么一个人还呆在这里？在想什么？"小吉有点不解地问。

　　志明仿佛从沉思中清醒过来，冲着小吉笑了笑。小吉拿了遗忘在座位上的笔记本，走上台阶，坐在志明邻近的位子上，问："是不是欧瑟教授的报告太发人深思？"

　　志明若有所思地点点头："没想到国外的科学技术这么发达。我们十年文化大革命耽误了多少时光，落在了人家后面这样多。"他激动地站起来，挥臂对小吉说："看来要想赶上人家，我们只有出国留学，才能学到真正的东西，发挥理想，英雄有用武之地。"志明的眼睛里燃烧着一团火焰，热辣辣地看着小吉。他这时显得十分的英俊，有点慷慨激昂，像一个古罗马东征十字军的元帅，信心十足。

　　小吉被他的情绪鼓舞起来，很信服地点点头，她也有同感。可是有点信心不足："能去得了吗？"小吉没有把握。

　　"有志者事竟成。"志明一副志在必得的样子。

　　从这以后，公共场合很少再见到志明，他也不常上小吉的宿舍了。有一次小吉上他的宿舍找他，见到他和连诗卷两人关在房里听英语录音磁带，案头上多了许多的美语教材。他们讲话也只用美话交谈，小吉说中文，两人装傻不懂，逼得小吉无法，只好跟着说英文。不料小吉的美语说得很漂亮，大出两个人的意料。殊不知小吉父亲早年留学美国，是耶鲁的医学博士。她从小耳濡目染，在家中一直和父亲讲美语，一口纯正腔调。文革后，父亲以前的老同学老同事来华讲学，看望父亲，父亲就让她陪着，客人们每每惊讶她美语的流畅。甚至谈起医学专业知识来，她也能讨论，有时还搬来父亲的大部头英文著作引经据典一番。这些志明他们自然不知道，所以小吉一开口，志明和连诗卷就有点目瞪口呆了，许多地方接不上来。

从这以后志明自然不肯放过小吉，每天早晨做完早操以后就约小吉一道练习口语。连诗卷没有这个勇气，只有老远地瞄着，手里拿一本《英语九百句》，心不在焉地读着。

时间荏苒，不觉到了毕业分配。小吉考取了中科院生物物理所的研究生，并被推荐参加中美生物化学合作项目考试。志明由于各方面都十分优秀，被学校留了下来，参加另一个由哈佛大学多林教授组织的CGP化学赴美考试。

为了在教育部重点学校中争名次，学校将获得资格参加各项出国考试的考生们集中起来，住在学校招待所，突击复习考试。一天校长来到招待所亲自鼓励动员。他风度儒雅，谈吐斯文，带一付秀琅眼镜，是五十年代留学苏联莫斯科大学的老留学生。他把这群学生招集在一起，眼睛里闪着亮光，对大家说，文化大革命结束不久，百废待兴，国家建设需要人才，需要大批的青年学子远渡重洋，到西方国家去学习先进的科学技术，重建中华大业。中华民族有五千年文明史，但要立于民族之林，还得奋起直追，自强不息。他用当年在苏联留学时受毛泽东接见时毛泽东讲的一句名言鼓励大家："世界是你们的，也是我们的，但是，归根结底是你们的。你们青年人朝气蓬勃，就像早上八、九点钟的太阳，希望寄托在你们身上。"一席话，说得志明小吉一伙人浑身热气腾腾，有点坐不住。校长希望大家考好，多考上几个人，为学校争光。

刚刚举行完毕业典礼，小吉就收到了纽约R大学的录取通知书，她马上想到了志明，心里不免有些紧张。结果她的担心是多余的。吃中午饭的时候，志明端着饭盒子来了，一脸兴高采烈。小吉的心平平实实地放下来了，脸上露出了会心的笑容："录取通知书来了？"她问。

"来了。是纽约C大学化学系。"志明将饭盒放在小吉的书桌上，高兴得吃不下饭。 眼睛熠熠闪光。

"真的！"孟选喊出声来，"我们小吉今天也收到了录取通知书，也是纽约。这下你们两人可以同到美国去了。"

孟选嘴没遮拦，冲着两人说："但愿你们俩比翼双飞，枝结连理。"这话像一粒小石子投进了湖水里，激起了一阵涟漪。小吉低了头，微微抬起睫毛瞥了志明一眼，志明的脸也有了一点微红。他略微有点不自然，掉头向窗外望去。

孟选又嚷道："来，我这里有家里刚捎来的蟹油和咸鱼，给你们俩加餐，庆贺庆贺。"

当时的政治气氛还很浓。凡是出国留学的人员都得上北京参加出国人员政治集训。大家住在北京语言学院里，一伙人天南海北地聚集在一起，一面听一些教委的司局长们作国际国内的形势报告，一面等着办理去美国的签证。大学紧张的学习刚刚结束，去美国的留学生活还没有开始，落在一个空档里。

小吉住在学院里，无忧无虑，难得的轻松，生活十分自在，只是吃不惯食堂里的玉米面粥。坐在食堂的大餐桌旁，志明看着小吉皱着眉头难以下咽的窘态只发笑，于心又不忍，于是拿出自己的细粮票换小吉的粗粮票。

　　"有什么好笑的，这东西真难吃。"小吉当仁不让地接过志明的细粮票，"惩罚你天天吃粗粮，过忆苦思甜的生活，看你还笑不笑。"小吉没好气地说，末了扑哧一笑。

　　北京是小吉十分向往的地方。文革时的歌曲，十有八九是歌颂这里。还有数不清的纪录片，领袖们站在天安门城楼上，国庆的焰火把天安门广场映照得十分美丽。小吉印象最深刻的是上中学时看的一组西哈努克亲王参观游览北京的纪录片，他带着自己的美貌妻子和一只小绒毛狗，在中国的高级别党和国家领导人陪同下游遍了北京的名胜古迹。少女时代的小吉富于幻想，梦想着自己有一天也能陪着自己的白马王子一同游览北京。这次真的来了北京，她一定要圆少女时代的梦。她拉上志明，还有几个新结识的留学生，沿着当年亲王的路线，故宫、北海、天坛、颐和园一路玩下来，当然也少不了逛王府井，钻北京的小胡同，吃北京的果脯和羊肉串。

　　他们对北京的古文化新风貌留下了极深的印象。一伙人不知疲倦地东奔西跑。这天来到了八达岭，一下子就被长城的雄伟气魄给慑服住了，半天说不出话来，一股血液直冲脑门子。只见那莽莽群山间，雄关古道上仰卧着我们祖先们创造的巨龙。它在湛蓝的苍天下，碧绿的丛林中翻腾飞舞，傲视乾坤。一起的一个去德国学建筑的瘦高个，站在长城上看傻了眼，眼圈都红了，口中喃喃道："妈呀，这长城真比想象中的强十倍，提精神，太伟大了。我一直认为国外的建筑好，最好的在这儿呢。我它妈的还出去留什么学，让外国人来这里学咱们的长城！"

小吉站在志明的身旁，深深感觉出志明的胸膛在剧烈地起伏。大家都默不作声，尽量地将这长城镌刻在脑海里，容纳于心中。要出远门了，有这长城做脊梁骨，气势和胆子要壮得多。风势很劲，满山的树林子都哗哗地发出响声，像那古代的勇士们冲锋陷阵时的呐喊。志明伸手从城墙外的一棵枫树上采下一片早熟的红叶，仔细观赏着叶子的筋脉，然后情不自禁地放在鼻子下嗅着。过了一会，他把这片树叶递给小吉，说："留着做个纪念吧。"

一个从内蒙古大学来的学文学的壮实汉子忍不住随口诌了一句："天苍苍，野茫茫，我们出国去留洋。"平添了一分壮士一去不回还的悲壮气氛。

临近集训结束时，教育部用专车组织这些公派的出国人员参观毛泽东纪念堂，进行爱国主义教育。大家排着队，缓缓地随着人群在天安门广场上移动。天气有点阴，空气很沉闷，这气氛让小吉记起小时候过少先队生活时看的一部苏联电影，人们在红场上也是排着长队瞻仰列宁遗容。小吉看看四周，那在画册里见过无数次的天安门城楼，人民大会堂，人民英雄纪念碑都矗立在那里，仿佛都在向躺在纪念堂里的共和国缔造者肃穆致敬，小吉有几分激动起来。志明在身后说："小吉，你在想什么？我觉得自己站在我们国家的心脏上，感觉得到她的脉搏在跳动。"

小吉回过头来，静静地看了一会志明，然后说："不知怎的，我有一点舍不得离开这个国家。"

　　他们进了纪念堂的大门，猩红的地毯两侧笔直地站立着两个卫士，雪白的手套端握着长枪，帽徽、领章、肩章在微弱的灯光下闪闪发亮。他们缓缓地走到灵堂旁，水晶棺材里躺着一个时代的巨人，他化了妆，闭着眼睛仿佛在沉睡。大家缓慢地移动着脚步，大厅里很静，有点压抑的感觉。志明停了下来，恭敬地向这位伟人鞠了一个躬，用手臂拭去泪水。这时有一个军官走过来，告诉志明这里不可停留。他们又随着人群走出了纪念堂。出到外面来，天空明亮了许多。

　　"你刚才怎么了？"小吉问志明，她从来没见他动过这么大的感情。

　　"我也不知道，心里一发热，眼泪就止不住。一个时代就这么完结了。我很崇拜他。"志明说着，眼睛看着纪念堂旁的巨大工农兵雕像。

　　"可是这也是一个新时代的开始啊。不然，我们恐怕还上不了大学，更不用说出国了。"小吉有自己的看法。

　　"那当然。可是人固有一死，或轻于鸿毛，或重于泰山。功过自有人评说，要紧的是一个人在有生之年要多多做一些有意义的事情才好。我想，在这一点上，这个世界上没有人比得上毛主席。"

　　"我们现在上哪里去呢？是随专车回学院，还是自己去玩？"小吉转了话题，看见有人已经上了车，赶紧问志明。

　　"教育部发的七百元制装费还没用，我们是不是到王府井出国人员服务部去看看。"志明建议道。

"对了，得买一些行李箱和衣物。这些天光顾到处玩，出国的行装一点也没有买。"小吉很高兴志明的这个建议。

他们来到王府井商场里的出国人员服务部，在门口被拦了下来. 一个戴着红袖章的人让他们出示证件，态度很有点趾高气扬。小吉他们只得掏出证件，那人方才允许他们入内。进到里面，嘈嘈杂杂地挤了不少人，有大腹便便，前额宽广的教授，也有扎着长辫，羞羞答答的女学生。这里面的东西是专供出国人员选购的，许多东西外面根本看不着，档次也高一些。能够在这里面买东西，让人无形中产生了一种优越感。可是服务员的态度很差，一个个活像阎王老子，大呼小叫地训斥人。这个不能碰，那个也不能看。要什么，张嘴，他们给拿，不能挑选。志明想买一双黑皮鞋，一个男服务员取了一双给他。小吉发现左右脚大小有点不一样，请换一双，男服务员不让，态度非常生硬。小吉动了气，非换不可。那男的瞅了瞅小吉，嘴角露出一丝不怀好意的笑容，说："好，我给你们换一双。"就走到后面去了。不一会出来，手里拎了一双皮鞋往柜台上一扔，说："这双可以了吧。"却是一双更糟糕的皮鞋，鞋帮都脱了线。

"这双不行。"小吉说。

"不是要换吗？就这双，别的没有了。"男的眼皮耷了下来。

小吉指着他身后的许多鞋盒说："那里不是有许多吗？"

"那是给别人的。"男的眼皮抬都不抬。

志明挡住了小吉，对那男服务员说："就要先前的那一双吧。"

"交钱。"男服务员冷着脸说。

买完了鞋，小吉肚子里憋着火，怪志明太老实.

志明倒宽宏大量地安慰小吉："不就是一双鞋吗，穿在脚上看不出来。"

"你不买不行吗？"小吉还是不高兴。

"这里不买，外面的质量更差，还不一定买得着。"

没办法，两人又一人买了两只航空旅行箱，全是一个式样，这是外面绝对没有的。除此之外，小吉就再也不要买任何东西了。她对志明说："外面的北京人热情似火，连问个路都说半天，生怕你找不着。这里面的人怎么这么恶劣。"

政治集训完了，护照和去美国的签证也由国家教委集体办妥发了下来。另外飞机票也发了下来，通通由国家出钱。上飞机的这天一大早，小吉和志明就来到北京语言学院留学生宿舍的门口，只见这里早已熙熙攘攘地站满了其他留学生和送行的亲友们。他们在一个角落里放下行李，和大家一起等车去机场。去德国的瘦高个和其他几个相熟了的留学生都来送行。

人群里有一个穿着西装。头发梳得光亮，看上去很体面的人。他手里拎着个网袋，里面装满了大大小小的钢精锅、莱板，叮叮咣咣地乱响一气，那样子非常滑稽，引得大家侧目，他自己也极不自在。

"我说老兄，您这是要到美国去开餐馆怎么的？"

旁边有人问。"不，这是我自己做饭用的。"他脸有点发红。

"我让他不要带这些东西，美国那边肯定有，他就是不听。"他身旁一个穿着时髦，看上去像妻子或女朋友的人接上话头，样子有点赌气。

"人家美国人都吃面包，喝牛奶，根本没有这些。"他红着脸争辩，嗓门有点高，有点掩饰自己的不体面。"再说我在国内买的多便宜，即使美国有，花美金在那里买也不划算。"他又为自己找了一条理由。

"可是您提着这玩意上飞机，进海关多难看。"有人揶揄他道。

"都出国留学了，还带上这些，不值得。"

"这能值几个钱，扔到太平洋里去算了，何苦来。"

众人七嘴八舌，说得这人不好坚持，恋恋不舍地将网袋递给了身边的那个女人。

"这人真有意思。"小吉看着这一幕说。

"也难怪，第一次出国，谁知道外面是个什么样子。"志明倒是很同情那人，"我听说有人出国箱子里装的都是卫生纸。"

"哪能呢。"小吉不信。

"真的，是我亲眼看见的。"去德国的瘦高个作旁证。

不一会，一辆大专车开来了，大家伙有点乱了秩序，提着行李箱和旅行袋就往车门里挤。司机手一拦说："别乱，是不是都去美国？"

233

大家齐声说："是"

司机说："好，留学生和行李先上，送行的后上。"

按照秩序，大家都上车坐好了。司机发动了油门，驶离了语言学院，驶离了市区。小吉望着车窗外逝去的景物，一阵难分难舍。她心中一阵潮涌，眼眶都红了。

她和志明坐在前排，志明不一会就和司机聊上了。

"您已经送了多少人出国了？"志明问司机。

"有好几百人了吧？"司机回答说，"我真高兴看见你们这些青年学生出洋，我们国家真是强大了。像你们这么大的时候，我正在朝鲜和美国鬼子拼得你死我活呢。"

"您当过志愿军？"志明问。全车的人都在注意听。

"没错，你看我这只手指头就是在朝鲜战场上冻掉的。那时人家欺负我们，为了保家卫国，我们打得真艰苦。美国的武器先进，飞机贴着头皮擦过去，我们只有用机枪打，总算没有给自己的国家丢脸。一晃多少年过去了，现在你们要到人家那里留学了。要有志气，得好好学，不要给咱们中国人脸上抹黑。希望也像我们当年一样，为中国人，为我这个老志愿军争口气，干出好样子来。"

司机满头霜雪，脸上布满了深深的皱纹。他那邃亮的眼光盯着前方，仿佛沉浸在自己血与火的青春年月里。他情不自禁地哼起当年的《志愿军军歌》来，那有点沙哑的男低音极富感染力。

雄赳赳，气昂昂，跨过鸭绿江。

保和平，卫祖国，就是保家乡。

中一华一好儿女，齐一心一团结紧，

抗美援朝打败美帝野心狼。

　　这熟悉的歌声显然引起了大家的共鸣，从小到大，不知听过了多少遍，很壮士气。车上的人都不约而同地合唱起来。大家的心情现在很复杂，马上要到美国去了，除去兴奋，多少有点紧张，唱唱这歌，正好能驱除心里的不安，壮壮胆量。歌声飘到窗外，引来路人好奇的眼光。唱完了车内一阵哄笑，自然是因为歌词的内容和现在的情形太不相称。但大家却觉得很有意思。

三

　　从首都机场登上了中国民航的飞机，大家告别了亲朋好友，横跨太平洋来到了美国纽约。

　　下了飞机，出口处有中国驻纽约总领事馆的人来接机。他先领着大家去取行李，然后让在纽约读书的留学生到机场大门口等着去领事馆。他到停车场去取车。有几个到其它城市的留学生要转飞机，不能一同到领事馆，大家就此道别，互相珍重，后会有期。车来了，大家上了车，驶离了机场。

　　一出肯尼迪飞机场，一股繁华就扑面而来。让人又兴奋，又窒息。高速公路上一辆辆小轿车、大卡车急驶而过。炽光灯、霓虹灯照得处处如同白昼。大家两眼紧紧盯着车窗外，车内一片寂静。

"坐了十几个小时的飞机，大家都累了吧？"司机先开了口。

"有一点。"有人答话。

"这纽约是世界上最繁华的城市，有得你们看、你们玩的。"司机说。

渐渐地，小吉注意起前方远处密如繁星的灯火来。它们是那样奇特，高高在上，飘飘忽忽，从形状各异的摩天大楼里闪射出来。这群星般灿烂的灯光组成了一幅奇妙的图案，勾画出一个轮廓，在夜空里像一艘军舰航行在海上。"志明，你看前面那是什么？"小吉问坐在身边的志明。

司机接上了话："那就是有名的曼哈顿，领事馆就在那里。"

那就是曼哈顿？小吉和志明的学校也在那里。两人和车上所有的人都看着前方。小吉从小从父亲那里听过不少关于曼哈顿的离奇故事，那是一个纸醉金迷的地方，冒险家的乐园，原来它是这般地辉煌璀璨。人类真了不起，可以创造出如此的现代文明，是一种和中国的长城、埃及的金字塔不同范畴的文明。想到自己将要在这花花世界里求学生活几年，小吉的心里不免有点兴奋。那个由千千万万盏灯光组成的巨大图案由远而近，越来越清晰。及至到了它的跟前，一下子变得眼花缭乱起来。那堂皇，那富丽，那嘈杂，让人有一种喘不过气来的感觉。

车子进了曼哈顿，路两旁商店林立，灯火通明，店门却是关着。路上各种肤色的人行色匆匆，不见有悠闲散步者。司机这时话明显多了起来，沿途介绍。他对这一切很熟悉，习以为常。车开到一个地方，光怪陆离的霓虹灯突然骤增，巨大的广告牌闪着奇蓝亮紫，异绿艳红。这里的店门却是开着，那橱窗里都是裸体女。路旁三三两两地站着打扮怪异的女郎，紧身超短裙刚刚遮住臀部，高跟鞋衬出双腿的修长。在这繁华的闹市里，可以看见全副武装的警察骑着高头大马，嘀嘀笃笃地在宽敞的马路上巡逻。

司机告诉大家，这里是时代广场，有名的红灯区。穿过广场不远，街灯稀疏下来，车开到了一条河边，是一个很大的游船渡口。离河边不远，矗立着一个孤零零的大楼，这就是领事馆了。卸下行李，早有领事馆教育处的杨领事等待大家。他先把大家集中起来，说有要紧的事情交待。

杨领事穿着蓝布中山装，尖瘦。看见大家坐好了，清了清嗓子说："大家不远万里来到美国留学，辛苦了。到了这里，领事馆就是你们的家，我们就是你们的亲人，有什么事来找我们。但是，我要提醒大家的是人在美国，还是要讲组织纪律，一切行动听从安排。你们是公派生，出门在外，代表着我们的国格，一言一行都要格外注意。特别是党团员同志，要像在国内一样，做好表率。"他停顿了一下问："是党团员的举手。"

大家都举了手。"嗯，不错。大家的政治素质很高。这里以前是一个旅馆，我们买下来了。你们刚到这里，还没有在外面找到住房，可以先住在领事馆，每天交十二美元。"他看了一下手表，然后接着说："好了，时间不早了，各人到门房先领钥匙，赶快安顿好。食堂已经给大家准备好了饭菜，吃饱了好休息。另外明天早上到十四楼教育组报到，填写登记表，每人可以免费订一份《人民日报》。这是优待，为了和祖国加强联系。"

小吉和大家一起在门房领了钥匙。坐了电梯上到二十楼。她和一个爱因斯坦医学院的女留学生合住了一个房间，里面有两张床。这一夜小吉没睡好，是时差，还是兴奋，她说不上来，两眼睁着，和同房间的人聊着天直到天亮。

第二天一大早，两人梳洗完就到二楼的食堂就餐。食堂很大，吃早餐的人很多。这多少有点出乎小吉的意料，在这里一点也感觉不出是在美国。那早点也是国内常见的，烧饼油条加豆浆，精白面粉的馒头花卷和稀饭，还有那金钩豆瓣，香油咸菜萝卜丝和豆腐乳。小吉拿了几样，异常上口，比国内的做工还好。看来戴白帽穿白衣的厨师们个个手工娴熟，技艺精湛。

"嘿，师傅，您这手艺真不赖，家常早点吃起来和山珍海味似的，比得上一流的。"有人忍不住夸奖道。

旁边有人插话了："什么比得上一流的，人家本来就是一流的。这位是国家一级白案厨师，以前专门做国宴的。"

小吉端着早点来到餐厅，看见志明和一群人高马大的姑娘们坐在一起聊天。小吉只觉得这群人好面熟，在哪里见过。见小吉经过，志明喊住小吉："小吉，快过来见见中国女排。"

小吉这才恍然大悟。可不是，郎平、周晓兰、陈招娣、张容芳、梁艳，还有那个袁伟民，电视上见过千百回的面孔都在这里。小吉可没少为她们哭过，在冲击世界冠军的各个大赛中，她们失败了小吉生气得哭，她们胜利了小吉激动得哭，她们站在世界冠军的台子上小吉笑着哭。孟选经常奚落她，说她是个哭迷，中国女排的第一号球迷，是她的泪水感动了上帝，才赐给中国女排世界冠军。这些往事飞快地掠过她的脑际，现在和这些心中膜拜的女神们蓦地相见，倒有点不好意思起来，心想这大概是上帝的安排。中国女排的姑娘们都冲着她友好地笑着。小吉心里一闪念，让他们签个名，寄回去给孟选看看。她掏出了自己随身携带的记事本，提出了自己的要求。女排姑娘们都挺大方，一个个龙飞凤舞般地签下了自己的大名。小吉像完成了平生的一件大事一样，把记事本收好。她和志明一直是体育爱好者，自然不肯放过这个机会，和女排队员们谈得火热起来。这次中国女排是来美国参加中美对抗赛的，途经纽约。

　　吃完了早饭，小吉和志明来到教育组，已经有好些人在那里了。杨领事不冷不热，有点首长的派头，让大家填表格和《人民日报》的订单。小吉想打个电话，和R大学取得联系，问杨领事可不可以借用一下他办公桌子上的电话。杨领事有点不高兴，让她到走廊上的收费电话上去打。可是小吉身上没有零钱，只有教育部发的四百美元，一百元一张，四张。这下她可犯了傻，不知怎么办好。有人告诉她，隔壁是教育组财会室，杨领事的爱人在那里管钱，可以把钱换开。小吉就到了隔壁，一个短发漂亮的女人坐在那里看报纸，听了小吉的要求，脸一沉："没法换。大家都来，哪有那么多？"一脸的不美丽。

　　一声"没法换"，又让小吉记起了在王府井商场志明买皮鞋的事情，心里老大不是滋味。志明又去和杨领事通融，说明没有零钱。杨领事不只是不干，而且有点光火了："你们这么多人要是都来用我的电话，我还怎么办公？说了要有组织有纪律，如果有人打重要电话进来，我这里占线，岂不要误大事。"

　　算了吧，小吉和志明对望了一眼，屋里的其它留学生也都干瞪着眼，气氛有点尴尬。大家出了教育组，心中可是有点不高兴，"不就是用一下电话吗，何必这么小题大作！"志明安慰她说："不用着急，我看见食堂旁有一张大纽约地图。咱们找找，我陪你去。"两人来到地图前，花了好长一段时间才在地图上曼哈顿的东边找到R大学。领事馆的门前是42路车的起点站，一直朝东开到联合国，转十五路车北转就可到 R大学。看清了行车路线，两人心里有了谱，带上入学材料上了路。

　　R大学坐落在一个繁华地段，四周都是医院。学校用铁栅栏和外界隔开，闹中取静，里面满是盛开的鲜花和藤蔓，绿气荫荫十分宜人。志明也要到自己的学校报到，两人在R大学的校门口告了别。

　　小吉向门口岗亭里的一个黑人门卫打听学校研究生办公室怎么走。他问了小吉的来历，然后和里面通了电话，十分认真负责的态度。他放下电话，很和蔼地对小吉说，前面那个爬满了青藤的古楼就是研究生院，办公室在一楼右手边。

　　小吉谢过了门卫，沿着一段小坡上到古楼前。进了漆金大门，里面古色古香，墙上挂满了名人油画。她看见一扇门上有研究生办公室的字样，就敲门进去。里面坐着一个衣衫十分整洁的女秘书，正在打字，看见小吉进来，她停下手上的工作，面带笑容地问小吉有什么事。听说是新来报到的研究生，她立刻显现出一股热情，非常亲切地让小吉在一个沙发上坐下，还给她倒了一杯咖啡。她让小吉等一等，自己进到里面屋子。

不一会，一个上了年岁，穿西装打领带的人从里间走了出来。他向小吉打着招呼，老远就伸过手来和小吉握手。女秘书从旁介绍，这是研究生院肖邦院长。听说是院长，小吉赶快站起身来。院长示意小吉到里间他的办公室去谈。

院长的办公室很大，有点凌乱，四面墙壁都是书架。小吉略显拘束地坐在一张大棕色办公桌旁的椅子上。

"刚到美国？"院长刚在自己宽大的皮椅子上坐下，就欠过身来问。小吉点点头回答说："昨天到的。"

"住哪里？"院长一脸和蔼，有一种老者的亲切和长辈对晚辈的关怀。

"现住在中国领事馆。"

"是这样。那你应当赶快办完入学手续，就可以住到学校的宿舍里。我们这个学校对学生很优待，条件很好。每年只招收二十名学生。"

"只收二十名学生！"小吉惊叫起来。

"而且都是研究生，没有本科生。你应该为自己感到庆幸，也说明你很优秀。我们挑选学生是非常严格的。你要知道，这个学校出过十几个诺贝尔奖得主，一半以上的教授是美国科学院的院士。在我们这里，你一定会得到一流的科学训练。要好好珍惜这个机会。"院长的语气里有一种掩饰不住的自豪。

小吉真的很吃惊，没想到自己能在这么好的学校里求学。

她从院长的办公室出来，拖了长长的一串惊叹号。在秘书的指点下，小吉很快地就办好了入学手续，拿到了自己房间的钥匙。学生宿舍不是很大，二层楼房。小吉打开自己的房门，是一房一厅，带厨房厕所。书桌、书架、床、冰箱，里面样样都有，还铺了地毯。真不错，院长讲的都是真的。这么说自己已经是这里的主人，可以住进来了。小吉没想到一切都这么顺利。

小吉楼上楼下转了转。一楼有一个健身房，小吉进去的时候里面有个白人女生正在练芭蕾舞。她穿着背心和紧身裤，不停地打着旋子，身子像燕子一般轻盈，很是优美。练了一会她停了下来，一面用毛巾擦着白白肌肤上的汗水，一面冲着小吉笑了笑。小吉注意到她的睫毛长长的有点弯曲，眼睛大得出奇，闪闪地很有光彩。

晚上小吉回到了领事馆，又在食堂里碰上了志明。两人都办好了入学手续，准备明天搬出去。吃过晚饭，两人来到领事馆的顶楼平台上。这时夜幕已经降临。宽广的哈得逊河在不远处滔滔不绝地流淌，强劲的河风吹来，十分地惬意。他们凭栏远眺，近在咫尺的摩天大楼又放华光，映照出纽约一片不夜城来。在这一片星海之上，最引他们注目的就是帝国大厦，它那高耸入云的顶端在强大聚光灯的照耀下，就像一颗硕大无比的钻石镶嵌在夜空里，熠熠闪着蓝宝石般的光芒。

月亮似乎也不甘落后，盈盈地挂在天边，又圆又大，皎洁地独占风采。

"这月亮真好看，在繁华都市的上空，又是一种情调。"小吉仰着头看月亮，睫毛晶莹闪亮。

志明的情绪很高涨，看着月光下美丽的小吉说："人生真是的，想不到今天会站在这里，在举世闻名的大都市里求学。将来学成归国，一定要干出一番大事业来。"

"看你，才刚到美国，就雄心壮志，鹏程万里。我心里一点底也没有，不知学不学得下来，听说这里的淘汰率很高。"小吉真的有点担心不过。

"哪有什么问题，人家有脑袋，我们也有脑袋。中华民族是优秀的民族，我们一定要争一口气，苦苦奋斗几年，拿到博士学位。"

"看来你很兴奋，也很有信心。"小吉被志明的情绪感染了。

"我真的很兴奋。想想看，人生能有几回搏。虽然我们做不了像爱因斯坦和牛顿那样伟大的科学家，但扪心自问，多少能为人类的科学事业做一些贡献。"

一个人如果有一种信仰，他就有信心，有了信心，就有了动力，就能攀高，世界上再也没有事情能难倒他的。小吉心里这么想着，脑海里又浮现出第一次见到志明时，志明飞身跨越横杆的情景。一丝会心的微笑悄悄地挂上了小吉的嘴角。

"你在想什么？"志明看见小吉默不作声。

"没有想什么。"小吉目不转睛地看着华都上空的月亮。河风一阵阵吹过来，把小吉的秀发高高地撩起，柔和地拂在志明的脸上，那里面有一股幽香。

小吉忽然觉得头发有一种被拽住的感觉，偏头一看，原来志明用手抓住了自己的发梢在轻轻地吻着。小吉的心一下子剧烈地跳动起来，脸上发热，像有各种各样的彩色音符在敲打着脑门。她没有动，心里有一股甜甜的泉水在涌动，她不想破坏这种感觉。这一切太突然。却又理所当然。

过了好一会，小吉才听到一个遥远的声音从天边传来："吉，我们作个朋友吧。"

小吉浑身一阵幸福的震颤，低声喃喃说："我们不已经是朋友了吗。"

"我说的是那种更进一步的朋友。"

小吉微微点着头，头不由自主地靠在了志明的肩头上。两人就这么依偎着，默默地面对着眼前的不夜城，尽情享受这初恋的一刹那带来的美丽。那灯山灯海真像神话故事里的一样，照亮着坠入爱河里的人们的心扉。

第二天早上，他们办妥了各项手续，把钥匙交给了门房。出了领事馆大楼，天气有点阴沉起来，一般冷风从哈得逊河上吹来，小吉忍不住打了一个寒噤。他们裹紧了风衣，回头看了看门上的国徽和在风中猎猎作响的国旗，心中有一份依依不舍。两个年轻人的心里怀着向往和希望，从此开始了漫长的留学生生涯，汇入了纽约这迷幻般的大千世界。

四

　　小吉住进了学生宿舍，她又在走廊上见着了那个练芭蕾舞的女孩。对方似乎已经和她很熟了，大方热情地嗨了一声。原来她就住在小吉的隔壁，自我介绍叫丽莎。于是两人站在各自的房门口聊了起来。

　　丽莎也是今年刚入学的新生，很是出乎小吉的意料，她说学这个专业并不是本人的自愿，而是父母亲的意思。她家里很有钱，和洛克菲勒家族的渊源很深。一天洛克菲勒一个在银行当董事长的成员到家里来看望父亲，很是喜欢她，极力怂恿父亲让她到由洛克菲勒家族办的这所世界医学名校读医学和分子生物学双博士，连考试都不用。父母亲满心欢喜，自然一口应承，问都不问她一声就让她来这里上学。可是她本人十分迷恋芭蕾舞，受过名师指导，做梦都想着舞台上的天鹅湖以及柔密欧和朱丽叶的那份优美情恋。世界闻名的纽约芭蕾舞团认为她的身材和素质都十分出色，准备录用她了，可一向喜欢看芭蕾舞演出的父母却不同意，认为那个职业不符合家庭的身份。他们当初让她学芭蕾舞，主要是想培养她有一种高贵的气质。学医和法律才是他们这种富有人家小姐应该选择的职业。她那大大的蓝眼睛里，闪动着一种特别的灵秀。小吉在那双眼睛里捕捉到了无尽的怀恋和惆怅之情。世界上有多少优秀的青年想进入这所学术重镇而不得其门，丽莎得来容易，却情另有所钟。这世界真是有点阴错阳差，小吉不无遗憾地想。

　　是秋天的季节，大都市里的树叶子变得殷红起来。不知不觉到了感恩节。一天志明打电话来，问小吉要不要参加一个到美国人家过感恩节的活动，是他们学校中国学生会组织的。小吉刚刚小考完，有一点空闲，自然非常乐意去。

　　感恩节的那天，小吉一大早就坐着地铁到了城北志明的学校。志明住在学校附近的一个公寓里。小吉环视着屋子，这是一个自带厨房和厕所的统间公寓，门窗油漆剥落，年久失修。家俱都很陈旧，甚至有点破烂，十分地寒碜。这里的条件显然比不上自己的学校。隐隐地小吉闻到了一股肉香味。

　　"这里的味道真好闻，你在吃肉？"小吉问志明。

　　"红烧肉，要不要尝一点。"志明打开冰箱的门，除了一些饮料外，有两只大锅子，一大锅饭，一大锅红烧肉。

　　"你这些饭和肉一个礼拜都吃不完，怎么煮这么多？"小吉看了不觉惊讶地问。

　　"实在太忙，我和你不一样，除了有读不完的书，上不完的课，还要给教授做助教，给本科生上课，因此还要备课。没有时间每天做饭，我每个星期就煮这两大锅，回到家又省事，又果腹。"志明说着给小吉盛了一些放在煤气炉子上烧了烧。小吉用心尝了尝，味道还真不错，甜甜的，咸咸的，比自己做的三明治可口多了。

　　"你怎么租这么旧的房子？"小吉心疼地问，鼻子有点发酸。

"我这还算好的了，一个人一间。他们都喊我是单身贵族，高要求。其他人都合租一个公寓。学生穷，穷学生，只好这样凑合了。"志明满不在乎，一副乐在其中的样子。

"你瘦了。"小吉说这话时，眼睛有点发湿。

"是吗？"志明摸着脸颊，"可是比我当年在农村时要胖。过了这一阵子，好好地补一补。"

"你呢，还好吗？"志明反过来关心小吉。

"我很好。和你们相比，我真是生活在天堂里了"小吉说。

"那就好。我一直担心你吃不消，不能适应这里的紧张生活。"志明放了心，"好吃吗，要不要再来一碗？"

"不用了，还是留着自己吃吧。我都吃了，你该饿肚子了。我们什么时候出发？"

"差不多了。在校门口上车。"志明回答说。

志明穿上从国内带来的风衣，和小吉一起来到校门口，正好车子开来。大家一面上车，一面打着招呼，很快小吉就明白了：志明是这次活动的组织者。

坐在他们旁边的是一个年岁有点大的人，刚从国内来，志明称呼他老刘。志明和老刘很快就聊上了。志明问老刘想不想家，这一问不打紧，老刘说想，想得厉害，说着说着就哭了起来。他是个访问学者，单身一人出国，老婆孩子丢在国内工厂里。"这不，这些月饼、桂花糖都是孩子他娘中秋节托人带来的，也没有心思吃它们，看见了心里就难过。这次到美国人家里过感恩节，我都给捎上，也算团圆。"老刘的失态，勾引得车上其他人也想起自己在国内的亲人，有说有笑的气氛有点沉寂下来。小吉望着车窗外崎岖山道旁的枫树林，只剩下了不多的几片红叶在风中瑟瑟摇动，他又想起前不久站在地球那边长城上的情景。

车在崎岖的山路上开了两个多小时，来到康州的一个小镇上，已经有许多的人等候在那里。看见车来了，都有欣喜的表情，有人还不断地向车上的人招手。

下了车，每家每户都举着一个牌子。于是各人对号，热闹成一片。迎接志明和小吉的是一个有几分秀色的中年白人妇女，她显得有点苍白，一对大大的眼睛深深地凹进了眉骨里。双颊上的淡淡红晕，不知是涂的胭脂，还是在冷风中站久了的缘故。看见了自己的客人，她很是高兴。自我介绍叫安。看着志明和小吉，问他们是不是一对恋人，两人有点不好意思地点点头。她让小吉教她如何正确地念他们两人的名字。小吉的还好，志明的名字让她费了好大的劲也没能念好，听起来像"痴迷"，逗得小吉直发笑，她也跟着笑，知道自己发音不准。

她领着小吉和志明来到一辆只有两扇门的破车面前，打开车门，先把前面的座位放倒，然后让小吉他们钻进后座，自己再放好前座坐了进来，关好车门。车内一片零乱，甚至有一点霉味。她点了几次火，车都像一头有气无力的老牛一样哼哼，发动不起来。她回过头来向小吉和志明抱歉地笑了笑。无奈地说："大概车在冷天里冻久了，让我再试试。"她又试了几次，车终于发动了，一股浓烟从关不紧的车窗缝里进来，呛得小吉赶紧用手捂住鼻子。

　　白人妇人一面开着车，一面聊着，介绍这小镇的风光。清冷的街上看不见一个人，一栋一栋的小木屋整齐地排着，并不见节日的气氛。安问小吉和志明是从哪里来的，他们说是中国。安听了不禁十分羡慕，说自己一生就只住在这里，没有出过方圆一百里。小吉听了口惊得溜圆。原来美国也有这等奇事！记得以前在农村插队时，那里的农民也是如是说。称县城为衙门，不知有汉，无论魏晋。小吉和一帮知青戏称那里是二十世纪的桃花源。

　　"纽约这么近你也没有去过？"小吉问。

　　"没有，那一定是一个很好的地方吧？在报纸和电视上看过那个地方。天堂一般。"安十分向往地说。

　　"我的前夫曾在南韩服过役，离你们中国不远吧。"安的语气里有了一点自豪，好像是自己去过一般，很为她的前夫骄傲，尽管他们已经离了婚。末了她又轻声叹了口气，"他就是爱酗酒，当兵时染上的坏毛病。等我的大孩子去当兵，一定不让他喝酒。他是一个乖孩子，一定会听我的。"说到这里，她的脸上像涂了一层迷人的光彩，一种从母亲心底发出来的爱才会有的慈祥。其实她的年龄看上去并不大，也就三十来岁。一定很早就结了婚，小吉心里这么想着。

　　说着话车就开到了她家，也是一幢小木头屋子，两层楼。前院的街边上停了一辆崭新的车。他们下了车，就见一个男人从门里出来，肚子腆腆的，笑着向小吉和志明招手。安介绍说这是她的丈夫杰夫。大家握了手，杰夫第一句话就是指着那辆停在路边的新车说这是他的车，那神情分明是想让小吉他们明白自己和安开的车毫无关系。

　　进了屋，里面有两个男孩，一个十七八岁，和志明差不多高，大概就是那个可能会当兵的儿子，脸上却有几分明显的娃娃稚气。另一个十二三岁，一见面就向志明炫耀手上的一个玩具照像机。杰夫说是他给买的感恩节礼物，安赶快让小男孩谢谢爸爸，小男孩非常开心地谢了杰夫，杰夫一副施舍大度的模样摸了摸那男孩的头。大的一个冷落地站在一旁，安小声对他说："年后你当了兵，有了薪水，自己可以买一个真的，啊。"是安慰，也是乞求。当儿子的默不作声，只是朝母亲点点头。

　　天色向晚，安在厨房里忙了起来，杰夫手拿一罐啤酒陪着志明和小吉聊天。不知怎的，他老喜欢谈自己，说安和前夫离了婚后，经济上有困难，房子要卖掉。和自己结了婚后，他付一半的房钱，可以保住房子，其它的就不管了。他觉得自己屈就了似的，那神情分明是在告诉每一个人，没有他这个家就完了。安一面忙着厨房里的事，一面还不时地过来恭维杰夫几句。杰夫满脸受用的表情，两眼不住地在安好看的身材上打转。

　　看着安那份小心翼翼，万般屈就的样子，小吉有点不满杰夫的夸夸其谈和一副救世主的模样，对安充满了同情。见她一个人忙着，小吉要过去帮忙，让杰夫给挡住了："你们是客人，坐着就可以了。"她的那个大儿子一直没有露面，一个人躲在楼上。

　　这时有人按响了门铃。安赶快去开门，口里一面兴奋地说着："一定是吉姆。"

　　门开了，一个和煤炭一样黑的年轻人出现在眼前，他和每个在座的人打着招呼，衬出雪白雪白的牙齿来，还有那溜溜的白眼球也格外地分明。他和安很热乎，一看就是老熟人。安把他介绍给小吉和志明，说他是非洲来的留学生，在小镇附近的一个通讯学校读书。他赶快伸出手来和志明小吉握手，小吉握着那手，心里有一种毛茸茸的感觉。

　　菜肴一切都已就绪，安让大家坐好，她端上来了一只烤得金黄的火鸡，味道香喷喷地袭人。大家团团围坐一桌，刀叉匙齐全。吉姆的到来使一家人的气氛活跃起来。

　　吉姆一面吃着，一面问志明："中国的革命形势现在怎么样了，伟大的导师毛主席最近又有什么最新指示。志明顿了一下，一下子摸不着头脑。吉姆又说，毛主席是我们心中最红最红的红太阳，是亚非拉人民的大救星。看看志明和小吉闷在那里，他有点奇怪："你们不是从中国来？"

　　"毛主席已经去世六年了。"志明告诉他。

　　吉姆以为志明开玩笑，神情严肃地说："不可以乱讲，毛主席万岁万岁万万岁。"

　　小吉想笑，可是看见他那十分认真虔诚的样子，就忍住了，知道他对中国的情况不了解。

　　"这里的报纸都攻击中国的文化大革命，不要理他们，文化大革命一定要轰轰烈烈地搞下去，我们非洲被压迫被剥削的人民全心全意地支持你们。"吉姆的表情有点神圣。

小吉和志明相视而笑，觉得吉姆很可爱。没想到中国的文化大革命有这样深远的影响，深入世界人心。

"可是中国的文化大革命已经结束了。"小吉说，有点担心这位非洲的朋友受不了。

果然吉姆听后有点失望，黑白分明的眼球滚动了一下，厚厚的嘴唇翻了翻，小心翼翼地，将信将疑地问："你们说的都是真的？"

小吉和志明严肃地点点头，吉姆不再做说声。

安不断地为大家切着火鸡片。杰夫说："你们知道我们美国人为什么一定要在感恩节这天吃火鸡吗？因为我们的祖先早先从欧洲移民到北美洲，饥寒交迫，土著的印地安人就用火鸡招待大家。于是我们就定下了感恩节吃火鸡，纪念那些印地安人。"他说完了认真地看着志明和小吉脸上的表情，脸上有一种博学的光彩。其实小吉和志明都知道这个故事。

安做的各样菜都很可口，加上同情和怜悯她的遭遇，小吉就像一般的中国人一样吃得很饱，以示对主人的感谢。没想到正餐吃完了，安又从烤箱里拿来了一个很大的用南瓜做的糕点。"当年除了火鸡以外，印地安人还用南瓜招待我们的祖先。按我们的习惯，饭后要用糕点，大家就在感恩节这天用南瓜做成南瓜糕。今天请大家多享用一些。"

看着偌大一个南瓜糕，小吉实在吃不下了，要了一小块。志明却很有情绪，要了很大的一块，有滋有味地一下吃完了。安很高兴，又劝志明吃一块，志明有点不好意思，说快十年没吃南瓜做的食品了。安很惊奇，问志明中国也有南瓜吗？志明连声说有，他告诉安，文化大革命中他下放到农村，那里很穷，粮食不够吃接不上的时候，就用南瓜充饥，一年之中总有一两个月天天吃南瓜，因此对南瓜有一份特别的感情。

志明随意说的话，引起了吉姆的不小震动，他喃喃地说："这么说这里有关中国文化大革命的一些报道是属实的了。"他的心里正经历着许多中国人当年经历过的那种信仰危机。

安的小儿子却十分向往起中国来："中国是不是天天过节？你们有那么多的南瓜吃。我们家只有感恩节才有得吃。"

小吉告诉这个天真的孩子："天天吃南瓜的日子可不那么好受。"小吉也像志明一样，对下农村吃南瓜记忆犹新。和志明不同的是她现在一闻南瓜味就想吐。当时有几个女生直吃得皮肤泛黄，全身浮肿。美国人自然不知道这些只有她和志明才拥有的遥远故事。

吃完了丰盛的晚餐，杰夫说有事，就出了门。吉姆帮着安收拾餐桌，然后，两人站在厨房里小声说话。志明和小吉从他们的对话中猜测到他们在讨论安的前夫。安的眼圈红红的，从口袋里掏出一叠钱来交给吉姆，让他转给那个人，不许用这钱喝酒，说这钱是镇上给的，用来招待外国学生用的。吉姆尽量地安慰着安，问安现在的生活怎样。安叹息着，轻轻地摇着头，以后两人的声音越来越小，很难听得到。

吉姆走了，小吉和志明留下过夜。安领着小吉和志明到楼上的一个房间，让他们好好休息。小吉急忙问还有没有另外的房间，一男一女不可以睡在一起。安显出了十分吃惊的模样：“你们不是在恋爱吗？”

“可是我们还没有结婚。”志明也有点着急，怕她误会。

“那有什么关系，这么好的事，谁愿意放过。”她眨了眨一只眼，嘴角上挂着一丝意味深长的微笑，“在美国，没有结婚同居的多着呢。再说我们也没有那么多的客房啦，实在抱歉。”

安走了，留下志明和小吉在房里。小吉的心跳得咚咚直响，满脸的红潮。两人相视而立，无语半晌。末了，志明轻声说：“我睡地上好了，这屋里是地毯，又有暖气。”

“我们可以睡在一起，我不介意。”小吉鼓足了勇气对志明说。

志明摇摇头：“算了，我不愿意给你增加思想负担。”

“我没有负担，我们订一个君子协定，除了亲吻，不碰其它部位，好吗？

志明想了想，默默点了点头。房间里这时静极了，只有一只小闹钟滴答滴答作响，和着两个人的心拍。本来两人的关系极好，而且还确认了恋爱关系，可是如此这般地被关在了一个房间里，毫无思想准备，弄得都有点紧张。

淡淡的灯光下，两人和衣躺下，都睡不着。小吉的手指尖在被子里触摸到了志明的手，被志明紧紧握住。小吉顿时觉得浑身有一股电流通过，微微地有点震颤。她闭上了眼睛，享受着这奇妙的感觉，感到幸福笼罩了全身的每一个神经细胞，脑子里是七彩花环。隐隐地她感觉到自己的眼皮被很轻很温柔地吻了一下，那感觉极好。不如不觉中小吉的头靠在志明的怀里。

　　朦胧中小吉被惊醒，听见有人在说话，那是杰夫和安的声音。仔细听听是从隔壁的墙板那边传过来的，两人好像在讨价还价。

　　安说："结婚时说好了，做一次爱三十块，你已经有好几次没有付钱了。"

　　杰夫："你是我老婆了，还讲那个，只有妓女才给钱。"

　　安："你除了房租外，其它什么都不付。订好的条件就得遵守。"

　　杰夫："我已经熬不住了，完事了以後再说好不好？"

　　安："不行，今天不把前几次欠的钱还清就别指望上床。"

　　一阵沉寂。然后就听见了安的呻吟声，杰夫还不断地让安换着姿势。这是一种极大的诱惑，小吉发现自己的手还被志明握着，他胸膛里的那颗心也在急剧地跳动。小吉的浑身有着一种按捺不住的骚动，血液在壁管里四处冲撞寻找出路。她不由得紧咬牙关，极力控制自己，一直到那边安静下来。她和志明就这样一动不动地躺着，一直到天明。

　　第二天他们回到了纽约。小吉回到宿舍时又碰见了丽莎，她旁边还有个身材挺拔，和她非常相称的标致青年男子。丽莎很大方地向他们作了介绍：这是我的男朋友安德鲁，前苏联莫斯科大剧院的台柱子、芭蕾舞演员，几年前叛逃到美国，现在纽约芭蕾舞团当演员。那个男的笑着纠正她：不是叛逃，是投奔自由。

五

考完了最后一门，第一个学期就算正式结束了。这天早上小吉躺在被窝里懒洋洋地不想起来，舒服极了，一种少有的轻松。以前在国内上大学时也是这样，考完试回到家里的第二天就喜欢睡懒觉，一直到日上三竿父亲来敲门。待梳洗完毕，母亲已经为她准备好了各种她喜欢吃的点心，她就在父母慈爱的目光下尽情地享用。那时光真好。小吉怀念起父母来，今天的第一件事得给他们写封信了。

想到这里小吉不由起了身，在桌前拿出书笺。她打开窗帘，惊喜地发现窗外一片晶莹，树梢枝头上恰似千朵万朵梨花开。原来昨夜悄悄地下了一夜的雪。不远处有一只小松鼠在雪地里恣意奔跑玩耍，还不时地停下来回头看看身后留下来的浅浅脚印，它那茸茸的大尾巴和机警的神态，简直可爱极了。小吉正看到高兴处，有人来敲门了。打开门，原来是丽莎。她穿着一件校服套头棉毛衫，金黄的长发松松地搭在肩头。

丽莎那双漂亮的蓝色大眼睛看着小吉："还没有起床？"

"刚起来。"小吉有点不好意思。

"圣诞节除夕莫斯科大剧院芭蕾舞团在林肯中心上演《天鹅湖》，我想请你一起去看，你没有其它的安排吧？"丽莎道明了来意。

"真的？"小吉有点喜出望外，"那太好了。我没有其它的安排。"

　　小吉有个小姨五十年代到苏联莫斯科大剧院进修过《天鹅湖》，回国后在中央芭蕾舞团工作。小时候到小姨家去玩，看过许多苏联演员的剧照，那里面就有不少是《天鹅湖》的。听小姨讲，《天鹅湖》是芭蕾舞中的经典名作，柴可夫斯基作曲，莫斯科大剧院的保留剧目，堪称芭蕾舞皇冠上的明珠，这真是难得的机会。小吉想起了志明，要能约他一起去就好了，犹豫了一下终于没好意思向丽莎张口。

　　圣诞除夕的那天晚上，小吉横穿曼哈顿中城，坐六十五路公共汽车来到灯火辉煌的林肯音乐艺术中心。小吉一下子就被那极富艺术色彩的建筑群吸引住了。它们并不雄伟，却非常的博大，看上去也不古典，甚至有些现代气派，却异常地引人遐想。这里的空气中仿佛跳动着音符，闻都闻得出音乐味来。它由三个部分组成：费歇尔音乐厅，主要演奏交响乐，也是著名的朱丽叶音乐学院所在地；纽约芭蕾舞院校剧院，主要供学院的师生们演出；大都会剧院，主要演出世界各地专业剧团的歌剧和芭蕾舞。三个艺术的殿堂鼎足而立，各自的门前都有一扇扇的灯光广告牌，互相争奇斗艳，一年四季节目都排得满满的，各种演出不断。小吉看着那一幅幅的广告，或剧照，或人物肖像，或水彩画，或剪纸，都设计得精美绝伦，独具匠心。一一看过来，非常地惬意，留连忘返。这里的中央有一个小型广场，广场中心是一个灯光喷泉，水柱哗哗地喷到半空中，被彩灯映照得七彩变幻，像是仙女们的天上瑶池。水池边的大理石台阶上坐满了人，不少人手里拿着热狗，端着热咖啡，在寒冷的空气中吃着喝着，那个惬意劲儿看了真让人羡慕。

《天鹅湖》的演出地点在大都会剧院。小吉随着四面八方涌来的人走进了剧院的玻璃大扇门。里面前厅高大空旷，暖烘烘地充满了温馨的情调。小吉放眼向四周望去，止不住惊叹起那让人炫目的富丽堂皇来。大厅的整个墙壁和地面都是用上好的大理石做的，灯光下泛着柔和的色彩。墙壁上满是精美的雕塑，配上鎏金图案。猩红的地毯铺在雪白的大理石地面上，沿着巨大的扇形楼梯一级级地向剧场里面伸展开去。让人眼花缭乱的巨型水晶吊灯照着满厅的俊男美女，绅士们西装领带，淑女们穿着齐胸的晚礼服，玲珑剔透的珍珠翡翠首饰反射着水晶灯耀眼的光芒。大家一个个显得温文尔雅，鱼贯而入地通过检票口。小吉没想到平时穿着十分随便的美国人现在如此地正规斯文，体现出了良好的素质和对艺术的尊重。

进到剧场里面，色调暗淡柔和下来，灯光在天顶上熠熠闪光，像晴朗夏夜里的星星，高而远，亮而柔。红绒布的座位，涂金的墙壁，很像油画中欧洲剧场的古典格调。小吉在服务生的带领下按照号码找到了座位，紧靠前边的几排，丽莎和安德鲁已经坐在那里了。丽莎今天打扮得非常地漂亮，发髻高高挽起，硕大的钻石耳坠在耳垂下微微摇晃，招人眼目，一串长长的珍珠项链挂在白皙的粉颈上，直垂挂到深红暗花的丝绒晚礼服胸前，一派雍容天姿国色。小吉和他们一一打了招呼，甫在丽莎的身边坐定，另一边的一个男子主动和她打起招呼来。丽莎向小吉介绍，这是R大学刚来的年轻教授，叫舒特。

　　小吉和年轻教授礼貌地问了好。舒特很健谈，一头薄薄的金发，很是潇洒。乐池里在试音，他就向小吉讲解各种乐器的功能和在剧中将演奏的角色，完全是行家里手，没有丝毫的卖弄。接着他问起小吉在美国生活习不习惯，课程紧不紧张。小吉因下学期开始需要选几个实验室实习，以便从中确定一个作为以后论文的课题，她自然就问起了舒特的研究方向和实验室的情况。舒特向小吉介绍了自己的工作概况，十分鼓励小吉到他的实验室去工作几个月，保证她会喜欢。他刚来很需要学生。交谈中小吉发现他很有头脑，年富力强，思维非常地敏捷，特别是见解很新奇，不落俗套，绝非平庸之辈。他说话时眸子里闪着奇蓝的光芒，像是智慧在闪耀，很让小吉着迷，于是就答应了他的要求。

　　这时前排的空位子上来了一批衣冠楚楚的人，一个红光满面的老头子和一个富态雍容、穿金带银的妇人亲昵地和丽莎打着招呼。等他们坐定了，丽莎轻声在小吉的耳边说这就是她的父母。那个坐在父亲旁边的叫川普，是纽约建筑界的翘楚和暴发户，非常有钱势，他打一个喷嚏，全纽约都要跟着感冒三天。最近他又要盖一幢摩天大楼，正在跟父亲商量贷款的生意。不知怎的，小吉顿觉周边的空气压强增大，有点不自在起来。

　　说着话，大厅里吊在空中的数盏水晶灯徐徐上升，光线更加暗淡下来，演出开始了。乐池里响起了小吉非常熟悉的《天鹅湖》的优美旋律，随着紫绒大幕徐徐开启，柔和的天蓝色灯光下，一群白色的天鹅在天池的林中起舞。演员们身穿白纱超短裙，头带白发夹，或独舞，或双人舞，或群舞，动作非常非常地轻捷柔和和整齐划一。她们是那样地悠闲，那样地自在，一群尤物尽情地享受着天国里才有的情趣，让人觉得如痴如醉。特别是那只领头的白天鹅，双腿尖尖点水，两臂柔柔拔浪，悠游天地之间，唯有孤芳自赏。蓦然间，惊回首，不期和在林中打猎的王子相遇，两下里一见钟情。一个含羞自掩，娇态百媚；一个惊世骇俗，欲罢不能。看到这里小吉猛然记起了在杨柳依依的东湖之滨，志明为她背诵的《洛神赋》，那和曹植作神恋，"蜿若游龙，翩若惊鸿"的洛神和白天鹅是何其相像也。演王子的那个男演员肌腱十分地发达匀称，在表现追求白天鹅的过程中有一大段精彩的独舞，他弹跳力极好，旋子打得飞转，迎来了满堂的喝采。小吉不由自主地侧过脸去看安德鲁，只见他双目紧盯台上，神色黯然，让小吉吃惊的是他眼睛里居然有一片泪光。这些大概都是他以前的同事吧，免不了触景生情，小吉想。

　　中场休息时，大家都到走廊上喝饮料。小吉左看右看，却不见了安德鲁。她问丽莎安德鲁哪里去了，丽莎告诉她安德鲁到后台去找他以前的恋人了。她说那话时神态自然，不以为意。看着小吉吃惊的样子，丽莎又补充了一句，就是那个跳白天鹅的领头女演员。舒特问丽莎："我在报纸上看见，他当时叛逃，是因为私人的原因，到底是怎么回事情？"丽莎说："他和这个女演员以前是老搭档，都是王牌名星，在苏联家喻户晓。两人相恋很深，可组织上就是不同意他们结婚，因为有一位政治局委员的儿子看中了那位女演员。这件事缠得两人痛苦万分，他一气之下，趁出国演出的时候留在了美国。听说这位女演员现在还是独身。刚才在台上演王子的那位男演员以前一直是安德鲁的替身，只有在他生病或有事时才替补他的位置。"

小吉想那位男演员跳得那么好才是安得鲁的替身，可见安得鲁的身手不凡。刚才安德鲁看着台上的恋人，心中的那份苦涩该有多深。两个人相爱却不能生活在一起，世界上没有比这更残酷的事情了。小吉很能理解安德鲁的苦衷，中国不也发生过这类事情么？她的小姨年轻时和部队歌舞团的一个独唱演员也是爱得死去活来，可是小姨的家庭成份不好，人家是军人，组织上也是不同意，除非那个人退伍，当然也意味着一个人的政治生命完结。那人后来和小姨分了手，跟一个军区司令员的女儿结了婚，小姨为这事伤透了心，发誓终生不嫁。

大家说着话，丽莎的父母和那个叫川普的建筑大亨摇摇摆摆地走了过来。川普对丽莎笑容可掬，问什么时候也能够在舞台上看她跳芭蕾舞。丽莎噘着嘴告诉川普，她已经不跳了，现在R大学读医学和分子生物学双博士。

"哦，"川普一脸不解，问丽莎："你跳芭蕾舞是很有天份的呀，这样不是很可惜吗？"

"这都是我父母的意思。"丽莎当着客人的面表现出了对父母这一安排的不满。

"是这么回事，"川普似乎明白过来，哈哈大笑地说："不要紧，以后我请你到我的舞会上去跳，给你开一个专场。"他们没有跟舒特和小吉讲话，就摇摇摆摆地走了。

　　下半时的演出开始了，安得鲁的座位上还是空空的。丽莎已无心观看，回头四处地张望，不久也起身走了。台上的白天鹅在和装扮成黑天鹅的魔鬼抗争，被打得羽翎凋落，无力反击。小吉因为坐得比较近，她仔细地观察那个扮演白天鹅的女演员长相，发现她长得异常地美丽。特别是那一双眸子，和丽莎的一样，大而明澈，蓝蓝地如同一汪湖水，淡淡地透着忧，透着弱，十分慑人的魂魄。她的大段独舞，跳得非常优美感人，把内心深处的不屈和愤怒表达得淋漓尽致，演到情深处，竟双眼泪光盈盈，至哀至绝，忧伤无比，让人觉得心口都在滴血。小吉的灵魂深处只觉得山崩地裂般地震撼着，她赶快地低下了头，眼泪止不住地泉涌出来。过了一会，她感觉到有人递过来了纸巾，接在了手里，赶快擦干了眼泪，她从来也没有这般感动过。她抬起头，很不好意思地看了看舒特。舒特十分体谅地向她笑了笑。他们又继续观看演出。

　　剧情当然最后是王子战胜了恶魔，救出了白天鹅。可小吉的脑子已经不在台上，猜想着安德鲁和白天鹅相会的种种情景，一直到谢幕时观众的掌声把她惊醒过来。观众们全体起立，长时间地鼓掌，演员们一一谢幕。特别是演白天鹤的女演员，谢了一遍又一遍，人们热烈地欢呼，不断有人隔着乐池，向台上扔鲜花。

　　看完了演出，只剩下舒持和小吉。他们随着人流出了剧院。来到汽车站，小吉让舒特先乘公共汽车回去，她想一个人走回去。舒特犹豫了片刻，对小吉说："我陪你吧，今夜圣诞除夕，我们一起去洛克菲勒中心看世界上最大的圣诞树。"

两个人沿着马路走着，谁也没有说话，小吉的情绪还没有完全从刚才的剧情里回转过来。沿街的大商店都在街窗里陈列着各式精美的圣诞饰物，还有带音乐的橱窗剧。空气虽然寒冷，却柔柔地泛着一种节日的光彩和温馨。空旷的大街上，清晰地回响着两人鞋跟碰击着水门汀地面的声音。

"你是一个容易动感情的人，好一点了没有？"舒特首先打破了沉寂。

"其实这个剧我以前也看过，不像今天这样。我想，大概是有一段动人的故事藏在背后，所以看时，心情就不一样。不过那个演员确实演得好。"小吉向舒特讲了自己小姨的故事。不知怎地，她有一种向这个年轻教授表述自己的欲望。是一种什么感觉说不上来。可能是舒特看剧时递过来的纸巾，也可能是他毫不拐弯抹角的关心询问，让人有一种贴近感。人和人的关系很微妙，相处了很长的时间，不一定有很多的话想说，刚认识，却又无话不说。

听完了小吉小姨的故事，舒特说："我明白了，这叫共鸣。物理学上，当两个东西发出的频率相同时，就会引起振动，心理学上，这个原理也很适用。这些故事本身确实都很感人。"

讲着话，就来到了摩天大楼耸立的洛克菲勒中心，一片耀眼的灯光和熙攘的人群。这里有一棵几层楼高的巨大圣诞树，上面有无数的彩灯泡。舒特告诉小吉，这是世界上最大的圣诞树，每年都从外地运来。他让小吉猜猜看上面一共有多少灯泡。小吉没法猜出来。舒特告诉她，一共一万只。听得小吉睁大了双眼，看着那密密麻麻的大灯泡惊得说不出话来。说那是大灯泡，是因为它们和房间里照明用的灯泡一样大。圣诞树面临着一个露天溜冰场，里面潇潇洒洒地有不少男男女女老老少少在溜冰。小吉和舒特挤进了人缝里，凭栏俯视着下面溜冰的人们。溜冰池里播放着祥穆温馨的圣诞音乐，一个穿着鲜红白边外衣，戴着满脸大胡须的人装扮成圣诞老人的模样，背上背着一个大大的礼物袋。他一面娴熟地滑着，一面做着各种滑稽的动作，逗引得满场围观的人哈哈大笑。他在前面滑，溜冰池里的许多小孩跟在他的背后一溜排开，在溜冰池里形成了一个大圆圈。小吉的情绪转了过来，被这欢乐的气氛感染了。

　　他们从人群中出来，沿着第五大道漫步，这里也是人山人海。小吉觉得奇怪，刚才一路冷冷清清，这里却热闹非凡。马路边的商店里，地面上，路灯杆上，甚至半空悬着的，都是闪闪烁烁的各式灯饰，拼成巨大的各种美丽图案。小吉以前从一些老书上看见过有关中国古时候的元宵灯会，在脑子里编织过不少情景，却不及眼前的这般繁华灿烂。人们摩肩擦踵，款款而行，全不见了平日里纽约人的那种行色匆匆，争先恐后。有的合家出动，一团一团地东看西瞧；有的情侣双双，明眸皓齿，一面肆意地笑着，一面当众接吻；也有那形瘦神销，衣衫褴褛的流浪汉立在阴暗的背角处，两眼幽幽地似鬼火一般窥视行人。

　　在一个地摊上，小吉看中了一个玲珑剔透的圣诞饰物，是一个小铃铛，有红色的彩带和两片绿叶衬着。她买了一个别在胸前，非常好看。又往前走了一段，路边卖热狗的香味扑鼻而来。舒特说肚子饿了，问小吉要不要吃热狗，小吉又记起了刚才看芭蕾舞时那些在林肯艺术中心喷水池边吃热狗的人们，很是羡慕，于是点点头。他们排着队一人买了一只热狗，腾腾地冒着热气，香香地吃着。这时大马路上来了一辆仿古马车，夹在车流中慢腾腾地踢沓而来。车上一对年轻人拥衾而坐，对都市的现代气氛有点木然，一副从哪里来，到哪里去的模样。小吉问舒特这是怎么回事，舒特说这是纽约街头的一个旅游项目，半个小时二十块钱坐一趟。吃着热狗，看着这西洋景，小吉觉得有几分滑稽，却非常地惬意。

吃完了热狗，他们觉得心里暖和了许多，随着人群向前走去。来到一幢金碧辉煌的摩天大楼面前，楼少说也有四五十层高，门前立着两个大大的T字。金扇门不停地转动着，人们鱼贯而入，鱼贯而出。小吉站下来观看，舒特问小吉还记不记得看芭蕾舞时和丽莎父亲在一起的那个川普先生。小吉说记得，好像很有钱。舒特说岂止很有钱，这栋摩天大楼就是他的，他就住在这楼上，他在纽约拥有二十多处像这样的大楼。小吉听了张着嘴直冒热气，心想一个人居然能够这般地有钱，够资本主义的了。

"要不要进去看看？"舒特看着小吉一副惊奇的样子。

"这对外开放吗？"小吉有些疑惑。

"当然，这些进进出出的都是游客。"

他们从旋转的大门进到里面的大厅，大理石嵌着金色，明晃晃地刺眼。老远地听到水的哗哗声，向里走去，迎面却是一个室内大瀑布，清波碧水紧贴着棕色的大理石墙面飞泻，在明灯的照耀下，薄如蝉翼。瀑布下面是绿色的常青植物和室内鲜花。旁边一棵笔挺挺的圣诞树，上面挂满了金色的和大红的彩球和绶带，衬得大厅富丽堂皇。这里有一处喝咖啡和饮料的地方，小吉问了一下价钱，听了直吐舌头。两人什么也没买，转了一下就出来了。

"这人真富有。"走到外面冷空气里，小吉眼里脑子里还是金晃晃的一片。

"其实这个人是个穷光蛋。这些钱都是借来的。"舒特耸了耸肩，一点也没有羡慕的表情。

"怎么会呢？"小吉又不解了。

"这人是一个暴发户，只有四十出头。他就是胆子大，先从银行里贷款，盖好了大楼后租出去还债。想想看，如果有一天房地产价格下跌，没法还钱，他不跳楼才怪。所以这些楼表面上看来是川普的，实际上是丽莎父亲的。"

小吉开始有点清楚丽莎是怎样的一位阔小姐了。难怪她父亲不让她去跳芭蕾舞。但不知这对她来说是好命还是不幸。

两人走的路多了，有点乏力，于是叫了一辆黄色的出租汽车回到了学校。舒特住在一路之隔的学校教职员工公寓大楼里。

回到学生宿舍自己的房间里，小吉觉得有点累，一晚上的花花世界和所见所闻搞得小吉的头脑都有一点乱了。在这繁华的背面，隐隐地凸现出了贫穷的安和那个落后的小镇。这真是一个多么不相称的国家。

小吉烧了一杯咖啡喝了，然后洗了一个热水澡，才觉得大脑皮层放松了些。她打了个电话给志明，志明约她明天去他那里过圣诞节。

六

第二天圣诞节一大早，小吉乘地铁去了志明那里，她给志明买了一个取暖器。上次她听志明抱怨说房东为了省钱，经常不开暖气。小吉心想，这么冷的天，没有暖气怎么过冬。志明的学校和纽约大多数的学校一样，没有自己的学生宿舍，学生们都到外面租公寓，条件比较差。

到了志明那里，刚一进公寓楼，就听见志明房间里传出来一阵哄笑声，非常热闹。小吉推门进去，却见一群人围着，志明坐在中间让人按着剃头，七弯八扭，头上面开了几条很不雅观的道道出来。围着的人还寻开心，找乐子。小吉却生气了。她把取暖器放下，一把推开理发的人，夺过理发推子，一声不响地细心推起来。众人一下子没有回过神来，都愣在了那里，等看清了是小吉，一个个直吐舌头做鬼脸，红着脸站在一旁一声不响地看着。

"你来了，"志明和小吉打了个招呼，"今天圣诞节，有点时间，这头发太长了，想剃短一点。大家都不会理，互相学习。"志明为他人解释道。

"坐好，"小吉有了一点威严，扳正了志明的头。只见她纤纤玉手在志明头上来来回回了几趟，一个整齐漂亮的发型就出来了，熟练得很。众人一旁看得有点傻了眼，原来是一个女理发师。上次见过面的老刘夸奖说："哟，看不出来小吉还真有两下子。这头剃得有水平嘛。"其实小吉理发已经有年头了，以前在家里小吉的父亲从不到外面去理发，一直在家里由小吉理，单位的人问起，就说是外面理发店里老师傅理的，大家还真信。

"是不是帮我也来一下。"老刘看着志明那清爽利落的发型对小吉说。不少人开始抚摸起自己的头来，却有点不好意思开口，特别是刚才捉弄志明的那几个。小吉心中虽然还在生气，可是看见这帮留学生们一个个虽然谈不上垢面，却是蓬头，心中老大不忍。也是的，大家一天到晚埋头在学业里，连理发的时间都没有。看着那一个个朝自己憨笑的顽皮脸孔，都是讨饶的相，小吉心就软了。她给志明拍打掉身上的头发，然后让大家排好秩序，一个一个地按在凳子上理了起来。

众人满心欢喜，理着发，聊着天。有人打趣道："谁让咱们刚才和志明过意不去，现在遭他女朋友修理了不是。"大伙哈哈笑了起来，连小吉也忍不住扑哧笑了一声。

"你手艺高，干脆开一个留学生理发店好了，保证生意兴隆，也解决了我们的老大难问题。"有人得了好处，开始怂恿小吉。

"就是，外面的理发店理得不怎么样，还十几美金一个头，谁理得起。"

"算了吧，人家还不是忙，除了不用像我们定期理发外，哪一样也不少。再说志明保证不干，占用了人家谈情说爱的时间不是。"

"谁在那里烂舌头，待会剃光头。"小吉杏目微睁，羞红的脸上一副不饶人的样子。众人吓得不吱声了。

志明到厕所里镜子前照了照，果然很好，内心深处怦然触动。心想和小吉认识这么久了，不知她会理发。刚才理发时，她的手在头上抚摸，很轻柔，很体贴，长这么大，除了母亲和姐姐外，还是第一个女性这么抚摸自己。理发时，她呼出的气息让自己的头发根子很舒服。大概有点生气的缘故，那呼吸是急促的，胸部也起伏得厉害，触在自己的膀子上让人又想起了睡在安家里的那个晚上。志明觉得自己和小吉确实太保守了，没有结婚以前不敢越雷池一步。此时此刻，志明闭上了眼睛，头脑里满是小吉的倩影，她平日里的一颦一笑，这时都从心底的深处浮显出来。小吉美丽，聪慧睿智，悟性很高，有一种大户人家淑女的明秀和涵养。她身上没有一丝许多漂亮女孩特有的那种矫柔造作。志明心中荡着涟漪，他打开水龙头，让哗哗的自来水冲洗着沾满了碎发屑的头，借以让自己清醒清醒。洗完头，他来到外间，老刘好了，也进去洗头。

　　大家见志明出来，有人说：“我昨天到系里去看了考试成绩，志明有几门课都考了第一。在系办公室听人家说志明有一门本来考了一百分，可是那个主考的犹太老太太不同意给他满分，说这根本是不可能的事。可是评分的其他老师说他的答案全对，挑不出来毛病。你知道那个犹太人怎么说，她对评分的老师说，别忘了，他是一个中国人，在他语法中找找，准能找出什么来。最后她从志明的考卷中找出了几个标点符号的小错，楞给扣了几分。

　　“这是怎么回事嘛，又不是考英文。考试那么紧张，谁没有几个语法上的小错。真要挑毛病，美国学生一样有。”

　　“就是，系里的秘书都为志明打抱不平，说那个犹太人一直都很歧视中国来的学生，多有刁难。”

　　“志明，找系主任说说去，这样不公平。”

志明摆摆手说："算了，不就几分吗，第一就行。"

"志明好脾气，要我非得找她不行。不过听说那个犹太人挺惨的，父母兄弟姐妹都被德国纳粹在二次大战中用毒气毒死，然后扔到火炉里灭迹。她自己也被关在集中营里当了很长一段时间的妓女。"

"我说她怎么那么怪怪的，好像跟谁都有仇似的。"

"算了，不说这个了。"志明制止了大家。

"志明，听说你当选了大纽约地区的中国学生会主席，有没有这回事？"有人问志明。

"有这回事。"志明说。

小吉停下理发推子，有点惊讶地看着志明。志明忙解释道："是昨天才定下来的"

"你这新官上任，准备放什么火？"大家来了情绪。

志明说："这不是什么官，为大家办点事罢了。大伙说说看，组织一些什么活动丰富一下咱们留学生的生活，有什么要求，我给领事馆去说。"

有人嚷道："可以来一次春游。"

"是不是从领事馆搞点电影片子来放放。"

"还可以搞聚餐。"一个胖一点的留学生说。

"志明是纽约地区的学生会主席，哪管这个。那么多人这餐怎么聚，你就是好吃，难怪胖。"另一个瘦一些的留学生反驳道。

"你咒我。"胖子两眼圆睁起来。

"本来就是。"瘦子也不示弱。

"你们两个，在一起就抬杠。"大家把他们俩一哄而散。

"听说国内春节期间有一个表演艺术团要来纽约，请他们来为留学生演一个专场怎样？"

又有人建议道："干脆来一个中国学生学者自己的联欢会最好。"

"这是个好主意。听说，国内许多有名的演员都在纽约，有的还是留学生。把他们请来，演出水平一定不比国内差。"

"那场地呢？"

"许多学校的大礼堂平时都空着，借一借不就得了。"大家七嘴八舌地一片嚷嚷，志明将这些一一记录下来。

小吉一面理着发。一面饶有兴趣地听大家讨论着。她的学校只有她一个是从中国大陆来的，平日里有点孤单。志明这里是综合大学，各系都有中国学生和访问学者，平时可以经常聚在一起，聊聊天，谈谈心，有了困难互相帮助，精神上不寂寞，真让人羡慕。小吉足足花了两个多小时，才让每个人都容光焕发一遍，大家高高兴兴地到洗脸间洗了头，照了镜子，都很满意。有小吉在这里，知道他们有话要说，人们也不多打扰，谢过小吉后都走了。

房间里地上都是发屑。志明歉意地向小吉笑笑，给她倒了一杯饮料，让她坐着休息，自己打扫着房间："大家平日里都太忙，圣诞节有点空凑在一起互相理个发，都是臭水平，没想让你给碰上了。累得够呛吧？"志明关心地问。

小吉揉着发酸的手说："不要紧。"

"你是什么时候学会理发的？"志明止不住好奇心问小吉。

"下农村的时候。生产队长是个好心人，看我干不动农活，让我学理发，全生产队的头都包给了我，还给记工分，慢慢就练出来了。有时候公社书记也来理。"

小吉瞥见桌子上有一份申请表，拿起来一看，是连诗卷的。"你在给你以前同宿舍的连诗卷申请研究生？"小吉问。

志明点点头："毕业后他分配回原来的部队单位工作，觉得专长得不到发挥，想出来深造。"

"他是部队来的？"小吉很吃惊地问道，一个腼腆得像大姑娘的男生居然是军人，那腼腆简直有点可爱。

"看不出来吧。要是常人像他那样的性格是很难进部队的，他是高干子弟，父亲是大军区司令员。"志明让小吉再吃了一惊。"告诉你一个故事吧。上大学时很长一段时间谁也没把他放在眼里，我和他同宿舍，对他知道得也不多。大学二年级的时候，有一天一个一看就知道是纨绔子弟的军人开着军用吉普车，带着一个浓妆艳抹的香港小姐到学校来找他，那是他哥哥。结果全系上下惊动，才知道他父亲是大军区司令员。他一夜之间就成了系里的重点，当了团支部书记。"

小吉觉得有点不可思议："他要是不满意现在的工作，利用他父亲的关系，尽可以调换呀。"小吉说。

"其实他现在的待遇好得很，上大学时已经连级带薪，大学毕业后一回去就是副团级了。只是他也很羡慕我们这些考出国的，认为这才是真本事。他倒是一个正直的人，不看重自己的家庭背景，有时甚至认为那是一个负担。自己得到的，不知道有多少是属于自己的，有多少是属于家庭的。"志明话锋一转："其实他也很喜欢你呢。"

"瞎说。"小吉一下子绯红了脸。

志明知道连诗卷深深地爱着小吉，单相思害得很厉害。尽管小吉每次来宿舍他总是躲着小吉，逃一样地避开，那是一种神经质的反应。志明很清楚，他内心深处煎熬得很痛苦。志明有时夜间醒来，听见连诗卷在床上辗转反侧，也有时看见他瞪着窗外的月亮发呆。

"我也收到了孟选的信，让我在国外给她联系一个学校。我的学校每年只招收二十几个研究生，很难进，能不能在你们学校也给我要一份申请表。"小吉对志明说。志明答应可以。

"你这屋真冷。晚上怎么看书？"小吉跺着双脚，搓着双手。

"这房东，就是不肯开暖气。晚上寒气袭人，只好裹着棉被看书，双脚还冻得发疼。不过也能熬得住。以前在农村，不光是天寒地冻，还睡地铺，就一层稻草。有时实在太冷，几个知青就起来举石磨，发发汗。现在要看书，不能动，只好干坐着。"

"我给你买了一个取暖器。我们把它装上吧。"志明和小吉一起动手装好电热取暖器，插上插头，热风就吹了起来，两人都觉得很舒坦。

"你那宿舍里什么东西都齐全，真让人羡慕，也省得我操心。真谢谢你买了这个取暖器，要不这个冬天还不知怎么过。"志明说。

已经时近中午，小吉刚才干了不少体力活，腹中有点饥饿了："今天吃什么，是不是又是红烧肉加大米饭？"小吉打趣地说。

"哪能每次让你吃那玩意，连我都吃腻了。我昨天到唐人街去买了一些新鲜蔬菜，还买了一条鱼。"

"我来做。"小吉就要去开冰箱。

志明赶快拦住她："你刚才忙了半天，坐着休息。今天我做，尝尝我的手艺。"

"你会做菜？"小吉饶有兴味地问，两只眼睛有点不相信地看着志明。

"当然，下农村那会，我是知青点的厨师兼会计。几十个人的口味都由我调。"志明有点小得意的样子。从冰箱里把东西拿出来。

"你近来好像挺喜欢提起农村，动不动就是农村的时候。上大学时很少听见你这么说呀。"小吉起身帮着志明择菜洗菜，侧着脸问志明。

志明摇摇头说："自从来了美国以后，也不知怎么搞的，常常想起以前在农村的往事。说实在的，下农村的时候艰苦，现在也艰苦，都有熬不住的时候。以前一个人十六岁远离父母到那荒凉的山沟里求生。那时是体力累，不堪农村的重活，挑着九十多斤重的水桶一担担地往山顶上送水浇梯田。现在是脑子累，那读不完的书和写不完的论文就像一座座的山一样，等着去攀登。在国内上大学的时候不一样，一切都由国家包干，不愁吃不愁住不愁没有工作，思想上没有压力，路都铺好了，只等着你去走完，所以很轻松。这里不一样，一切都靠自己。我们这些公派的留学生还好，学校有助学金，不管是助教还是助研，都有一份工作，基本生活费有个保障。那些自费生更难，许多人都到外面餐馆打工维持学业。当然，人有点压力并不是什么坏事，真金还得火炼。不过小吉，你真幸运，学校一流，每个人都发奖学金，除了学业以外，其它什么都不用操心，所以感觉不出来生存的压力。"

"我有时也觉得自己有点生活在真空里的感觉。"小吉承认地说，"不过下学期我得开始到教授们的实验室去实习了，我们那里以研究为主，强调出成果，压力在后面呢。"

"你准备向哪一方面发展呢？"志明问小吉。

"我们那里新来了一个年轻的教授，很希望我到他那里去。他的题目很尖端的，我想去试试。"小吉把洗好的蔬菜放在菜板上，问志明有没有心中既定的目标。

"我想搞生物大分子的拓扑学，很有意思。我们系里有一个教授，在国际上很有地位，是这方面的专家，到他实验室去转了转，可洋气呢。"志明似乎已经拿定了主意。

小吉洗完了菜，其它的也插不上手，就坐在那里看志明做菜，果然一副大师傅的模样。那条鱼在他手里翻来覆去，去鳞剖肚，先油锅里一炸，然后葱、姜、蒜下锅，和着糖醋一焖，满屋里就有了一股香味。起了锅，志明端着盒子放在小吉面前的桌上，拿了一双筷子给她，让她尝尝。小吉看着整鱼，轻轻夹了一块放在嘴里，口感极好，酸酸甜甜，滑嫩无比。"嘿，你真行！"小吉夸道。志明又快手快脚地烧了一个明虾，一个西施豆腐，一个上海青菜，小吉尝一个爱一个。

两人吃着中饭，谈着留学半年来的各种酸甜苦辣。大家都各自奋战在自己的战场，或教室，或实验室，或图书馆。研究生的学习生活不是开玩笑的，课程量非常大，用紧张万分来形容一点也不过分，有时一堂课下来，教授信口开河，列出几十篇参考文献，都得到图书馆去查找，细细地读。一堂课的材料还未读完，下一堂课又开出许多来，考试测验的内容都在这些文献里面，很难猜出教授们在想什么。志明说，有个教授专选冷僻的地方出题，一个不留神，稀里糊涂就考砸了。有的学生气不过，责问他为什么不考基本概念，他自有一套阴阳怪气的理由：查看你准备得充不充分，挑不挑食。

小吉还算比较好，学校没有本科生，不用代课。志明却不同，除了修四门课外，还在化学系教两门本科生课。那些美国学生笨笨的，脑子死不开窍，花去了志明的许多时间。

吃完了饭，小吉帮志明收拾好了碗筷，阳光从窗子里射进来，照在身上暖洋洋的。"你现在还看不看文学方面的书籍？"小吉问志明，提起了老嗜好。

志明说："太忙，哪有时间。不过前几天到超级市场去，买了一本英文小说《The Thorn Birds（荆棘鸟）》，讲澳大利亚一个天主教神父和一个女孩子相恋的故事，非常地感人。我刚刚读完，你要不要看？"志明从床头拿起书递给小吉。

小吉接在手中，厚厚的，桔黄色的封面。她打开扉页，上面写了一段短小的神话故事：有一种鸟，它的一生都在寻找着刺树。当它找到时，就将身体向刺树上最长最尖刃的刺扑去。当刺戳穿它们胴体的一刹那间，它就发出了世界上最动听、最美丽的声音。当全世界都在聆听这声音时，上帝在天堂里微笑了，因为他知道，最美好的东西只有用最痛苦的代价才能换取来。小吉一下子就被这个故事吸引住了。坐在那里一动不动地看了起来。

志明煮了一些浓酽酽的香咖啡，给小吉和自己各倒了一杯，里面放了一匙白糖和一点牛奶，这是志明喜爱的。两人品尝着咖啡，静静地读着文学书籍，仿佛又回到了国内的大学时代，暂时忘却了这繁重的留学生活，那感觉真好。日落西山的时候，小吉告别了志明，拿走了《荆棘鸟》。

尽管是圣诞节，纽约地铁里不见人少，座位上坐满了人。小吉手拉扶手站着，觉得这一天过得特别地充实、平和。偶然间她看见不远处站着一个东方女孩在看书，从打扮上看，很像是大陆来的。她一头黑色短发，瘦削单薄的肩膀上背着一个沉重的大书包。车厢摇晃得厉害，人都有点站不住了，可她一双眼睛牢牢地盯着书本不放，像是钉在了上面。她有一双很美丽的眼睛，弯弯地像月牙儿，迷迷地似雾中的小湖。尽管她脸色疲惫苍白，却是顽强和执著的。这大概又是众多打工留学生中的一个，小吉心里这么感慨地想。

七

牛顿是一个伟大的自然科学家，他发现的万有引力定律证明：天体界的每一个物体都具有向心引力，在这股引力的作用下，天体围绕着互相旋转。天体的质量越大，靠得越近，它们之间的向心引力也越强。当一颗天体围绕着另一颗天体在自行轨道上运行时，突然间有另一颗天体出现在附近，就势必影响这两颗天体的运行轨道，甚至可以把其中的一颗吸引到自己的周围旋转。自然界的许多定律也可以运用到人际关系中来，两者往往具有许多惊人的相似之处。小吉没有意识到，新学期一开始，她的运行轨道就悄悄地，潜移默化地发生了改变，并最终产生了不可逆转的结局。

第二学期一开始，小吉就进了舒特的实验室。他们研究的是生物的衰老问题。这是一个十分有趣的题目。人从出生下来到幼年、少年、青年、壮年，然后走向老年，衰老直至死亡，形成一个不以人们意志为转移的过程。这是客观规律，而且是与人们愿望反其道而行之的客观规律。从古到今多少人想长生不老，发明了多少荒谬绝伦的方法延长寿命。不管是帝王将相，平民百姓，结果都归于失败。人们感到了自己的无能为力和渺小，悲观失望的结果是信奉上帝，在中国就是信命。

可是人类从来就没有终止过自己的追求，他们创造出了许多的古代神话来寄托自己的愿望。神话里许多栩栩如生的人物都是长生不老的。随着科学技术的发展和研究手段的创新，人类一刻也没放弃对这一问题的探讨研究。进入二十世纪，生命科学突飞猛进，

278

特别是五十年代后期分子生物学的创立和发展，科学家们已经开始认识到了衰老的本质及其控制这整个过程的发展演变规律。组成生物包括我们人类的最基本单位是细胞，要认识衰老，就得从细胞的命运着手。

每个细胞如同一个小小的微观宇宙，它包含着千千万万个生物大分子，这些大分子如同宇宙中的灿烂小星球在微观宇宙中有规律地运行，互相间起着反应。有意思的是这些大分子也像一个人体一样，有着自己产生和灭亡的过程。许多这些大分子是人体发育到一定阶段的产物，也就是说，需要它们的时候，它们才会出来，不需要的时候，它们就消失。如果不该出来的时候出来了，或不该消失的时候消失了，人类就会生病。从衰老的角度考虑，当人体发育到衰老这一步时，细胞里面一定会出现一些衰老有关的生物大分子。如果能够用现代实验方法捕捉到这些大分子，研究它们产生的过程，就有可能阻止延缓衰老的发生。事情是两方面的，在衰老发生时，一些与保持年轻有关的生物大分子就会消失，如果能够搞清楚这些大分子的产生和消失机理，就有可能延长青春。

舒特的科学研究，就是要找到这些生物大分子。

真是太奇妙了，这简直是一个引人入胜的迷宫。小吉自从进了舒特实验室后，不断地和他探讨这方面的问题。讨论得越深入，越了解，小吉的兴趣就越浓厚，渐渐地她也像舒特一样深深地爱上了这项课题，废寝忘食地干起来。这是舒特十分聪明的地方，他并不死盯着人一天干多少小时，而是让你对工作了解透彻，喜欢上了，自然就愿意加班加点，乐在其中。年轻教授手下人员很少，除了小吉以外，只有一个实验员。实验室虽说很小，工作却有条不紊，一切很紧凑。舒特是一个十分勤奋的人。早上七点钟到实验室，一直工作到晚上十一点钟才离开。他很聪明，办事说话快捷，从不拖泥带水，而且亲自动手作实验。他有许多奇妙的实验设想，屡试屡中。舒特虽然工作态度严肃，却又很诙谐。往往在大家工作很紧张，情绪高度亢奋或压抑时，时不时地讲一两句笑话，引得小吉和实验员两人捧腹大笑，气氛顿觉轻松下来。

　　时间不长，小吉对舒特有了敬佩之感，她已经喜欢上了这个实验室。每天走进实验室，房间里那特殊的气味和各种闪烁的精密仪器就让她兴奋不已，直感到身体里的每个细胞都在冲动跳跃。她觉得衰老这个问题并不十分地神秘，通过自己的双手做出来的各种实验数据和图表，使她看得见摸得着衰老的脉搏。有时候为了等一些关键性的结果，她顾不上吃喝睡觉，两眼熬得通红。每当这种时候，舒特总是陪着，和小吉一起守候结果出来，那神情又兴奋又焦急，像是等待新生婴儿出世一般。有时实验做不出来，或结果不理想，小吉的心情就很糟，如同掉进了深渊。这时舒特就拿过实验数据皱着眉头冥想。然后把自己的想法告诉小吉，和她一起讨论改进的方法。那些想法像火把一样，每每让小吉又看见了光明前途，涌起一股按捺不住的冲动，跃跃欲试。有那么一两次，实验结果意外的好，那样地激动人心，兴奋得两人喊叫起来，结果引得隔壁实验室的人都跑过来看，不知出了什么事，弄得两个人倒不好意思起来。当然，他们的好消息也不胫而走，全科室的人都知道他们发现了新大陆。

经过几个月的日日夜夜，小吉用分子筛选法找到了一群和衰老有联系的蛋白质因子，通过反复的验证，这些因子都有致衰老功能，她把全部的身心都用在了分析鉴定这些因子上。这批结果，让舒特兴奋不已，这意味着他们找到了衰老学科的钥匙，为征服人类的衰老向前迈了一大步，在整个领域里处于领先地位。

他们的这一系列进展，引来了室主任的高度注意。他以前从不到小吉这儿来，见了面也不怎么打招呼。现在是一天来三趟算少的，对小吉热情有加，问长问短。室主任五十岁不到，有点女人气，喜欢不时地整理自己略带花白的头发。他十分关心小吉的学习生活情况，详细听取了解小吉的实验过程，认真查看小吉的实验记录本。对小吉大加赞赏，十分鼓励。小吉发现他说话时容易红脸，两只浅蓝的眼睛就像深深的吸缸，一字不漏地把你所讲的所有东西都吸收进去。

舒特有一个特别的嗜好，击剑。他每个周末都要到击剑俱乐部去。他办公室里除了专业书籍以外，就是击剑方面的杂志了。办公室墙上有一幅照片，是舒特身穿白色击剑服，头带防护罩弓步跃进向前突刺的英姿。现在到了星期五，主任就来邀请舒特一起去击剑俱乐部，原来他也是击剑好手。听舒特讲，还是主任介绍他到这个俱乐部去的。

有了好的成果，大家的心情十分舒畅。舒特这天中午请小吉和实验员到附近的一家中餐馆吃饭。这家餐馆位于闹市街口，生意很好。大家进了门被领到了一个临街的窗口前，桌上一束绢花，几枝绿叶陪衬。店里装潢别致，一只大鱼缸里水草翠绿轻浮，几只憨憨笨笨的龙眼珍珠金鱼摇头摆尾，悠哉悠哉地闲游，不时吐出几串水泡泡，十分雅致。

　　大家甫才坐定，就有一位小巧玲珑的店小姐来上水。只见她娟娟素手加好了冰块，在每个人杯里盛满清水，然后站立一旁，轻声柔语地问大家点菜还是吃便饭。那软软的款语十分地好听，小吉不禁抬起头来看时，觉得有点眼熟，特别是那一双眼睛，弯弯地像晨雾中的小湖。想了想，却是上次从志明那里回来时，在地铁看见的那个女孩。小吉心里顿时有了一种亲切感，心中又隐隐地有点发酸。同为留学生，自己的待遇这么好，不用为生计发愁，她却要打工，一面挣钱糊口，一面学习。小吉还清楚地记得她当时看书的那个神情，地铁车厢晃晃荡荡，沉重的书包压在肩上随着车身的晃动一会儿左斜，一会儿右斜。她当时站都站不稳，全身只有一个地方没有动，那就是眼睛，只有眼睛不动，全神贯注地看书。小吉当时心想，一个人怎么会有这般的毅力呢。一个如此瘦小的身体，却有这样钢铁般的意志，实在让人钦佩。这样想着，小吉不免有点汗颜起来。这几天得到好结果的春风得意九霄云外之感一阵风似地全吹跑了。她觉得自己所做的没有什么了不起，比不上眼前这位小姐。

　　"请问您需要点什么？"那甜甜的语调又在小吉的耳边响起。小吉回过神来，赶快点了一份豆腐牛肉饭："你是大陆来的？"小吉问。

　　"嗯。"店小姐粉脸微赧。

　　"哪里念的大学？"

"南京。"店小姐礼貌地向众人点点头，拿着菜单向厨房走去。

小吉望着她那袅袅婷婷的背影，心里涌起一丝怅然和同情。

"你们认识？"舒特听得一头雾水，他对中文一窍不通。

"不认识。"小吉摇摇头。

"她很美丽。"舒特用欣赏的口吻说。不一会，小姐就将食物端了上来。她动作非常熟练，完全是一个行家里手。她笑容可掬地请大家慢慢享用，然后就去招待其它的客人去了。

饭桌上，舒特似有什么事情隐隐锁在眉间。小吉又不便问。吃饭的时候，舒特和实验员两人刀叉齐全，一会儿刀一会儿叉地按部就班吃着。而小吉只用一双筷子，像两根魔棍一样轻灵快捷，非常随心所欲。舒特像个孩子似的神奇地看着，眼睛眨都不眨。小吉见舒特盯着自己吃饭，不知为什么。她检查了一下自己的碗筷，并无什么异样的地方，于是她不解地问舒特看什么。舒特一笑，说："我看你做实验又快又好，非常灵巧，经常能用很简洁的思路和方法解决很复杂的难题，往往比美国学生又快又省力，现在我明白了。"

"明白了什么？"小吉知道这个年轻的导师很喜欢动脑筋，好奇地问。

"你们中国人是不是都用你这种方法吃饭？"舒特用一副猜中的神情问

"嗯。"小吉点点头，显然舒特对中国是一个文盲。

"你看，你只用两根棍子，却能把餐桌上的各种各样的复杂动作都完成了。从小就打下了基本功，所以实验做得又快又好。我们却要用这许多的工具，而且吃得慢。我悟出了一个道理：无论干什么事情，能简单就不要繁琐，这样事情才能办得又快又好。步骤一多，好像规章制度齐全，面面俱到，其实是增加了出错的机会。看来你们中华民族对这个真理的认识走在了前面。"

小吉对舒特的见解又同意又不同意，他的认识不全面。她笑着将舒特的军："你认为我们的方法简单，抄近路，来试试看，你能不能用我的筷子把你碗中的那颗腰果捡起来？"

舒特是一碗腰果鸡丁炒饭，听小吉这么说，很想用用筷子，就接过小吉的筷子来试。他认真地捡起来，忙乎了一阵子，手像婴儿的手一样不听使唤。这挑战使他来了情绪，像做实验一样出奇地认真，一心一意、专心致志地对付那颗腰果，不信这么简单的事会难倒他，那腰果从盘子的一边在他的驱使之下骨碌到盘子的另一边，然后来来回回了好几趟。他把科学上的所有聪明和才智都调动起来了还是无济于事。小吉和实验员看着他那笨拙的模样早就笑成了一团，不断用餐巾纸擦着笑出的眼泪。那位店小姐也远远地看着这边发笑。舒特的脸涨红了，十分孩子气，有一次还真让他夹住了腰果，刚刚举到半空中开始得意，想笑，结果破坏了平衡，腰果滑落了下去。他一脸沮丧，只得重新又来，再没有成功过。慢慢他泄了气，无可奈何地看着腰果兴叹，最后用手捡起腰果快速地放进口中使劲地嚼，咬牙切齿地嚼，表情有点悻悻然。

"怎么样，简不简单?"小吉眨着一只眼问。

284

舒特直摇头，连声说："搞不懂，搞不懂。从小到大，我还没有这般狼狈过。"

这个小吉相信。

于是大家就谈到了许多中西文化上的差别。小吉说："来美国快一年了，我观察到东方人和西方人的思考方法不一样。西方人思考问题喜欢从小到大，先做了再说，看看效果如何，从具体的事例演绎出大道理来；东方人则相反，喜欢从大到小，先要问清楚大方向、大道理在哪里，然后才肯花力气动手，用具体的事例来验证这大道理是否合理。当然这是总结真理的两个不同途径，不同方法。"

"何以见得？"舒持很感兴趣地听着。

"就算你说的这些是真的，用你们东方人的思维方法，你已经有了这个大道理，具体事例在哪里？"实验员马上想验证。

"比方说写信，信封上要写地址，我们中国人先写国名，省名，城市名，然后街道名，最后才是人名，一切顺理成章；西方人却反着来，人名第一，国名殿后，只是苦了邮差，先告诉你有一根针，然后到大海里去捞。"

听小吉这么说，舒特和实验员两个人都笑了，确实是这么回事。

"这么说我们的思维逻辑方法有问题？"舒特不服气。

"在这件事情上是有一点问题。但在其它问题上很难说优劣，要看具体情况。"小吉说。

"这个问题将来要多探讨。看来两个民族要互相学习才是。"舒特若有所思地说。

吃着谈着，舒特转了话题。犹豫了一下对小吉说："主任想安插一名博士后和你一起工作。具体地说，想插手衰老研究。"舒特终于说出了自己的心事。

"什么?"小吉感到意外。

"他今天早上找我谈过，我没有表态。"舒特说。

"我们做完了最艰苦的工作，已经要写论文了，他一点贡献没有，现在插进来，不是揩油抢功吗?"实验员受不了。

"他现在不是来贡献了吗。"舒特有点自嘲地说。

原来主任这些天来转悠是有目的的，小吉想起了那双吸缸一样的眼睛，后悔不该告诉他太多的东西："我们要是不同意呢?"小吉试探着问。

舒特苦苦一笑："你将来的毕业，我将来的晋升，都掌握在他手中，怎么斗?"

美国也有这些乌七八糟的东西，小吉的心里愤愤然："能不能把他向后推一推等我们发表了文章后再合作?"小吉退了一步说。

"他现在提出要求，就是想挂名。"舒特也有点情绪不对了。

"这家伙是一个有名的独裁者，花样手腕很多，听说他经常窃取他人的果实，要不怎么混上了今天这个地位。"实验员年轻气盛，气头上说话有点难听。

"他已经知道了我们的许多实验细节，你不让他来，他也可以让自己的博士后和学生在他的实验室重复。这些成果太重要了，谁要是先抢占了这块阵地，将来拿个诺贝尔奖什么的也不是什么稀奇。他是铁了心一定要来争这个名份的。"舒特轻轻扳着头说，"只怪我们自己不小心，过早地露了风声。"

小吉知道事情是无可挽回了。想想这些日子的辛苦和心血，心中实在不甘心。其实自己只是做了一些具体事情，这整个的实验设想和计划都是舒特的。他是那样的聪明和杰出，那些奇妙的创新想法和严密谨慎的逻辑思维相结合，才导致了今天的成功。他出身名门，从哈佛大学拿到博士学位后，到斯坦福大学做了三年的博士后，这期间他就出了几篇有名的科研论文，是现在这个主任亲自写信邀请他来加强科室阵容的，看中的当然是他的才华。他的到来，一下子使R大学的衰老学研究从弱项变成了强项，特别是最近这批结果，更使整个学校走在了这个项目的世界前列。现在主任插一脚，用心十分昭然。小吉很为舒特打抱不平，她和舒特两个人一起渡过的那些日日夜夜，使她对舒特的为人和科学天才以及对事业的献身精神深深了解和敬佩。

小吉两眼盯着鱼缸里面的鱼，心想在人家的缸里，只有让人摆布了不成。

付了帐单，出了餐馆，大家心头都搁了一个铅块。

这一整天，小吉都有一点闷闷不乐。回到宿舍里，她又捧起了那本《荆棘鸟》。可是读着读着，思想老是开小差。小吉忽然想起了志明，想和他聊聊心中的烦恼，一晃竟几个月没见面了，而且也没有打电话。这段时间她一头扎进了实验室，用心过度，无暇旁顾。志明除了学业外，正筹备大纽约地区中国学生学者联欢会，也不知他现在忙成了一个什么样子。小吉拿起电话，拨了几次，那头没有人接。她放了电话，想起今天还没有拿信，就到楼下信箱里去看看有没有书信报纸。在楼下，小吉又看见丽莎在练芭蕾舞。

　　小吉打开自己的信箱，里面有一封信，是孟选来的，拆开来看，原来她已被录取到志明的学校，下个月就要来美国了。小吉一阵惊喜，老同学又要见面了。孟选在信中问小吉要不要带什么东西来，并希望到时能去机场接她。

　　很晚的时候，志明打电话来了，听着话筒那边的声音，竟有点陌生的感觉。志明的声音有点嘶哑。他告诉小吉纽约地区中国学生学者联欢会已经搞好了，将在下个月开。小吉关心地问他累不累，有没有什么需要帮忙的。志明说还好，周围有不少热心人，累是累了一点，但很有意思。志明告诉小吉，连诗卷要到他的学校攻读学位了。小吉也将孟选要来美的消息告诉了志明，多谢他在这件事上的帮忙。志明说连诗卷已经在信里告诉他了。通话的末了，小吉让志明多当心身体，不要太累，就挂了电话。

八

　　小吉和舒特终于作了让步，让主任的一个博士后参加了衰老课题的研究。这时，小吉第一篇论文的实验已经进入了尾声。这样主任的名字就名正言顺地挂进了他们的关于衰老因子的论文。世界上的事情奇奇怪怪，既不公平，又显无奈。这么一折腾，小吉的实验热情顿减许多，每看见那个博士后，心里就有一种为他人做嫁衣裳的别扭感觉。看来想在象牙塔里做一名科学家，人际关系学这一门不属于课堂里的必修课一定要先通过才行。在哪里都一样。

可是过了不久，他们发现事情远远没有这么简单。那个博士后显然是带有任务来的。他对舒特实验室里的所有东西都感兴趣，经常向小吉打听那些衰老因子放在哪里。小吉这时已经有了防备之心，她向舒特作了汇报。舒特听了皱起眉头，两人的心头打着结，极不舒坦。他沉默地思考着，脑子里在权衡。末了告诉小吉，一定不能让那个博士后知道衰老因子放在哪里。那些衰老因子是大家的心血，实验室的荣誉。有关衰老因子的实验暂时不做，做一些其它方面的衰老实验，让那个博士后没有机会接触衰老因子。舒特还告诉小吉，他正在写一个有关衰老研究的课题，准备向国家卫生科学院申请经费，希望小吉这几天在计算机上的情报库里查一查有关衰老方面的文献。

就这样大家打开了太极拳。博士后心怀鬼胎，看见小吉不怎么做实验，成天坐在计算机前查看文献，表面上装着无所谓，心里很着急。他搭讪着跟小吉和实验员聊天，小吉和实验员则有一句没一句地逗他，笑他，弄得他很尴尬。脸禁不住地红白泛滥。小吉和实验员就在背后偷偷窃笑。大家都忍着，倒也相安无事。

　　话说孟选和连诗卷转眼就到了美国，志明和小吉约好到机场去接他们。在机场见面时，孟选和小吉两个抱作一团，亲热不够。后来还是小吉理智一些，告诉孟选不要太亲热了，要不人家会认为她们是两个同性恋。孟选听了直吐舌头。

　　连诗卷还是老样子，见了小吉就脸红，大姑娘一个。知道他是大军区司令员的儿子，而且副团级，小吉那双好看的眼睛就露出好奇的眼光盯着他看，想找出一点什么特别的东西来。可是不管怎么看，小吉无论如何在连诗卷身上也找不出一点将门虎子的气息来。这一来，越发让连诗卷窘困，眼光完全没有勇气和小吉相碰。

　　末了小吉伸过手去："欢迎到美国来。"孟选在后面推了一把，对连诗卷说："快握手呀，又不是老虎能吃了你。"、

　　志明告诉连诗卷和孟选，房子已经替他们找好了，不过要过几天才能住进去。这天晚上，连诗卷和志明走了，孟选就住到小吉那里。

　　新来乍到，孟选对这个大都市的一切都觉得新鲜，在小吉宿舍里，两个人躺在床上，没完没了地说话。孟选忽然神秘兮兮地问小吉："你和志明两个谈对象了？"

　　小吉说是，都快一年了，只是大家都忙得不行，在一起的机会不多，不像在大学里那样。

　　孟选惊叫了起来："都快一年了！瞒得这么紧，写信从来也没有听你提起过。"她又羡慕地说："在机场我就看出来。其实在国内你们就该谈了，这么般配的一对。"

"你也坦白坦白，是不是也有了对象，瞒不过我的眼睛"小吉也不肯放过孟选，"最好坦白一下恋爱史。"

"其实很简单，和连诗卷一起办出国手续，交往多了，就粘上了。"孟选直人快口地说。

"是你粘的他，还是他粘的你?"小吉对连诗卷的好奇心不散。

"我粘的他。" 孟选咯咯地笑起来，"他那个人，要是女人不找他，恐怕一辈子都会打光棍。

"听说他是高干子弟。"

"我可不是冲着这个才找的他，事先根本不知道，关系确定了以后去他家才发现他爸爸的那个官大得吓死人。事先要是知道，打死我也不会去那个豪门大院。"孟选赶快申辩道。

"这么说你是真爱他了？"小吉搔了搔孟选的胳肢窝，"也太速战速决了一点吧。"小吉知道他们两个以前并不认识。

孟选一躲，从床上掉了下来，坐在地毯上索性不起来了。她靠在床沿说："其实开始也没有想到爱不爱的，他那人第一眼瞅上去你还真爱不起来，心想要出国了，有个伴才好，现在不抓紧，一学几年，岂不误了终身大事。后来发现他是一个好人，木讷其表，慧敏其内。做一个丈夫，绝对标准。慢慢地爱情的感觉就上来了。"

小吉侧过身子用手支撑着头笑着说："有你这么谈恋爱的吗，也是你的命好吧。"

孟选继续说："当然，我也不想装出清高，有他那样的家庭背景，我们的这段爱情就更加锦上添花。"她话锋一转，"不过我还是最羡慕你和志明的，男才女貌，女才男貌，都让你们俩占全了，兴趣又是那么地相投。有没有近期结婚的可能？"孟边问。

小吉垂下睫毛说："还没有。学习这么紧张，大概要等毕业以后再说了。"两人一直说到天快亮了才睡。过了几天，孟选就被连诗卷接走了。

主任找博士后谈了一次话，回来后，博士后显得特别地躁动，坐立不安。他像一只在林中觅不到食物的动物，来回逡巡。小吉他们看在眼里，知道一定是博士后没有完成任务，主任给他出了难题。他们都有点同情起这个博士后来。这主任太不应该了，驱使人干这见不得人的差事，让人良心都没地方搁。

这天早上，小吉清理低温冷冻箱。发现她的所有生物试剂都被人翻过了一遍，特别是装有衰老因子的盒子，里面少了几只试管。她不免大吃了一惊，马上想到了那个博士后。小吉赶快跑去告诉舒特，他也吃惊不小，有点愤怒地说："怎么能这样没有职业道德！"

想了一下，他又问小吉："你确信有人动过？"小吉点点头，但是她没有证据在手。

从这以后，那个博士后再也没有到舒特的实验室来过，更证实了大家的猜想。主任好像什么事情也没有发生过一样，见了面反而更加热情有加。过了几个月，小吉就听说那个博士后在一家公司找到了一份工作，离开了主任的实验室。

事情的风波好像就这样过去了，可是，小吉和舒特两人一直都在提心吊胆，预感到这平静的后面正酝酿着一场风暴。果不其然，有天下午快下班的时候，舒特到实验室里来找小吉，那脸色阴沉得吓人，让人有一种不寒而栗的感觉。"吉，你到我办公室里来一下。"舒特说。小吉跟着舒特来到他的办公室，舒特把门关好。他拿了一份稿件给小吉看。只见上面题目写道：《群A族细胞衰老因子的特征和调控机理》。作者是那个博士后和主任，小吉和舒特的名字也在上面，但不是主要作者。小吉的脑子嗡了一下，翻看了起来，只见里面全是她以前给主任讲的东西，主任只不过在自己的实验室重复了一遍，就成了他的文章。小吉仔细看了文章中使用的试剂，和自己的竟一模一样，但是换了名称，显然证明博士后确实偷走了试剂。通篇文章看下来，主任恬不知耻地以衰老因子的发现者自居，滔滔不绝地大谈其结构和功能。小吉心中愤怒异常，一阵冲动，眼眶都湿润了。

她抬起头来看着舒特，发现他也是满眶泪水。他们一起在衰老因子上凝聚了那么多的心血，没日没夜的辛勤劳动被人强盗般地就这样抢走了，怎么能不心疼呢。

"这是怎么回事？"小吉用微弱的轻声问舒特。

舒特擦擦眼睛，说："刚才我到主任那里去谈工作，主要是关于向国立健康中心申请研究经费的事情。他说他也准备写这个题目。他对这个课题的兴趣十年前就开始了。最近取得了进展，并感谢我们的配合，说完就给我看这篇稿子，真是岂有此理，这完全是剽窃。"

"可是我们的文章也写好了呀，内容和这篇大同小异，不是说下个星期送给英国《自然》杂志吗？"小吉提醒舒特。

"这些主任都知道，他是存心要赶在这个时候的。这样他就可以争得衰老因子发现者的荣誉。"舒特说。

"怎么可以这样呢？"小吉心中淤积着一口难平的气，忍不住伏在舒特的手上哭出了声，肩头抽泣不能自己。

舒特抽出手来，一面在小吉的背上平抚，一面语气坚决地说："我准备向上面反应。他以后要穿小鞋就让他穿去。"

两人心情都不好，一直在办公室里呆到下班，今天正好是星期五，舒特要去击剑俱乐部，他问小吉要不要一起去看看。小吉没怎么犹豫地就点了头。今天这心情，一个人呆着日子难打发。另外她也想看看俱乐部是个什么样子，小吉一直对舒特的击剑有好奇心。

俱乐部位于下城区的一个十九世纪老式建筑里。外面是结结实实的钢筋水泥结构，墙面上精美的雕花图案在一个多世纪的风雨飘摇中显得斑驳陆离。这一带是老城区，曾经是曼哈顿的繁华地段，随着岁月的流逝，商业中心的北移，这里逐渐冷落了，显得颇为凋敝。马路两旁的店面很破旧，开的大多是古董店，夹杂着几间不显眼的酒吧，走在其间让人有一种算不上古老，却是怀旧的感觉。如果有谁不懂岁月随想这个词的含义，上这里来走走，就能明白。

　　小吉随着舒特走进那个老式建筑，里面有一个宽大的门厅，全是上好的木质地板，踩在上面有一种踏实厚重的感觉，昔日的繁华气派历历在目。转了几道弯，来到了一个大厅，里面一派龙腾虎跃，热气腾腾的气氛。几十个人白衣白面罩，一柄细细的长剑在手，捉对厮杀。剑身相击，其声铿锵。或跃起、或退避；或劈刺，或轻拨；或虎啸、或龙吟。刚劲中有柔软，勇武中透清丽。小吉记起以前看过的一个电影叫《三剑客》，里面的侠客都是穿的黑颜色的大氅。

　　舒特进去更装，小吉在场边找了个地方坐了下来，正看得出神，一个人走了过来，他摘下面罩，原来是主任。他热汗涔涔，和小吉亲热地打招呼，小吉一阵恶心，脸上没有好的表情。主任并不在意，问小吉怎么到这里来了。这时舒特走了过来，接过话头，告诉主任小吉只是好奇，想来看看。主任说想来看，好哇，最好下个星期也来，他和舒特之间有一场决赛。然后转过身走了，没几步又回过头来，向小吉眨了眨眼睛，半开玩笑半认真地说："他不是对手。"

　　他不是对手，两个年轻人一个站着，一个坐着，回味这句话。这自然是双关语，颇有挑衅和蔑视的味道。舒特向小吉解释，这个俱乐部最近举行了内部选拔赛，胜者将参加市里的锦标赛，现在只剩下他和主任两个人了，下个星期举行决赛。舒特没加入这个俱乐部时，以往都是主任优胜。舒特来了以后和主任对垒时，出于礼让，剑力只使了七分，主任胜多负少，才有刚才的狂言。

　　"你有信心吗？"　小吉望着舒特余怒未消的脸问。"他不会有机会的。"舒特的嘴角挂了一丝轻蔑和自信的表情，手中的长剑在空中划了一个响弧，然后走进练习场。

　　纽约中国学生学者联欢会是星期六晚上在纽约市通讯学院举行的。这里有一个设备和场地都很不错的礼堂。晚风在马路上溜着小步，随意吹拂，掠过电线时，打着轻松愉快的口哨。天星繁盛，街灯憧憧，留学生们从纽约的旮旮旯旯、四面八方汇集到这里来。那个时候国家管理很严，不许家属出来陪读，留学生之间就显得格外亲热，特别以前在国内就认识的老同学，老远看见了直嚷嚷。男生见了都给几拳，女生则笑作了一堆，丝毫不改大学时代的浪漫和清纯。一眼望去，人还真不少，少说也有四百多人。礼堂里气氛热烈，大家在一起，互相感染着对方和被对方感染着。学生们总是清寒的，穿的都是从国内带来的短袖衣衫，特别是朴素的的确凉。这一惊奇的发现，让大家都觉得我的中国心还没有变，自然不自然地，大家全都讲中文，英文扔一边去。只是人群中那些被中国留学生们带来的美国学生，傻傻地站着，憨憨地笑着，完全被遗忘在了那里，感受异族同胞们相聚在一起的欢乐。

　　人群中小吉看见了志明，满心欢喜地上去和他打招呼，不想他只匆忙地应付了一声就走开了。他今天是主角，里里外外一把手，组织会场，忙得说不上话。小吉被晾在了那里，却看见他身边有一个女孩子，志明前台后台跑，她前台后台跟，两人不断商量着讨论着。志明说话的时候，那个女孩两只眼睛一眨都不眨地盯着志明看，等志明讲完了，她就会心地笑了，然后点点头。小吉老远地看着，不知道他们说的是些什么，大概是与会场有关的一些事情吧。看着他们那自然而亲密无间的态度，小吉的心里起着一种微妙的变化，有点不是滋味，泛起一种被遗忘在一边的冷落感觉。小吉猛然觉得这几个月下来，自己居然对志明有了一种陌生感，没有像那个女孩子一样参与到这次盛大的活动中，现在只是一个旁观者而已。

她找了一个偏僻的角落坐了下来，用女人的敏感和细腻心理静静地望着那个女孩子，观察她，想从她的举动中品尝出什么东西来。这一段时间打电话很少找得到志明，小吉知道他忙。小吉自己也忙，成天在实验室里打滚，打电话的时候也不多。那天和志明去机场接孟选和连诗卷他们，根本没有机会谈自己的事情。她原本想今天和志明见面，向他述说心中的烦恼，从他那里得到一些安慰。可是眼前的情景让她有点犹豫了，他忙着，和大家一起忙得不可开交。小吉知道志明不是有意冷落自己，这么大的一个活动，他根本没有时间顾得过来。但毕竟自己是他的女友哇，怎么一点特别亲热的表示也没有呢？不知怎么的，她想到了实验室，想到了衰老因子，想到了舒特，想到了那些让人烦恼的事情。所有这些，她这几个月来都是在实验室里日日夜夜和舒特一起分享的，而志明却不知道。小吉惊讶地发现，她和志明之间的生活居然有了不相交叉之点，不像大学时代那么地了解对方的生活内容，一起分享它们。小吉脑子里一阵胡思乱想，坐在那里很不舒服，本来就很低落的情绪，现在更是雪上加霜。

正想得出神，孟选来了，在小吉的肩头上拍了一下："你在想什么呀？一个人呆呆地坐在这里，喊你这么多声都没有听见。"

小吉回过神来，脸上有几分不自然："连诗卷没来？"小吉岔开思路，她知道孟选问起来没个完。

"让他过来就是不肯。随他去算了。"孟选说，"志明呢？"

小吉用嘴努了努前台的一个角落说："他在忙。"

孟选看见了志明，也看见了那个女孩，她神秘兮兮地对小吉说："我才来几天，就看见那个女孩成天和志明在一起，一心追着他，志明好像对她也挺好的，你可要当心。"

小吉心中一咯噔，刚才的担心得到了可靠的证实："她是谁？"小吉装出一副不经意的表情问孟选。

"她是表演系的一个本科生，十二岁就进了广州军区文工团。前些年随父母移居香港，后来移民美国。在校园里非常活跃。"孟选将仅知道的一点情况告诉了小吉。

这时志明走上舞台的麦克风面前，请大家坐好，宣布晚会开始了。等大家都坐定以后，他理了理头发，还是那般地潇洒。他今天穿了西装，在聚光灯的照耀下，显得格外精神。他说这是纽约地区中国留学生第一次举办这样的活动。大家远在它乡异国勤奋学习，为国争光，希望通过这次活动联络大家的感情。他说晚会的成功举行与许多人的热心支持是分不开的，他十分感谢为这次晚会献计献策的人。志明在台上说者无心，小吉在台下听者有意，心中惭愧。志明接着告诉大家，这次晚会参加表演的大部分都是在国外留学的国内著名艺术家，许多人都曾在国际大赛中拿过金奖。阵容之强大，可以和在国内举行的任何一场音乐舞蹈会相媲美。最后他请晚会的节目主持人肖芳报幕。

　　肖芳就是那个和志明形影不离的女孩。她落落大方，仪态甜美，尽管小吉坐在后排，也能看得见她脸颊上的两个会笑的酒窝。她的普通话说得极标准，十分动听。随着她的报幕，晚会井然有序地开始了。上台表演的果然都身手不凡，绝对专业水平，身边的孟选巴掌拍得山响，说在国内也不一定能看得上这么高水平的演出。只是小吉无心欣赏，脑子里始终摆不平地坐在那里。

　　也不知过了多久，她似乎听到了殷承宗要出来表演。小吉这才来了情绪。这是一个文革中家喻户晓的人物。四人帮倒台以后，作为他们亲信的殷承宗日子自然不好过，最后只得流亡海外，靠卖艺为生。从他的身上，充分体现出了世态炎凉，人间沧桑。他出场了，一个非常熟悉的面孔，小吉以前在电视上不知看过多少遍，只是现在显得有点憔悴。他恭恭敬敬地向大家鞠了一个躬，然后坐到了钢琴旁。他弹了两支曲子，一支《牧童短笛》，一支《思乡曲》。他技巧高超，出神入化，心中的彷徨苦闷淋漓尽致地在他的手指间自然流露出来，在场的每一个人都能从琴音里听出他十分怀念祖国的情感。弹完后殷承宗向观众们鞠躬准备下台，大家却报以热烈的掌声不放他走。不少人高声叫道："来一段《钢琴伴唱红灯记》！"他愣在了那里，眼睛里有了泪光，很激动。经过后台协商，最后决定由殷承宗钢琴伴奏，肖芳唱铁梅。不想肖芳嗓音清亮，唱得有板有眼，很有一点铁梅的味道。这熟悉的曲子，引起了全场的共鸣，不少女留学生都跟着唱起来，构成了西洋国度里的东洋景。小吉没有唱，可是她的情绪被深深感染了，坐在那里用心回味自己在文化大革命中的少女时代。这是属于他们这一代人的音乐，那个时代他们就只有这个。

晚会整整开了两个小时，留学生们一个个意犹未尽。散场后。小吉知道志明还有许多事情要忙，不想打扰他，加上心情复杂，就先走了。

九

第二天一大早小吉刚起床，志明就打了一个电话来，问小吉昨天晚上散场后为什么不等他。小吉撒了一个小谎说实验室有一个实验要完成，不得不先走，心里暗暗吃惊自己第一次没有向志明讲真话。志明在电话那头哦了一声，没有在意，然后问小吉晚会办得怎样，满不满意？小吉笼笼统统地说很好，特别是殷承宗那段。志明也说真没有想到，前些年红遍全中国的大明星，现在竟落魄到这般田地。小吉问志明下一个活动他准备办什么。志明说办完这一次就够了，忙得学业都顾不上了，下一次改选他不想当学生会主席了，不然拿不了博士学位。从现在起他得一心一意做实验论文，争取发几篇文章。

　　志明很关心地问起小吉科研有没有进展，全然不知小吉的重大突破以及最近的一些烦恼。小吉在电话这头沉默了片刻，不知该不该和志明说这些。这时志明突然说有人敲门，让小吉等一下，然后放下话筒去开门。从电话里传来了志明和一个女孩子说话的声音，小吉听出那是肖芳的声音。两人高高低低地谈晚会一些善后的事情。过了一会志明拿起话筒，很抱歉地对小吉说："小吉，有人找我有事，过两天我再给你打电话好吗？"

　　小吉说好，就挂了电话。她默然坐在床边，觉得心里有一个小红球慢慢在隐去，一直退到内心深处的一个未知的地方。

　　舒特到学校去汇报了主任的情况，结果是意外地糟。校长哈顿一味地偏袒主任，说作为科室领导，实验室的所有成果他都有权过问和参与，并且成为主要作者。回来后，舒特的情绪非常地糟，小吉想安慰他，自己却流了泪。为了不落人后，他们只有赶快将自己的文章按计划寄给了英国的《自然》杂志。主任已经将他们的文章寄给了美国的《科学》杂志。这是目前世界科学界最具权威性的两家综合性学术刊物。

　　小吉中午到自助餐厅吃饭，碰到了丽莎。看见小吉情绪低沉，她显得十分地吃惊，问小吉出了什么事情。两人端着食物在一个靠墙的桌子旁坐了下来。这墙其实是一面茶色的大有机玻璃，外面的景色历历在目。外面是宽广的河面，艳阳下河水奔腾，不少私人游艇在河面上乘风破浪，快速猛进。那些游艇像飞鱼般飞离水面，后面是两道白链般的波浪排开。沿河并进着高速公路，大小车辆对驰飞流如水。小吉一五一十地将最近科室里发生的主任剽窃一

301

事讲了，对科学界里的这种不道德行为非常痛心。丽莎听了不服气，用手绞着金头发，一副不依不饶的样子。小吉说，那又怎么样呢，他是主任，权术玩得山响，又有校长作后台。丽莎问为什么不向上反应，小吉告诉她舒特在校长那里碰钉子一事。

丽莎听了十分地愠怒，眼睛里燃起了一团无名之火："真有这事?"她的脸都有些因气愤而涨红了。小吉点点头，眼圈又止不住泛红。

"我不喜欢我父亲那个圈子里的人，就是因为商界里的尔虞我诈，巧取豪夺。没想到这神圣的科学殿堂也有这臭气。"忽然丽莎脸上出现了少有的玩世不恭的表情，眨着眼对小吉说："让他们互相斗斗，看看谁的手腕高，以恶制恶。"

小吉听出了她话里有音，问她要怎么着。丽莎笑笑，让小吉宽心，并转告舒特，保证没事。小吉不好再问，转个话题，说好久没有看见安德鲁了。

这回轮到丽莎红眼圈了，她叹了口气说："他最近酗酒酗得很厉害，而且专喝从苏联进口的伏特加，止他不住。"

"为什么呢?"小吉不无关心地问。

"还不是为他以前的那个女友。听说那个女友回国后就自杀了。"丽莎悲哀地说。

小吉的心灵里猛地震颤了一下。那只有着洛神般美貌的白天鹅自杀了! 小吉还记得舞台上的她是那样地尽善尽美，把神话中的天国表演得纯真纯洁，却经不住人世间的摧残。这生活中为什么会有这么多的不幸和不公不平，悲伤的故事世世代代演不完?

　　吃完了午餐，小吉回到实验室，和舒特一起讨论了下一步的实验计划。舒特决定实验还是要朝前赶，不能在挫折面前屈服，停止不前。小吉惊奇地发现舒特和刚从校长那里回来时情绪上判若两人，好像冶炼出来了一般。他的眼睛里闪动着奇亮，有一种亢奋。小吉感觉得到他显然在一系列的思想斗争中得到了超脱，就像孙悟空从太上老君的炼丹炉里跳出来一般。世界上有两种人，或在打击面前一蹶不振，从此放弃；或刚强奋起，视压迫为动力，直视人生。舒特属于这后一种人，他意志不倒，内心坚强，对衰老学的热爱一往情深。他其实很年轻，可是为人处事成熟而深沉。他真是一个正直、勇敢、才华横溢的人。小吉望着那金黄色的头发和淡蓝色的眼睛，心里想着，无形中情绪得到了感染。

　　谈完了实验，舒特轻松愉快，对小吉说："今晚有没有时间，给我助助兴。我和主任在俱乐部击剑决斗。" 小吉当然去，她应该给舒特支持，更想看好戏。

　　古典气息的俱乐部里灯火通明，俱乐部成员和家属们都来了，黑压压有几百号人。大家都想看看以往独霸剑坛的主任和新加盟的舒特谁高谁低。

　　舒特和小吉走进俱乐部时，主任已经先期到了，正在做准备活动。看见他们，主任半开玩笑半认真地说："缴械投降吧，何必上去出洋相呢！"

　　舒特把剑袋放到地上说："你手下留情就是了。不比比，对不起观众。"

主任一脸自负，怡然自得地说："那倒也是，让你少输几分就是。"

舒特脸上谦恭而诡秘地一笑。他转过身子向小吉眨了一下眼睛，就进去换服装去了。小吉会心地一笑，她坚信舒特一定会赢。

击剑台是一个窄窄的长方形，小吉捡了一个最前面的位子挤着坐了下来。俱乐部经理先上台讲了几句话，介绍了两位比赛者的简历。然后宣布比赛开始，胜者将获得资格参加纽约市锦标赛。

比赛开始了。主任和舒特都被严严实实地包裹在击剑服里，看不见表情。舒特身子显得略高，英俊挺拔。他先把长剑端举在胸前，剑身笔直向上，和鼻梁平行，静立片刻，剑猛地下滑，一道弧光带出了响声，向主任行了一个击剑礼。然后摆好姿势，身体略略后倾，右手紧握剑柄，臂肘微弯，剑尖直指对方的鼻端。左手则向后高高举起，弯成一个弧形，似一只站在山岩顶端傲视乾坤的雄鹰。这架势立刻引起了全场的惊叹，令对手站在那里微微发愣。

"古典式，绝对的古典式。"小吉身旁的一个满头银发的教练惊叹道，他对另一个教练说："现在用这个招式的人已是凤毛麟角了。"这两人都是其它俱乐部来观摩的。

另一位教练说："现在的年轻人见都没见过，我也只是在一次欧洲大赛上见过一次，那人后来拿了冠军。回来后我翻了一下古谱，是古普鲁士一位酷爱剑术的王子创立的。当时他用这个招数打遍天下无敌手。只是太难掌握，人们不得其要领，几近失传。"

"看来这年轻人有点来头。"银发教练说。

　　主任似乎对全场的赞叹声不满，他用剑身敲了敲剑台的边缘，把大家的注意力引过来，然后也摆好了架势。随着裁判的发令，两柄长剑略略对峙了片刻，便似银蛇般绞在了一处，人们眼前随即一片弧影翻飞，叮当闪耀。主任的剑气十分霸道，剑如其人，左右开弓，欲取欲夺。舒特并不急于进攻，却是紧紧逼住对方，不让对手有丝毫的缓冲余地。敌进我退，敌退我进，那高高悬于头顶的左手不断摇晃，似乎洞察一切，指挥着右手——化解对方的凶猛招数。慢慢地人们看出来了，舒特的剑术如蟒蛇缠身，越缠越紧。主任几番进攻，均未得手，想撤回调整一下，对手的剑又直逼门户，胸口吃紧，穷于应付。特别是对手剑法怪异，神出鬼没，防不胜防。有时那剑刺花花招数不断地递过来，眼前明晃一片。有时那剑蓄而不发，以静观动，却讨不得半点便宜。舒特和平时训练时判若两人的表现让主任发急心虚，招法有点乱了，一个疏忽，当胸已吃了一剑。

　　再战，主任改变策略，却不改本性，一上来就大吼大叫，大劈大刺，不跟对手缠，想速战速决。小吉看得出主任有些情绪化，甚至有点恼羞成怒。他大概没有料到自己的手下竟在大庭广众之下丝毫不相让地和自己比高低，以他那样的气量和心胸，这口气实在难咽。舒特在来势汹汹的对手面前，不慌不乱，不紧不慢，一柄剑舞得兵来将挡，水来土掩，针插不进，水泼不进，赢得观众席上一片喝彩声。主任打了半天无功而返，却气喘嘘嘘。他杀得兴起，求胜心切，毫不松懈地一波又一波地向前递猛招。不想后方空虚，门户洞开，被舒特看准机会，四两拨千斤，又被击中。

小吉坐在那里，和所有的观众一起欣赏舒特那精湛绝技，刚开始的担心已经全无。连她这个外行也能看得出，只两回合，主任已经只有招架之功。在这剑坛上斗狠斗智，他完全不是舒特的对手。小吉这时心里非常地解气。

旁边两个教练又发话了。

一个说："这年轻人太棒了，看来今年的纽约冠军非他莫属。"

另一个说："他这水平，多训练一下参加全国职业选手的大赛，拿个名次也不稀奇。"

两人都转过身来，非常和善地和小吉打招呼，知道他们是一路来的，就向小吉打听舒特的背景。当听说舒特是大学教授时，两人惊讶神情表露无遗。

第三回合刚一开始，小吉就见主任猛一发力，以自杀的方式向前突刺，那架势显然是要和舒特同归于尽，这样他可以和舒特各得一分，不至于抱鸭蛋。那力道是那样地凶猛，他几乎是用整个身体扑向前去，一切看来势所难免。小吉心中叫道不好，怕舒特受伤。不料舒特一声大吼，右臂一挥，力道千钧地迅疾以剑相迎，活生生将主任的剑震脱了手，那剑哐当掉落在地。主任呆若木鸡地站在那里束手就擒。舒特用剑尖在他面罩上先画了一个圆圈，然后轻轻在他身上一点，又得一分。

此后主任方寸大乱，像一只老鹰手下的小鸡一样任人摆布，完全丧失了斗志。舒特却不急于将他处死。猫玩老鼠一样地东晃一剑，西刺一剑，直杀得主任心惊肉跳。在场的恐怕只有小吉一个人能够了解舒特此时的心理状态，他想让主任好好尝尝被人玩弄于股掌之上的滋味。主任在工作上的蛮横霸道，巧取豪夺，不择手段，伤透了这两个年轻人的心。看着舒特那毫不留情的戏弄，主任的狼狈惨不忍睹。到最后，主任的神经实在忍受不了这羞辱，愤然摘下面罩摔在地上，没有比赛完就离开了场地。

离开了俱乐部，舒特和小吉走在秋夜略带凉气的大马路上，两个人的心里不知有多痛快。谁也没有想到将来主任会对他们怎么样。路边有一个小酒吧，殷蓝和浅红的霓虹灯映着啤酒"Millar"的牌子。舒特的身子还在发热，他买了一瓶冰镇啤酒，一古脑儿喝了个精光。

小吉的脑子里还在为刚才比赛的情景激动着。她又想起了那两个教练的话，心里好奇，想探个究竟。她问舒特是怎么学起击剑来的。舒特说，那是一个偶然的机会。小时候，有一年暑假，他父亲带他回德国看望住在那里的祖母。每天早晨，他都看见一个远房的叔叔在场子里练剑，那漂亮的雄姿一下子就让他着了迷，看着不肯走。那位叔叔很喜欢他，试着教了他几招，后来就跟这位叔叔学上了。为此他留在了德国上中学。这位叔叔在欧洲巡回比赛，他就跟着，耳濡目染，剑术突飞猛进。本来想跟这位叔叔一起当职业剑手的，无奈父亲不同意，只好又回美国念大学。

"听说这剑术是一位普鲁士王子创立的？"小吉问。

舒特惊奇地问小吉是怎么知道的。小吉告诉他是从两位教练那里听来的。舒特说确有其事。

"这么说你是皇族后裔了？"小吉问。

"家谱上是这么记载的。其实也没什么，欧洲的皇族后裔多着呢，现在干什么营生的都有。只是这剑术很珍贵，有几手绝招，只在族人中世代相传。"舒特道。

两人谈着走到地铁站，刚好有一辆地铁开来。他们上了一节车厢，里面人不多，显得有点空旷。甫才坐定，小吉无意中看见志明和肖芳正坐在前方，背对着这边说笑。他们并没有看见自己。小吉心中一阵发跳，心中很不是滋味。舒特和她说话，她低着头不作声。舒特对她突然沉默觉得有点奇怪，问她怎么啦。小吉说可能是刚才看比赛太兴奋了，现在有点乏。

车开到42街的中央车站，志明他们下去了。去志明的学校，必须在这里转车。小吉从车窗里一直看着他们消失在通道的尽头。

这个周末，小吉没有加班，哪里也没去，一个人在房间里想心事。她想了许多许多。只是搞不明白，和志明之间好好的，怎么不知不觉地就脱了轨。大家都忙，在一起的时间不多，是一个客观因素。但这远远不是主要原因。主要原因是肖芳的出现。小吉在脑子里仔细地把肖芳的音容笑貌过滤了一遍，想找出她特别吸引人的地方。志明从来没有向自己提起过她，要么觉得很一般很正常的关系，没有必要提起。要么自己新交了女友，故意隐瞒。不过不太像是后一种可能性，小吉非常了解志明的为人。当然最有可能的是孟选告诉她的情况，是肖芳追志明，以志明那样的才气和条件，这是很自然的。志明是不知不觉，暗中埋伏。作为志明的女友，小吉对他们之间的无拘无束，真诚相待的态度是不能忍受的。小吉的脑子里像晃荡的浆糊，在事业和爱情的挫折面前不知该怎么办好。

一个周末就这样糊里糊涂地过去了。星期一去上班，刚一出电梯，在走廊上就听见主任和舒特在舒特的办公室里大声争吵。门是关着的，声音听不大真切。小吉心想主任真要报复了。小吉走进实验室，在办公桌前坐了下来，揉着发胀的眼睛。这时实验员走过来告诉小吉，学校让主任把他的那篇关于衰老学的论文撤回来，不能发表。小吉问为什么，上个星期校长还一味地偏袒主任，怎么才一个星期就变了呢。实验员说她也不清楚，她是刚才在楼道里听主任对舒特说的，那个时候门还没有关。

这可是一个好消息，　小吉压抑的心情像注射了一针强心剂，兴奋了起来。她到实验室的门口去张望了一下，舒特办公室的门还关着，不过里面的声音已经没有了。小吉到冷室里去冲洗沉析柱，准备提纯细菌生物工程表达的衰老因子，这是她和舒特上个星期讨论的新实验。冷室里小吉的头脑清醒了许多，她仔细检查了所有要用的仪器，一切都正常。刚一出冷室，就迎面碰上主任从舒特的办公室出来，他满脸怒气冲冲，看见小吉，一双眼睛瞪得溜圆，恨不能将小吉吃了。要是以前小吉见了这神态一定要吓坏了，今天却很泰然。特别是看了他在击剑台上的外强中干表现，更有几分瞧不起他。经过舒特办公室门口时，小吉被叫了进去。舒特关好了门，那表情既高兴又迷惑。

"有人打电话到《科学》杂志社去，把主任剽窃的事告发了，杂志社今天早晨通知主任不刊用他寄去的那篇文章。这事是不是你干的?"舒特问，"希望你讲实话。"

小吉摇着头："我没有哇。"

"另外学校董事会也知道了这件事，责成校长调查，校长已经和主任通了气，让他把论文撤回来。这又是怎么回事?"舒特又问。

小吉还是摇摇头，什么都不知道。

"那就奇怪了。"舒特自言自语地说，"他刚才来向我大发了一通火，以为是我干的。"

"不管是谁干的，这很对呀。我们的成果他凭什么强行夺走。"小吉说。猛然间小吉想起来了，"我知道是谁干的。"

"谁?"舒特赶紧问。

"丽莎。"

"丽莎?！"小吉讲起了那天在自助餐厅碰见丽莎的情形。

"原来是这么回事。"听完后舒特如释重负，"有她出面，主任和校长就奈何不得了。"

小吉说："中国古时候有一个诗人说过一句很有意思的话。"

"怎么讲？"舒特自从那次在中国餐馆用过筷子后，就对中国文化大感兴趣。

"中国的这位叫陆游的诗人曾经说，'山重水复疑无路，柳暗花明又一村'。"

舒特想了一下，连连击掌："妙，妙。真是一位天才诗人。多么复杂的事情，这么简单地就表达得淋漓尽致。只有会用筷子的民族，才能培养出这么伟大的诗人来。这首诗和筷子有异曲同工之妙。"舒特已经对中国的筷子文化佩服得五体投地了。

十

小吉他们的论文如期在《自然》杂志上发表了。这是衰老学领域里的一项划时代突破。它用崭新的分子生物学方法从根本上革新了衰老学的理论，沿着这条路走下去，前景一片广阔。文章一出来，立刻引起了世界轰动。舒特一举成名了，一时间成了众目所瞩的耀眼新星。来索取论文复印件的信件雪片般地飞来，好几个头牌实验室都要求合作。各种学术会议更是邀请不断。小吉因为是第一作者，对衰老因子有重大贡献，功不可没，纽约科学院很快就决定授予她今年度的最佳研究生奖。另外舒特申请的国立研究经费也批下来了，一共五年二百万美金。舒特开始大量招兵买马。另外各个大公司也纷纷找上门来，加州的一家生物大公司愿意出价三千万美金买下这批衰老因子的专利权，一千万给舒特实验室，二千万给学校。小吉听了这个数字直吐舌头，惊叹美国科学技术和商业利益之间的转换速度之快。

在这名利双收的时候，只有小吉和舒特两个人才能充分体会出苦尽甜来的滋味。在一个美丽晴朗的周末，年轻教授邀请自己的第一个同舟共济的杰出学生到他父亲的海滨别墅去休闲一下。

别墅坐落在长岛一片细白的沙滩上，面对蓝色的海湾，海湾里泊满了各种各样的白色帆船和游艇。这里别墅林立，风光明媚，树影婆娑。

舒特的父母在别墅里盛情地接待他们。两人虽然年事已高，却精神饱满，容光焕发，他们很有兴致地领着小吉参观别墅的建筑结构。这是一个二层楼的德国式样小洋房，外面漆成淡蓝色，和这海湾的天空海水很协调。前后院都是绿茵茵的草坪，高高矮矮的装饰性小树被精心修剪过，碧绿可掬。各种花卉在温柔的秋阳下静静地开着，或门边、或道边、或墙角、或树下，多一份恬静的感觉。特别是那些品种各异、颜色亮丽的菊花，开得美丽，却不夺目，仿佛还没有给人看，自己已经先醉了，不似春天里的花朵那般争奇斗艳，哗众取宠。楼的后院外面是一片高尔夫球场。绿茵茵的草地上星星点点有许多人穿白衣、戴白帽，闲适潇洒地正在挥杆打高尔夫球。

楼里面一层楼整个是一个大厅，没有隔成小间。地是棕褐色大理石，厅的正中铺着米黄色雕花地毯，上面是一架深棕色的钢琴。四壁镶着浮雕壁画，淡淡的壁灯映照着，颇具古典艺术气息。家俱都是黑漆色的，却亮得鉴可照人，里面陈放着瓷器古玩，看着让人沉思遐想。那落地窗帘也十分讲究，红绒布镶着金黄丝绦。厅的一角是一个面积很大，由高台拦起来的酒吧式厨房，顶上倒悬着一排高脚酒杯。

沿着铺着深蓝色地毯的宽大楼梯缓步而上，二楼是三个卧室加一个书房。书房的所有一切，墙、书桌、椅子和书架都是樱桃红木做的，学究气浓厚，而且有一股沉香的味道。书架上整整齐齐放满了精装书籍。墙角里放着一具可转动的地球仪。书房的墙上挂着许多帧照片，有黑白的，有彩色的。小吉无意中在墙上看见了一幅她非常熟悉的照片，以前在父亲的书房里也看见过，一模一样。小吉有点不相信自己的眼睛，怕是眼花，揉了揉，一点不假。

"我父亲也有这张照片。"小吉脱口而出。

"你父亲？"舒特的父亲睁大了眼睛看着小吉不解地问。

小吉一眼就从照片上找出了父亲，指给大家看。

"他是你父亲？"舒特一家人都愕着嘴巴，一个天大的想不到。

"我父亲以前是耶鲁大学医学院毕业的。五零年回了中国。他的书房里一直挂着这张毕业照。"小吉对舒特一家人说。

"太意外了，太意外了，知不知道，我和你父亲同宿舍住了四年！"

舒特的父亲记得小吉的父亲是一个外交官的子弟，又聪明，又富有。他们两个上医学院时同宿舍，常常一起远足。实习的时候，也都是在一组。他告诉小吉，韩战爆发后，他劝小吉的父亲留在美国或去台湾，小吉的父亲却愤然于美帝国主义的强行霸道，执意要回中国大陆。从此音信中断。

他们来到屋顶阳台上，一群海鸥在头顶上蓝天下飞翔，清亮的叫声响彻长空。大家坐在大太阳伞下喝着饮料，一任和煦的微风拂面，继续接着刚才的话题谈。舒特的母亲也认识小吉的父亲，她眨着眼睛揭小吉父亲的老底，告诉小吉她的父亲曾经有过一个很漂亮的美国女朋友，那人现在在芝加哥。她开玩笑地对小吉说："如果你父亲当年不回去，今天就没有你坐在这里了。"

小吉对这些全然都不知道，非常疼爱母亲和自己的父亲原来还有这么一段艳史。父亲从来都不曾提起过这些，他当然不会提起。这老爸，瞒得严严实实，什么时候回去好好盘问他一下，小吉心想，让他好好坦白坦白。小吉忽然记起来了一件往事。上小学三年级的时候，有一天她去父亲的书房，父亲正在整理以前的书信。小吉看见书桌上有一张很漂亮的外国女人照片，她拿在手上仔细端详那卷头发、高鼻梁的女人，问父亲她是谁。父亲的脸有一点泛红，告诉小吉是以前在美国的同学。他很快拿过照片去放进抽屉里，以后再也没有看见过那帧照片。这事小吉脑子里印象很深，一直是心中的一个谜，她会不会就是舒特母亲提到的那个女朋友呢？

舒特母亲进到屋里取出以前的许多照片给小吉看。小吉看到了当年在美国留学时又年轻，又潇洒的父亲。这些照片有的是在课堂里拍的，有的是在宿舍里拍的，有的在看病人，有的在做解剖。还有许多是生活照，有郊游，有打高尔夫球，有赛马，有游泳，有跳舞。许多照片里，父亲都和一个女孩在一起，有些还有亲昵状。

舒特母亲指着丈夫说："他那时是摄影爱好者，拍了许多好照片，现在来看，具有价值。"她又指着一帧泳装照片说："这就是你父亲，他旁边的这个女孩叫珍妮，是你父亲当时的女友。"

小吉盯着照片看，上面是父亲和舒特父亲一群青年学生，后面是海滩。那个女孩和十几年前看见的那个女孩显然是一个人。她真美，修长的腿和双臂，还有那微笑，弯弯的眉毛和眼线甜蜜蜜地伏在脸上。她的一条臂膀勾着父亲的脖子，脸贴着父亲的脸笑得开了花。小吉的头有一点眩，中规中矩的父亲原来曾经这么浪漫过。

和老友的女儿邂逅相遇，真是一段奇缘，她正好又是儿子的学生。舒特父母开心异常，问了小吉许多她父亲在中国的情况。小吉娓娓地叙述了父亲这几十年的曲折经历，告诉他们父亲现在是中国一所医学院的院长。

"我们这位也是医学院的院长。"舒特的母亲拍着舒特父亲的肩膀告诉小吉。

舒特父母听罢小吉的讲叙，十分感慨，特别是文化大革命一节，世道沧桑，世事如棋。

舒特父亲说："当时我让他留在美国，他却一心向往那个新成立的国家，白吃了这许多的苦。他后悔吗？"

"这个我不知道。"小吉回答说。

小楼的前边是海洋，海滩上花花绿绿地开着太阳伞。天气有点凉，没有人下水，也很少有人在沙滩上散步。天高云淡，不时有一排排大雁向南飞去。

舒特的母亲关切地问小吉："你对美国的生活习不习惯？"

"还能适应。就是黄油和奶酪太多了点。吃不习惯。"

"你知道吗，你的美语讲得很好，除了个别发音以外，我以为你是出生在这里的女孩。"舒特的母亲很客气地夸奖小吉，"你的美语都是在中国学的吗？"漂亮的小吉，特别是那一头黑亮的秀发和细长的睫毛很讨她喜欢。

"是的，很小的时候父亲就开始教我。"

舒特一直睁大了眼睛听他们谈话，对整个事情完全不能置信却又十分惊喜。这真是太巧合了，他这时摘下茶色眼镜，好好将小吉看了个透。半开玩笑半认真地问小吉："这一切如果都是真的话，那你一定是上帝送给我们家的礼物了。"小吉的脸一下子绯红到了脖子根。舒特的父母却哈哈大笑起来。

大家说了不少话。小吉一直被远处那蔚蓝色的海洋吸引着，她想去海边看看，舒特就陪她一块去。

海原来是这样的美丽，小吉从来没有到过海边。海的波涛一浪又一浪地涌过来，带着轰隆隆的响声，夹着咸涩的腥味，落到脚前只剩下细碎的花朵。金灿灿的夕晖把海浪映得红彤彤的一片璀璨，辉光也映在小吉的脸上、头发上和长长的睫毛上。海风吹着，海浪鼓着，小吉前额的一绺头发被风吹得左右摇晃。小吉似乎感觉到了舒特在盯着自己看，她侧过脸去，正碰上舒特那双诚挚深情的眼睛，那瞳孔正在夕晖中熠熠闪光。小吉的心有些慌乱，脸上又腾起了绯红，双眼含羞。那美姿美态，似娇似嗔的神态几乎都要把舒特给溶化在这夕晖里了。他情不自禁地说："你真美。"

小吉把头偏过去，避开舒特的目光。舒特却搂住了小吉的肩头："和我结婚吧。我真喜欢你。"他在小吉耳边和着海浪声说。

小吉没有点头，也没有摇头，只是望着大海在心里问志明：你说呢？听到的只有海涛的声音。

舒特见小吉不说话，拦在了她前面："你听见了吗?"

小吉摇摇头。

"好，我再说一遍。"舒特一只腿跪在海水浸湿的沙滩上，一只腿半蹲着，两眼看着小吉说："和我结婚吧。"

看着舒特那求爱都带着古典式的样子，小吉不知所措起来："快起来吧。"小吉说。

"你还没有回答我。"舒特没有动。一阵较大的海浪扑过来，海水漫过了舒特跪着的裤脚管。

这是一个执著的男人，没有答案，他会一辈子跪下去的。"快起来吧，我答应你。"小吉眼里噙满了泪水，不知是幸福，还是惧怕，整个身心在凉凉的海风中打颤。她喜欢舒特，非常非常地喜欢。特别是这段时日的朝夕相处，同甘共苦，两人的心灵有了一种契合。可是她对另一个男人有过承诺，而且她也曾经非常地喜欢和崇拜那个男人。可是她现在只能选择其中的一个，背叛另一个了。

舒特站了起来，情不自禁地在小吉的脸颊上吻了一下，孩子一般地欣喜若狂，他们从海滩回来，小吉明显地感觉到舒特父母在用一种异样的眼光看着自己，仿佛已经知道了一切，却只抿着嘴笑而不作声，有预谋一般。大家然后像一家人一样用晚餐，舒特十分地开心，饮了酒，谈兴很浓。他告诉父母，他要和小吉订婚。舒特的双亲都十分地惊喜，有老友的女儿作儿媳，又是这般地漂亮、淑雅、有学问，和爱子志同道合，真是求之不得。

这天夜里小吉一个人睡一个房间。她两眼望着天花板不能入睡，思潮澎湃。两个男人撞进了她的生活圈子，都是那么地英俊，那么地有才气，且品行高尚，受她崇拜。自己要是一对孪生姐妹就好了，一个人嫁一个。可是不行，只能作痛苦的选择。现在她选择了舒持，自己的导师，以后怎样向志明交待呢？她又想起了和志明一起睡在康州小镇上的那个夜晚，两个人紧握着手，强力抵抗着肉欲上的极大诱惑，他是一个真正的中国式正人君子。此时此刻，小吉回忆起了许多和志明在一起的时光。志明乐观，上进，通情达理，助人为乐，且又才思横溢。对小吉来说，这些既是优点，又是缺点，因为他让许多女孩子崇拜，为之倾倒。至少上大学时，她就知道班上有几个女生暗恋过他，只是碍于自己的面子才没有明确表示罢了。现在在美国情况不同了，风气开化，两人尽管同意做朋友，可是两人不生活在一起，别人就有空子可钻。那天晚会上，肖芳仰着头听志明讲话，百吩咐百依从的神态就是一个一览无余的证明，还有孟选提供的情况。小吉这么思量，心中不免叹息，想起以前两人一起奋发出国，实在太引人回味了，只可惜月老无情。小吉想到这里心中泛着苦涩，很难过。

舒特同样才华出众，对自己的事业一往情深，足智多谋，性格刚强。况且他是自己的导师，已经有了自己的事业，前程远大。他满脑子的智慧，有时在实验室里听他谈天说地，评论时事，都有精辟的见解，不落俗套。做实验有时是一件很枯燥的事，实验员喜欢打开收音机听一些古典浪漫的抒情音乐。舒特要是在，他可以讲出许多音乐名人的轶事和浪漫典故。小吉是一个比较保守的女孩子，在男人面前有一种矜持，但在心灵深处总希望有一个白马王子出现，一任爱情的旋风将自己高高抛起，在天空里飘浮不能自主。志明欠缺的就是这个激情。在安家里的那个晚上，志明如果对自己有任何非常的举动，自己都会乐于接受。特别是安做爱的时节，小吉多么希望志明热烈地拥抱自己，可是他过于理性。第二天早晨离开安家里时，小吉那颗希望得到爱情滋润的心，不知有多么失望。舒特却具备这激情，这大概是东西方文化上的差异。舒特求婚的姿态是那样地罗曼蒂克，此后在沙滩上说了许多缱绻缠绵的情话。小吉背靠在他怀里，像贴在了一尊坚实的山崖上。舒特紧紧地搂着自己的腰，吻着自己的头发，一任海风吹拂。两人面对着大海，看着月亮明镜般地在海面上慢慢升起。小吉从来也没有看到过那么大的月亮，在它的照耀下，连海水都变得无比地温柔，绸缎般地华软。他们从月亮里面看得见自己的身影。小吉向舒特讲了月老为媒的典故和嫦娥的故事，舒特说，你要是在那月宫里，我就飞到那里去向你求婚。你是我所见到的世界上最美丽，最神奇的女子。你们的民族，你们的文化又是那样地博大，那样地精深。你知道吗，我很早就在心里对自己说，谁要是将你从我手中夺走，我就用我的剑和他决斗。这些话听了真舒服，女人的耳朵是软的，心是糍的，喜欢男人们的抚爱关怀和耿耿忠心的表白。

　　第二天早晨，大家在楼下用早餐，舒特正看着《纽约时报》。他突然大声对小吉说："快看这条消息，安德鲁和丽沙出事了。"说着递过来报纸。小吉赶快接过报纸，上面有一条醒目的新闻：前苏联著名芭蕾舞演员安德鲁和他的女友、银行巨贾的女儿丽莎在曼哈顿公寓里喝了加安眠药的烈性酒，双双身亡。小吉蓦然地惊呆了，这怎么可能呢。这个充满正义，为人肝胆相照的富家女子，前不久还帮了她和舒特的忙，使他们绝处逢生，却自己这么想不开，不，也可能是什么都想开了，和自己的男友为他以前的女友殉了情。小吉一下子泪水溢满了双眼。这完全是一出跨国际的政治爱情悲剧。

　　小吉和丽莎的感情很好。虽然年龄、国籍、民族和文化背景完全不同，两人却很谈得来。她总是郁郁的，像一个不快乐的漂亮天使，她似乎拥有这个世界上的一切，却又似乎什么都没有。她不喜欢自己的万贯家财和父母对自己事业的安排，一心钟情于芭蕾舞。她和小吉讲了许多次，那才是她的爱好，她的事业，她的生命，她的一切。她常常向小吉抱怨上帝的不公平，让自己投错了胎。小吉听着她的倾诉，不免想起王子和贫儿的故事。丽莎每天都练舞，从不间断。每每小吉从实验室回到宿舍，就能看见丽莎美妙的身段和旋转的舞姿，晶莹的汗水浸湿了紧身衫，淌在白皙的脸颊和雪白的臂膀上。她每天都是那样转呀转，小吉从她身旁走过，一面和她打招呼，一面替她难过。可怜的丽莎，一辈子都没能实现自己的梦想，就这样去了。

　　星期天，舒特一家要到教堂里去做例行礼拜，今天小吉和他们一起去。丽莎的死，在小吉和舒特的心里笼罩上了一层厚厚的阴霾。舒特的父亲开着车，沿着平坦的柏油路开往教堂。教堂是一个不大却很堂皇的白色建筑，一柄金属十字架高高竖立于教堂的顶端，在早晨灿烂的阳光下放出耀眼的光芒。下了车，舒特一家和许多教友打着招呼，大家陆陆续续地都来做礼拜。

　　进了教堂里，一排排长条椅上已经坐了不少人。小吉是第一次进教堂，浑身感到一种肃穆安详的气氛。窗子都是拼起来的彩色玻璃图案，描述着圣经上的故事。高大的正面墙上，是一尊耶稣被钉在十字架上的殉难雕像。前台的一侧是一排巨大的铜管风琴。一个神父走上前台，讲了一些最近发生在教友中的事情。然后问大家有没有事情要宣布。舒特的父亲站起来，向社区的教友们介绍了家庭未来的新成员小吉，以及和她父亲的一段交往。人们发出了一片惊奇的赞叹声，都向小吉投过来热情友好的眼光。接着神父开始向大家讲圣经中的第几章，第几节，然后领着大家向上帝祷告忏悔，唱圣歌。这一切对小吉来说是第一次，她学着大家的样，双手合十，在心中乞求上帝保佑丽莎的在天之灵，把她留在身边跳她心爱的芭蕾舞。小吉还向上帝表白，她在爱情上迷失了方向，希望指点迷津，如果她有对不起志明的地方，乞求上帝的原谅。

　　小吉渡过了一个既愉快，又矛盾痛苦的海滨周末。

十一

　　星期天的下午小吉刚回到学校宿舍就接到志明的电话，小吉只觉得心虚发紧，不知道该如何向志明解释这个周末发生的一切。

　　"你好小吉，打了一个周末的电话给你都找不到人，上哪里去了？"志明在那头问。

　　"到导师的海边别墅去了。"小吉的声音有点低，回答着志明的询问。

"难怪找不到你，怎么样，玩得痛快吗?"志明问。

小吉只嗯了一声。

"你是不是感冒了？声音怎么这么低沉。海边的风很大，当心别着了凉。"志明关心地问。

"没有。"

"没有就好。"志明放了心，"你还记得安吗？她到纽约来了，一直问起你。这个周末我本想带她到你那里去，可是你不在。她刚刚回去了。"

听说安到纽约来过，小吉有些懊悔自己不在。她问志明带安去逛了纽约没有，志明说带安玩了很多地方，一个周末都搭进去了，她玩得很开心，只是很遗憾没能见到小吉。

"志明，我有一件事想告诉你。希望你能冷静。"小吉是一个诚实的人，志明也是一个诚实的人，一切必须实说。小吉的心跳得紧。

"什么事？"志明有点意外。

"我和导师要订婚了。"小吉的喉头发哽，每个字都像是坚硬的石子划舌头。

那头一片沉寂，显然非常意外。志明默不作声，气氛非常尴尬。

"什么时候确定的关系？"志明过了很长时间才问了一句，语调已经有点不自然。

"就在这个周末。"小吉心中一阵酸楚，心里还不很清楚自己是不是做错了决定。怎么向他解释这一切呢，还是什么都不解释的好？说也说不清楚。

又是一片沉寂。小吉拿着电话熬过了一段很长的时间。

末了，志明说了一声："好吧，再见。"就挂断了电话。

两人就这样分了手，来美国才一年多一点，一段美好的姻缘就此画上了句号。没有哭哭啼啼，没有惊天动地。小吉和志明从此以后再也没有联系过。不过马上小吉就发现自己对志明的猜测是错的，从此内疚终身。

有天孟选来小吉这儿玩，小吉还关心惦记着志明，却旁敲侧击地问起了那个肖芳。孟选一面翻看着小吉的一本杂志，喝着冰镇可乐，一面漫不经意地说她前不久毕了业，最近回香港去结婚了。顿时惊得小吉目瞪口呆。"你不是说她追着志明的吗?"小吉质问孟选，有点气急败坏。

看着小吉急成那个样子，孟选笑话起小吉来："看你急的，我是误会了，刚来美国没有搞清情况，关心你，瞎向你汇报一气，请不要介意。"孟选满不在乎地说，"听说那个肖芳一直有个男朋友在香港，是影视圈里的明星。"末了她调皮地向小吉一笑："应该早些告诉你这些情况，免得你担心。"

孟选显然不知道事情的严重性。这边小吉却簌簌地落了泪。

刚分手的时候，小吉对志明恋恋不舍，却多少有点两不相歉的感觉，认为志明有负在先。那时候她的情绪正处于谷底，和舒特一道反抗着主任的欺世盗名，精神很脆弱，需要依靠，事情很容易想不开。所以当看见志明和肖芳在一起互相信任，互相帮助，加上孟选的及时汇报和几个巧合的事件，感情出现了滑坡，一念之差，对志明不能原谅。如果当时她要是知道志明和肖芳并不是那么回事，她大概不会答应舒特的求婚的。无论是感情上、道德上她都不会作出这样的选择，尽管舒特是一个非常称心如意的人。毕竟她和志明有约在先，她又是那样欣赏他的才气和情操，加上两人有着共同的兴趣，共同为理想而追求的志向。但一切为时已晚，她和舒特已经订了婚，甚至有过超越的行为，舒特在这方面比志明开放主动得多。她已不可能是以前的小吉了。

　　孟选先是奇怪小吉的举动，待问清了情况后，却直跺脚，知道是自己给办坏了事。从和孟选的谈话中小吉得知，志明已经全面开始了博士论文的实验阶段，而且干得很有成果，很得导师的欣赏。小吉听了心中才有了一点释然。孟选还告诉小吉，他的导师抓得很紧，特别喜欢用日本人，对日本人心挺黑的，称他们是工作狂，没日没夜地逼着他们在实验室加班加点。过了一段时间，小吉在分子生物学杂志上看到了一篇志明的关于拓扑酶的研究，心里很是高兴了一阵子，她在心里不断为志明祈祷，祝愿他在事业上一帆风顺，借此弥补内心的歉疚。

　　冬去春来，斗转星移。一九八六年春节，中国驻纽约总领事馆举行了盛大的宴会，招待在纽约学习的中国留学生的指导老师们，增加热络他们对祖国的感情。当时的胡耀邦总书记非常关心留学生们在国外的学习和生活情况，经常指示教育部和各个使领馆尽一切可能，帮助留学生们渡过难关，顺利学成归国，为四个现代化服务。

舒特自然也在被邀请之列。这天他显得非常地兴奋，专门跑到唐人街买了一条中国风格的领带打上，和小吉一起来到领事馆。进了领事馆大门，里面大厅里热烘烘都是人，中国总领事正在致辞。小吉和舒特在一个角落里站下来听。一转头，小吉发现志明站在不远的地方。他有了一些明显的变化，留起了络腮胡子，神情谈不上沮丧，却很严肃，最让小吉吃惊的是志明的眉头上打着结，显然有什么心事缠绕。志明也看见了她，目光相碰，小吉立刻感到里面缺少了一种志明往日所特有的那种朝气蓬勃的光彩。小吉曾经无数次地洋溢在那种光彩里面，被鼓舞着，激励着，浑身上下都是一种轻松愉快，奋发向上。这时的志明没有什么特别的表示，干燥的嘴唇翻起了一层皮。他淡淡地笑了笑，有点惨然，算是和小吉打了个招呼。他的眼光在舒特的身上很快地溜了一圈，然后就移走了，再也没有向这边看过。那神情使小吉震颤，伤心难过。她知道志明的心灵受到了巨大创伤，一个只有经过感情火山冶炼折磨过了的人，才会有这种表情。小吉隐隐感觉得到志明已经彻底地变了。

致辞完毕，开始了丰盛的晚餐。晚宴的形式完全是美国式的，大家一人手里托一只盘子，把饭菜盛在里面，站着吃，这样好和人交谈。舒特用的是筷子，水平已经不低，听小吉说这些饭菜是中国最好的厨师们的手艺，他夹了许多在盘子里，堆得小山似的。小吉责怪他没有吃相，舒特伸了伸舌头，告诉小吉，不光是他，其它被邀请的教授们都一样。小吉一眼望去，果然个个老美全然不顾学者风度，盘里堆得小山似的。舒特碰见了以前的几个同事，聊作了一处。

小吉离开了舒特，在人群里寻找志明。几年以前，他们曾经在这里领事馆的楼顶上，面对一轮明月和繁华的花花世界，情意缱绻，憧憬未来。这一切却这么经不起时间的考验，过错在己。小吉只想和志明聊几句，问问好，哪怕说声对不起。小吉看见了志明学校的老刘，就走过去和他聊天，询问他老婆孩子在国内可好。老刘一脸喜气洋洋地告诉小吉："胡耀邦前些时作了指示，放松留学人员家属探亲的尺度，不要卡得太严。我老婆刚来信，说上个星期已经到美国领事馆办好了签证。我现在正忙着给她们买机票。这下可好了，一家人团聚，不再受两地相思之苦了。"

这时孟选和连诗卷走过来，小吉问他们看见志明没有，他们告诉小吉，志明已经走了。小吉知道志明不原谅自己，轻轻叹息了一下。

"志明怎么了，看起来好像有什么心事？"小吉不无担忧地问他们。

孟选自从知道小吉和志明分手后，一直都责怪自己没遮拦的嘴，现在说话也谨慎了，在小吉面前没有原来那么大大咧咧。小吉从两人默不吭声的表情里面猜测到了有什么重大的事情。连诗卷闷了半天，才用眼睛瞟了一眼小吉，然后看着自己的脚尖说："他现在处境很不好。"

"怎么了？"果然有事，小吉迫不及待地问。

"最近他、他和导师为了一个学术问题意、意见相左，心情很不好。志明是、是对的，但没有人能够理解他，导师光、光给他穿小鞋。他、他心里很苦闷。"连诗卷结结巴巴地说，然后顿了一下，一反原来的腼腆，用一种从来没有过的眼光直视小吉，"志、志明曾是一个很、很坚强的人，可是他最近明显地消、消沉了，很需要帮助。"他声音很轻，口气中带有明显的责备。

孟选叹着气，向小吉道出了事情的原委：有一件小事，志明过于认真，不想为自己种下了祸根。有一次志明重复以前实验室一个博士后的结果，结论正好相反。又做了几次，还是一样。他跑去跟导师讲，导师的脸不免一阵阵泛红。听完了志明的报告，导师说，这是以前的结果，不去追究了，而且志明现在做的实验也不要再做下去了。志明却不愿意，虽然结论相反，却正好证明了自己的一个想法。他把这些都讲给导师听了，导师还是不同意，结果两人发生了争执。因为志明分析得很有道理，最后导师让了步。回到实验室，志明将这些和一个年资较深的美国女学生进行了讨论，志明听到了一个意想不到的情况，愿来那个博士后的结果和导师的一个理论很符合，导师曾经在许多学术报告会议上引用这个结果，还将结果写进了许多综述性文章里，成为他理论的一个经典论据。如果要将这个结论反过来，就意味着他的理论出了问题，这可是他的招牌。美国学生不愿意再往下讲了。只是劝志明不要太坚持己见。

志明认识到了事情的严重性。但是他想科学是严肃的、求实的，不能掺假，发现了错误，就应该纠正。如果大家都在一个错误的理论下进行研究，一定会后患无穷。如果导师是一个真正的科学家，他会同意自己的看法的。凭着一个青年人的闯劲和涉世未深，志明决定完成自己预先定好的实验计划，这没有什么不对的。

志明太天真了。导师对他的态度明显地趋于冷淡，对他的结果开始不闻不问。而且处处掣肘，经常安排志明做一些与论文不相关的课题，占用了他大量的时间。他非常地苦闷。

小吉用心听着，摸着手上的订婚戒指，心头上压了一块大石头。美国学术界的不干不净，小吉已经深有体会。自己是幸运的，有舒特在上面顶着，有丽莎在旁边相助，才得以险渡难关。志明现在是孤军作战，那巨大的压力志明能承受得了吗?小吉有点不寒而栗。小吉想要是自己现在还在他身边，给他出谋划策，和他一起共渡难关，那该有多好呀！就像当时和舒特那样。人有时只需要一丝的温暖和柔情，就能获得巨大的力量支持下去。可是志明现在不会要自己的同情和关心，从他刚才那一脸的表情就能知道。他那冰冷的心窟紧关上了大门。小吉心里清楚，恐怕志明心里最冷酷的地方，就是自己给他的创伤。

小吉很快地获取了博士学位。她的婚礼和毕业典礼在同一天举行。婚后不久，舒特因在衰老学方面的杰出贡献，应邀到美国中部的一个医学院当系主任，来到了现在的城市，小吉也随行。受父亲的影响至深，小吉没有做博士后，而是进了医学院学医，继承父业。四年一晃而过，她又获取了医学博士，做完了住院医生，现在在医学院做副教授。小吉和舒特的感情一直很好，他们没有孩子。

　　这期间，她和孟选他们还有联系，断断续续地听到一些志明的情况，都是不好的消息。志明在那个实验室做了八年的研究生，中间相当长的一段时间里，导师对他的态度有所缓和，还连续发表了不少文章。可是八年的时间快到时，那个导师不同意给他学位，理由是他的成绩不突出，没有创意，水准太低，不符合一个名牌学校研究生的标准。八年是读研究生允许的最长年限，如果还拿不到学位，就不能再继续读下去。原来那个导师存心整他，先稳住他，不让他存有转系或转校的念头，让他卖力，然后慢慢拖，不让他毕业，毁他的前程。

　　小吉听说这些后，心中悲痛欲绝，知道志明过于天真，存有幻想，上了人家的当。一个才华横溢的青年人就这样毁掉了。后来就听说志明不愿回国，无颜见江东父老，和一个有绿卡的越南难民结了婚，不知了去向。

　　小吉回忆着这段遥远的往事，万万没有想到今天竟意外地在这个中部城市和志明碰了面。他显得是那样地历经沧桑，麻木不仁，眼光中充满了陌生感，和当初刚到美国来时的豪情壮志相比，不可同日而语。小吉扳着指头算了算，他们来美国已经十四个年头了，两人分手也已经十三年了，心里感慨万千，这命运也真是的。

　　小吉静静地观看着秋空中的明月，几丝云彩正掠过月面。秋虫在窗外清脆地鸣叫，平添了几分凄凉。她长长地叹了一口气，一股惆怅情绪盘结在心头不去。

　　窗外的树林子里有许多的萤火虫，这里一闪，那里一闪，不免又勾起了小吉的回忆。记得上大学时，有一次和志明从图书馆回宿舍，经过一片树林子，班驳的月光下满是流萤飞舞，多得像天上的繁星闪烁，很富有童话的意境。志明触景生情，对小吉说："小吉，我打一个字谜给你猜猜，是一个人的姓。能猜得出来吗？"

　　"试试看。"小吉盯着月辉下的志明说。

　　"听好啊。"志明的眼睛也像萤火虫一样故意闪了闪，"这是一首描写一个妇人盼望丈夫回家的词：

花园草，化为灰。

秋风起，萤火归。

夕阳西下一点沉西坠。

相思心已去，

惊听马蹄归。

　　"真优美！"小吉在月光下小声惊叹道，"是一个什么字呢？"小吉望着眼前的流萤寻思。"花园草，化为灰，只剩了个草头。秋风起，萤火归，去掉火字，是一个禾。夕阳西下一点沉西坠，没有了中间的一点。相思心已去，是个田。惊听马蹄归，加上四点。拼起来是个什么字呢？"小吉在手心里画着，忽有所悟，"有了，是一个繁体字'苏'（蘇），对不对？"小吉很有把握地看着志明。小吉姓苏。

志明点点头："你真聪明。"两人在斑驳的月光下欣赏了很久的萤火虫，小吉在心里反复地回味着这首小词。

第二天下起了绵绵的秋雨。小吉一直到晚上十点多钟才下班。她路过花店，里面还亮着灯。小吉停下车子想进花店，却打着雨伞在花店外面犹豫徘徊，一直到里面的灯灭了，一个人穿着雨衣出来锁门。

"志明。"小吉忍不住轻声对那个人喊了一声。那人一下子凝固在了那里，半天没有动静。雨淅淅沥沥地下着，像一幅水帘子隔在他们的中间。四周一切很寂静，只有雨水击在水泥地上的噼啪响声。小吉走过去，站在他背后，又轻声说："志明，我是小吉，一直都惦记着你。"

那人缓缓地回过身来，满脸的泪水和着雨水对小吉说："你走吧，我的一生都毁了，我们是属于两个不同世界的人。"

"不，"小吉在雨中大声地喊着，"我们是同学，曾经相爱过，我不忍心看见你这个样子。我伤害过你，乞求你的原谅。"小吉的脸上也淌满了泪水。

雨越下越大，隔着雨帘子没有回声。"我们能谈一下好吗？"小吉几乎是在用一种恳求的语气说，"看在以前老同学的份上。"

两人来到了一间咖啡屋，在一个角落里坐下来。小吉向服务生要了两杯浓醇的咖啡，她帮志明放了不少牛奶和糖。她记得最后一次和志明在纽约他公寓里相聚时，志明就是这么做的。志明若有所悟，捂着杯子的手都有一点抖。

两个人默默地喝着咖啡，从外面进来有一点冷。

小吉打量着志明，心中充满了无限的怜惜和悲伤。他的头发都有一些花白了，眉头上刻着深深的皱纹，记录着不平凡的磨难和煎熬。这些年他都是怎么过来的？

"现在生活还好？"小吉首先打破了难熬的沉寂。志明并没有讲话，好像没有听见小吉讲的是什么，低着头闷喝咖啡。

见志明没有反应，小吉又问"那是你太太？她很漂亮。"话中有明显的恭维。

雨滴打在玻璃窗上沙沙作响。志明还是不吭声。

"你为什么不说话？"小吉绝望了，"恨我吗?"小吉的嗓音在打颤。

志明还是一点反应都没有，仿佛这个世界完全与他无关。

小吉心里一阵痛苦，望着一个完全麻木了的人。那个以前朝气蓬勃，热情向上的志明哪里去了呢？那个跳高的男生、那个热情似火的诗人的身影又在小吉的眼前飘浮。小吉记起了一首诗，尽管很遥远了，却还是清晰无比，烂熟于心。小吉不由自主地轻轻背诵起来，那里有太多美好的回忆和向往，她喜欢那个有诗人气质的志明。

我　的　理　想

我张开翅膀凌空而去

满心焦急地寻求心中的理想。

站在高高的山岗上，

眼望雄关万道

心中一片迷茫。

风说，留下吧

这里有花前柳下，

儿女情长。

我说，这不是我的理想。

云说，留下吧

那边春光明媚，

风清月朗。

我说，这不是我的理想。

雷说，快回去吧

前面千难万险

不可向往。

我说，那又何妨。

电说，快回去吧

四周有陷阱，

小心上当。

我说，我愿赴火蹈汤。

顶着风，驾着云，

不怕电闪，穿过雷鸣，

一心追求着心中神圣的理想。

终于 ——

我来到了知识的海洋。

海洋像年轻的母亲，敞开她博大的胸怀

她是那般和蔼，这般慈祥。

我躺倒在她怀里，

尽情地吮吸着她甜美的乳汁，

拼命丰富自己的营养。

她吻着我的脸，摸着我的头，

轻声告诉我，

这，就是我的理想。

　　小吉含着泪水念完了诗。透过泪光，她看见志明渐渐地抬起了头，已经泣不成声，一脸羞惭。小吉十分动情地说："志明，振作起来。你的这首诗，时时刻刻地激励着我，让我为理想和事业奋斗。它让我回味无穷，永远珍藏心底。你曾经是那样的富有朝气，富有理想。我们都不应该失去它，它太珍贵了。我曾经伤害过你，请你原谅。我还爱着你，崇拜你。这辈子铸成的错，但愿下辈子加倍地偿还你。"

志明抹了一把眼泪，终于开口说话了："没想到你还记得那首诗。我的那些理想，是不谙世故，不懂人情，一派天真，最后害了自己。"

"不能这么说，人活在这个世上，需要那份理想，那份纯情，那是十分美好的东西。要不然活着就没意思。每当我默诵你的诗句时，就想起你，想起我们在一起的时光。"

小吉从手提包里拿出了那本桔黄色封面的小说《荆棘鸟》，放在志明的面前，轻声说："这本书十几年前就应该还给你了，我读了无数遍，深受感动，是一本难得的好书。我时时刻刻都和那个神父一样，活在忏悔之中。有时我想，你就像那些荆棘鸟一样，用自己的身子扑向刺树，忍受煎熬，却把人类最美好的赞歌献给了他人，点燃起他人对生活的希望。"

志明手摸着书的封面，不禁失声痛哭起来。

咖啡屋的灯光投在街上，映出一片光明，尽管雨还一直下个不停。

一九九六年五月完稿
美国辛辛那提市

曾发表在中国文联主办的《四海》杂志 1997 年第 1 期上。